맛깔스럽게, 도시락부

| Sallim YA Novels |

맛깔스럽게, 도시락부

범유진 장편소설

살림Friends

차례

윤모아 이야기 : 샌드위치 주먹밥   007

강보라 이야기 : 백반 한 상 그대로   055

민태준 이야기 : 꽃이 핀 김밥   109

최수빈 이야기 : 어중간한 삼각 김밥   163

이신기 이야기 : 고구마 맛탕   221

그리고 또 한 명 : 도시락 소풍   259

작가의 말   272

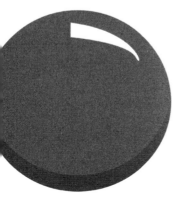

윤모아 이야기 :
샌드위치 주먹밥

김치, 김, 달걀, 오이.

도마 위에 놓인 전부다. 일단 칼을 든다. 오이 껍질을 벗긴다. 비틀비틀, 껍질과 함께 오이 속살이 뭉텅 잘려 나간다.

'아, 짜증 나.'

김치를 썰고 김을 자른다. 달걀을 부친다. 한쪽 귀퉁이가 엉망으로 망가진 달걀 프라이가 형편없다.

'이런 걸 어떻게 가지고 가?'

고등학생으로서의 첫 등교하는 날이다. 그리고 변하고야 말겠다고 결심한 기념비적인 날이다. 그런데 그런 아침부터 김치 국물로 손톱 아래를 새빨갛게 물들이고 서 있는 꼴이라니…….

내가 하는 일이 다 이렇지, 뭐.

푹, 한숨이 나왔다.

시청에서 온 전화가 내 뒤통수를 쳤다. 설마 급식 지원에서 떨어질 거라고는 생각도 못했다.

열네 평, 여름 홍수가 나면 물이 차는 반지하 집은 내가 어릴 때부터 전혀 변한 것이 없다. 우리 집이 기초 수급 대상자라는 사실이 변하지 않듯 말이다. 시청에서는 우리 가족 구성원 중 스무 살의 성인이 생겼다는 것, 그 때문에 순위에서 밀려났다는 것, 재심사를 거쳐 다시 지원이 될 수도 있다는 것, 재심사까지는 두 달이 넘게 걸릴 수 있다는 것을 알려 주었다.

한 달 급식비는 15만 원이다.

"야, 먹고 죽으려고 해도 돈 없어. 15만 원이 어디 있어?"

할머니는 찬장에서 누렇게 색이 바랜 도시락 통 하나를 꺼내 주었다.

"밥하고 반찬, 있는 거 퍼 담아서 가."

오빠에게는 친구들 사이에서 기죽으면 안 된다며 5만 원을 흔쾌히 건넸던 할머니였다. 나는 내가 사 온 도시락 통 속에 자른 오이를 던져 넣었다. 도시락은 하얀 새 것이다. 할머니가 준 도시락 통은 쓰레기통에 버렸다.

내 새 도시락 통을 보고 할머니는 역정을 냈다.

"아주 돈이 썩어 나지, 썩어 나."

시장에서 산 5천 원짜리 떨이야. 그것도 내 용돈으로 산 거고.

나는 튀어나오려는 말을 목 아래로 꾹꾹 눌렀다. 말대꾸를 해 봤자 할머니에게 등짝을 맞을 뿐이다. 할머니의 등짝 스매시는 아프다.

처음 브래지어를 찼던 날이 떠오른다. 초등학교 5학년 때였다. 담임 선생님이 청소 시간에 나를 불렀다. 선생님과 단둘이 얼굴을 마주 보고 서는 건 드문 일이었다. 선생님과 마주 서는 아이들은 정해져 있었다. 공부를 잘하거나 못하거나, 아주 모범생이거나 아주 문제아인 아이들. 극과 극, 끝을 달리는 아이들이 주로 담임 선생님을 독점했다.

"이젠 슬슬 하는 게 좋지 않겠니?"

선생님은 내게 작은 목소리로 소곤거렸다.

"뭘요?"

선생님과 비밀 이야기를 하는 듯해서 기분이 들떴다.

"브래지어 말이야. 속옷."

복도는 시끄러웠고 선생님의 목소리는 약간 커졌다. 옆을 지나가던 아이의 시선이 흘끔 내 뺨에 닿았다. 나는 독감이라도 걸린 듯 얼굴이 달아올랐다. 나는 양호실에 가서 브래지어를 받았다. 아무 장식도 없는 밋밋한 흰색이었다. 우리 반 여자애들 중 그렇게 밋밋한 녀석을 첫 브래지어로 찬 건 나뿐인 것만 같았다.

"배부른 소리 한다. 학교에서 그런 것도 챙겨 주고 얼마나 좋아? 할머니가 어렸을 때엔 그런 거도 하나 없었어. 세상 많이 좋아졌다."

할머니는 내 투정을 등짝 스매시로 받아쳤다. 내 브래지어 후크에 닿는 할머니의 손바닥은 이전보다 훨씬 아팠다. 그때부터 나는 조금씩 할머니와 대화를 나누지 않게 되었다.

흰밥 위에 오른 엉성한 달걀 프라이. 반찬 통을 채 절반도 채우지 못한 김치와 김과 오이. 나는 신경질적으로 도시락 통 뚜껑을 닫았다.

"아침부터 뭐 이렇게 시끄럽냐."

오빠였다. 오늘도 등장부터 빵점이다. 부엌으로 들어서는 모양새를 보니 아직 세수도 안 한 듯했다. 오늘도 학원에는 가지 않을 모양이다.

오빠는 작년에 수능을 봤다. 8등급을 받고 지방 대학에 합격했다. 그러고는 재수를 하겠다며 바로 휴학을 했다. 학원에 등록하고 문제집도 잔뜩 사 왔다. 하지만 오빠가 새벽같이 일어나 학원에 나간 건 고작 3일이었다. 그 뒤부터는 집에 틀어박혀 텔레비전만 봤다. 그러다가 친구들에게 전화가 오면 술을 마시러 나갔다.

어떻게 봐도 한심하다. 그런데 왜 할머니는 오빠만 보면 백점만점에 백점을 외치는 걸까? 콩깍지 정도가 아니라 더 거대한 무언가가 할머니의 눈에 철썩 붙어 있는 것만 같다.

잘라 낸 달걀 프라이 조각만 도마에 남았다.

"야, 뭐 먹을 거 없냐?"

오빠가 요란스럽게 밥통을 열었다가 닫았다. 나는 달걀 프라이 조각을 은박지에 담아 따로 챙겼다.

"야, 씹냐?"

부엌을 나서는데 무언가 날아와 내 뒤통수를 때렸다. 또르르, 발 아래로 떨어져 구른 건 물통 뚜껑이었다.

"이왕 만드는 거, 오빠 밥도 좀 차려 주지. 하여간 계집애가 쓸모가 없어."

할머니는 손수레를 들고 계단 위로 올라갔다. 할머니가 폐지를 주울 때 쓰는 손수레는 낡았다. 들어 올리기만 해도 끼익, 기분 나쁜 마찰음이 났다. 마음 어딘가를 날카롭게 할퀴는 듯한 그런 소리였다.

고등학교 첫날 아침을 이렇게 망칠 수는 없었다. 나는 집 앞 골목길을 이쪽 끝에서부터 저쪽 끝까지 걸었다. 은박지에 담아 온 달걀 프라이 냄새가 사방으로 퍼지도록 이리저리 흔들었다.

하지만 실패였다. 여유 시간이 다 지날 때까지 고양이는 나타나지 않았다.

내가 찾는 건 등에 하얀 무늬가 있는 갈색 고양이다. 홀쩍 나타났다가 사라지는 길고양이다. 쓰레기 소각장이 있어서인지, 우리 동네에는 유독 길고양이와 떠돌이 개가 많다. 하지만 그중에서도 그 갈색 고양이는 특별하다.

클로버. 갈색 고양이의 등에 있는 무늬가 내게는 클로버로 보인다.

내가 처음 녀석을 만난 건 여섯 달 전이었다. 그날 음악 시간에 노래를 잘한다는 칭찬을 들었다. 반 애들의 시선이 내게 향했다.

다음번에 녀석을 봤을 때에는 친구들과 간 노래방에서 번호를 알려 달라는 말을 들었다. 모르는 사람에게 예쁘단 말을 들은 것도, 헌팅을 당한 것도 처음이었다. 모아야, 너도 좀만 꾸미면 예쁘다니까. 친구들 말에 슬쩍 어깨가 올라갔다.

아침에 클로버를 본 날은 하루에 꼭 한 번, 좋은 일이 일어났다. 그건 어느새 내 징크스가 되었다. 종종 고양이에게 먹이도 주게 되었다. 처음에는 내가 내미는 소시지를 무시하던 클로버도 이제는 슬금슬금 다가오곤 한다.

골목을 한 바퀴 돌았지만 클로버는 발견할 수 없었다. 나는 은박지를 빌라 현관 한쪽에 놓아두고 집을 나섰다.

'아, 뭔가 쎄 한데…… 엄청.'

이런 예감은 이상하게 잘 들어맞는 편이다. 꼭 시청에서 얻어 입은 낡은 교복 때문에 드는 생각이 아니다. 약한 마음을 먹으면 안 돼. 나는 찰싹, 양 뺨을 가볍게 두드렸다.

일단 허리를 곧게 폈다. 그리고 표정은 시크하게.

나는 골목 끝에 세워진 트럭 앞에 멈춰 섰다. 거울을 대신해 트럭 창문에 얼굴을 비춰 보며 틴트를 덧발랐다.

이 정도면 예쁜 것도 같다.

하지만 첫 시작이 도시락이라니.

학교에서의 점심시간은 중요하다. 그건 단순히 밥 먹는 시간이 아니다. 누구와 함께 점심을 먹는가, 하는 것이 1년 동안의 학교

생활을 결정지을 수도 있다. 그러니 학년 초의 점심시간에는 반 아이들의 눈이 입보다 바쁘게 움직인다.

신학기의 탐색기는 전쟁이다.

서로에 대한 정보라고는 첫인상, 약간의 대화, 몇몇 뜬소문뿐인 아이들이 서로를 살핀다. 같은 학교 출신들이 한 반에 모여 있거나, 같은 학원을 다니는 애들이 많으면 그나마 편하다. 하지만 그게 아닌 다음에야 낙동강 오리알이 되지 않도록 조심 또 조심해야 한다. 내가 그렇다. 중학교 친구들 중에서 나만 뚝 떨어진 고등학교에 배정되었으니까.

학년 초 점심시간에 절대 해서는 안 되는 일이 있다면 '혼밥'이다. 그건 확성기에 대고 '나는 애들에게 한마디 말을 걸 숫기도 없답니다.' 하고 외치는 것과 진배없는 행동이다.

그런데 내가 지금, 그 확성기를 집어 들기 직전이다.

"도시락이야? 급식 안 먹어?"

"첫날부터 부지런하다. 다이어트 해?"

급식을 함께 먹자며 내게 다가왔던 아이들이 우르르 교실을 빠져나갔다. 나는 도시락을 움켜쥐고 교실 안을 둘러보았다. 한 무리의 아이들이 모여 앉아 도시락을 꺼내고 있었다. 치마를 아주 짧게 줄인 교복, 적당히 폭만 줄인 교복, 아예 줄이지 않고 그대로인 교복을 입은 아이들이 서로 어깨가 닿지 않을 만큼의 거리를 유지하며 앉아 있었다. 점심시간을 위해 급조된 그룹이라는 티가 역력했다. 그래도 혼자 먹는 것보다는 백배 낫다. 나는 도시락을 들고 자리에서 일어났다.

순간 시큼한 냄새가 코를 찔렀다. 내 교복 블라우스의 배 부분이 칼에 찔린 듯 붉게 물들어 가고 있었다. 나는 배를 가리고 엉거주춤 교실 밖으로 나왔다. 복도 끝의 화장실로 달려갔다.

나는 세면대 앞에 서서 수도꼭지를 끝까지 열었다. 그런데도 물은 찔끔찔끔 흘러나왔다. 물을 묻혀 문지르자 김치 국물은 주황색으로 옅어졌다. 하지만 옅어진 색만큼 넓게 퍼진 김치 국물 자국이 블라우스 아래쪽을 완전히 뒤덮어 버렸다.

킁킁! 나는 블라우스 끝자락을 잡고 냄새를 맡아 봤다. 시큼한 냄새가 교복 안, 피부 속까지 집요하게 파고든 것만 같았다. 나는 블라우스에 남은 물기를 짜냈다.

김치 냄새를 풍기는 여고생. 이런 건 절대, 내가 생각했던 고등학교 데뷔가 아니었다.

할머니에게 온갖 욕을 들으면서 교복을 줄였다. 비비크림과 틴트도 샀다. 친구에게 화장하는 법을 배우고, 연습하느라 밤마다 화장실에서 끙끙거렸다.

이른바 '잘나가는 아이'가 되기 위한 노력은, 김치 국물 사이로 빨간 물거품이 되어 산산이 사라져 버렸다.

그럭저럭 무난하고 착하다.

초등학교 6년, 중학교 3년까지 통합 아홉 해 동안 내 생활기록부에 적힌 말이다. 성실하다, 얌전하다, 좀 더 적극적으로 노력할 것 등등 표현은 모두 달랐다. 나는 그 말들을 볼 때마다 궁금해졌다. 선생님들은 정말 모르는 걸까 싶었다.

'그럭저럭' 해내기 위해, 갖은 노력을 해야 하는 사람도 있다.

내 방이 없어서 거실에서 숙제를 하고, 문제집 한 권을 사도 온갖 눈치를 봐야 하며, 시험 기간에도 계속되는 오빠의 텔레비전 공격을 견뎌야만 간신히 수업 진도를 따라가고 중간 등수의 성적을 유지할 수 있다. 알량한 지갑 사정 때문에 화끈하게 쏘지는 못해도 매번 얻어먹지 않기 위해 남은 용돈을 신경 써야 한다.

어디 그뿐인가? 노력으로는 극복할 수 없는 '그럭저럭'도 잔뜩 있다. 155센티미터 이상으로 크지 않는 키, 도통 빠지지 않는 58킬로그램의 몸무게 같은 것 말이다.

무난한 게, 그럭저럭한 게 어떻다고? 평범한 건 조금도 나쁘지 않다. 중용의 도, 넘치는 것은 차지 아니한 것만 못하다. 이게 내 신조였다. 생활기록부의 말들이 생선 가시처럼 가슴에 탁 걸릴 때마다 나는 밥 한술 크게 삼키듯 아빠와 엄마를 떠올렸다. 내 부모님은 중간을 못 지켜서 인생을 망친 이들의 대표 주자 같은 사람이었다.

아빠는 그럭저럭 좋아했으면 됐을 술을 넘치게 사랑해서 급성 알코올 중독으로 세상을 떠났다. 엄마는 그럭저럭 괜찮은 남자를 선택해 결혼했으면 될 것을, 불꽃같은 사랑에 젊음을 불사른다며 자기보다 열다섯 살이나 많은 아빠를 선택했다. 그 특별한 사랑이 평균 이하의 지긋지긋한 미움으로 변하는 데 채 3년도 걸리지 않왔다.

'안 하던 짓을 하는 게 아니었어.'

나는 이불 안에서 킥을 날렸다.

한 번쯤 잘나가는 '특별한' 아이가 되어 보겠노라고 결심을 한 건 중학교 3학년, 졸업식 날이었다.

그날따라 생활기록부에 적힌 말이 더 신경 쓰였다. 졸업 사진도 퉁퉁 부은 얼굴로 나온 게 영 마음에 들지 않았다. 생활기록부와 졸업 앨범은 집에 오자마자 옷장 안에 넣어 버렸다. 옷장을 연 김에 고등학교에 올라가 입을 교복을 꺼냈다. 시청에서 받아 온 교복은 졸업생들이 남겨 두고 간 것이었다. 깨끗하게 다림질까지 되어 있었지만 재킷의 소매 끝에는 보풀이 일어 있었다. 교복을 슬쩍 몸에 대 보았다. 자루를 걸친 듯 볼품없었다. 교복을 도로 옷장에 집어넣었다.

아르바이트나 가자, 싶었다.

분식집의 앞치마가 고등학교 교복보다 더 몸에 익었다. 분식집에서 설거지 아르바이트를 한 지도 어느새 3년째였다. 3년 만에 나는 설거지통에 넘치게 쌓인 그릇들을 5분 안에 닦아 낼 수 있게 되었다.

분식집 문이 열렸다. 한 무리의 아이들이 우르르 들어왔다. 우리 학교 교복을 입은 애들이었다. 그중에서 교복을 입지 않은 2명이 확 눈에 들어왔다. 낯익은 얼굴이었다. 빨간 틴트를 바른 선명한 입술, 이른바 우리 반의 잘나가는 아이들이었다. 수학여행 때에는 장기 자랑 무대에 나가 춤을 추고, 쉬는 시간마다 서로 화장을 해 주며 깔깔거리고, 급식실의 긴 줄 제일 앞에 끼어들어도 욕한 마디 듣지 않는 아이들 말이다. 애들은 분식집 한가운데에 자리를 차지하고 앉았다.

"선배들, 졸업 축하드려요!"

떠들썩한 목소리들이 좁은 분식집을 꽉 채웠다. 나는 슬며시 부엌 안쪽으로 한 걸음 더 들어갔다.

"이것 좀 저쪽 애들 자리에 가져다줘라."

주방 아주머니가 내게 쑥 쟁반을 내밀었다. 떡볶이, 김밥, 순대에 어묵이 쟁반에 넘치게 놓여 있었다.

"제가요?"

"오늘 홀 아줌마가 안 나와서 손이 없잖아. 어휴, 바빠 죽겠다. 빨리빨리 해."

나는 어쩔 수 없이 쟁반을 받아 들었다. 초록색 큰 글씨로 분식집 상호명이 적힌 앞치마는 설거지를 하다가 튄 물이 얼룩져 있었다. 앞치마를 벗고 싶었지만 주방 아주머니의 재촉에 떠밀려 그럴 새도 없었다.

같은 반이었는데…… 분명히 알아볼 텐데……. 오늘은 졸업식이고, 놀기에도 바쁜 날인데 넌 여기서 뭐 하냐고 물어보면 어떡하지? 부엌에서 아이들이 앉아 있는 자리까지 고작 몇 걸음 걸어가는 동안 쟁반은 점점 더 무거워졌다.

나는 쭈뼛쭈뼛 자리로 다가가 탁자 위에 쟁반을 내려놓았다. 쟁반 모서리에 아슬아슬 걸쳐져 있던 떡볶이 접시가 탁자 위로 미끄러졌다. 빨간 틴트의 소맷자락에 떡볶이 국물이 튀었다. 에이 씨, 빨간 틴트가 나를 흘겨봤다.

"조심 좀 해요, 아줌마."

빈정거리려고 나를 그렇게 부른 건가 싶었다.

"야, 아줌마가 일부러 그런 것도 아닌데. 죄송해요, 아줌마."

옆에 앉아 있던 다른 한 명이 내게 고개를 꾸벅 숙여 보였다.

"나 아줌마 아닌데…… 같은 반이었잖아, 우리…… ."

아차 싶었다. 당황한 나머지 생각할 틈도 없이 말이 튀어 나갔다. 순간 탁자에 둘러앉은 아이들의 눈길이 모두 내게 와 꽂혔다.

"모르겠는데? 교복을 안 입고 있어서 그런가?"

"미안. 네가 너무 지루하게 생긴 탓도 있는 거다, 그치?"

와락 웃음이 터졌다. 나는 깔깔거리는 웃음소리에 밀려 부엌으로 돌아갔다. 웃음소리는 빨간 떡볶이 국물보다 더 진하게 내게 스며들었다. 아르바이트가 끝나고 분식집 앞치마를 벗은 후에도 그 웃음소리는 좀처럼 내게서 떨어지지 않았다.

나는 집으로 돌아와서 다시 고등학교 교복을 꺼내 입었다. 펑퍼짐한 교복을 입은 모습은 말 그대로, 지루해 보였다.

한 번쯤 달라지고 싶었다. 적어도 투명 인간 취급을 당하지 않도록, 퍼뜩퍼뜩 떠오르는 그 웃음소리를 싹 잊어버릴 수 있도록 말이다.

하지만 김치 국물이라니…… 차라리 평생 귓가에 웃음소리가 왕왕 울리는 게 더 낫다. 그건 적어도 쪽팔리지는 않으니까. 점심 시간 이후로도 계속 몸에서 풍기던 냄새가 떠올라 나는 이불 속에서 또다시 발버둥을 쳤다.

"야! 이거 또 네가 그랬지?"

뒤집어쓴 이불 위로 할머니의 고함 소리와 함께 무언가가 후드득 떨어져 내렸다.

"이런 거 놔두지 말랬지? 길고양이 끌어들인다고, 집주인이 화낸다고 했잖아!"

나는 이불 속에서 숨을 죽이고 몸을 웅크렸다. 카운트 시작이다. 하나, 둘, 셋, 퍽! 이불 위로 할머니의 손이 날아왔다.

"집에 들어왔으면 청소도 좀 하지. 왜 초저녁부터 드러누워 있어, 드러눕길! 아이고, 하여간 계집애가 쓸모가 없어, 쓸모가……."

할머니의 발이 툭, 내 머리를 쳤다. 할머니는 고치가 된 내 위를 껑충껑충 넘어 거실을 이리저리 오갔다. 쿵쾅이는 발소리가 사라지고 현관문을 잠그는 소리가 났다.

나는 그제야 꾸물꾸물 이불 밖으로 나왔다.

"뭐야, 클로버. 진짜 입도 안 댄 거야?"

나는 이불 위에 흩어진 달걀 프라이 조각 중 하나를 살짝 집어 들었다.

'망할 놈의 도시락. 내가 두 번 다시 싸 가나 봐라.'

꼬르르륵.

모른 척했다. 모른 척할 수 있을 만한 크기의 소리였다.

꾸르르륵!

갑자기 소리가 커졌다. 나는 슬그머니 배를 눌렀다. 수학 시간, 쪽지 시험을 보는 중이었다. 교실은 조용했다. 누군가 듣지 않았을까 싶어 조마조마했다.

'미쳤어! 과자 한 봉지면 되는 거 아냐?'

도시락을 싸지 않은 지 3일째였다.

매점에서 파는 과자는 한 봉지에 500원이었다. 일주일에 3천 원 남짓, 한 달이면 1만 2천 원이다. 이 정도면 간신히 용돈 안에서 해결되겠지 싶었다. 빵과 우유라면 더 좋았겠지만 그랬다간 완전 예산 오버다. 과자 한 봉지로 점심을 때우면 살도 좀 빠지겠지 싶어 흡족하기까지 했다. 하지만 부스러기까지 탈탈 털어 먹었는데도 이렇게 금방 배가 고플 거라는 건 내 계산 안에는 들어 있지 않았다.

'급하게 먹어서 그런가?'

매점 한쪽에 혼자 서서 허겁지겁 먹는 과자는 맛이 없었다. 달콤 짭짜래한 과자를 먹으면 먹을수록 오히려 밥이 더 먹고 싶어졌다. 와작와작, 과자를 요란하게 씹어 봤지만 소용없었다.

쉬는 시간이 되자 어김없이 매점의 유혹이 몰려왔다. 내 한 달 용돈은 3만 원이다. 점심 값으로 1만 2천 원이 빠지면 남는 건 1만 8천 원 정도뿐이다. 하루에 500원만 더 간식비로 써도 지갑은 금세 바닥을 보일 터였다.

'가지 마. 가지 말래도!'

이성은 내 엉덩이를 의자에 붙여 놓으려 했다. 안 가면 다음 수업 시간에도 꼬르륵거릴 텐데. 게다가 애들이 널 어떻게 보겠어? 만날 얻어먹기만 한다고 생각할 게 분명해. 그런 게 싫어서 점심도 혼자 먹는 거잖아.

늘 유혹이 더 강하다.

결국 나는 자리에서 일어났다. 친구들과 어울려 교실 뒷문을 빠져나가는데 뒤통수가 따끔했다. 휙 뒤돌아보았더니 최수빈과 눈이 마주쳤다. 최수빈은 연갈색 아이라인을 선명하게 그리고 등교하는 아이들 중 한 명이다. 그중에서도 최수빈은 특별 취급을 받는 듯했다.

"최수빈이 이쪽 보지 않았어?"

"누굴 찍은 건 아니겠지? 난 쟤 좀 무섭더라."

"쟤 머리 짧은 거, 가출했다가 밀린 거라며?"

나는 다시 고개를 돌렸다. 아이들의 소곤거림 속에 몸을 숨기듯 교실을 나왔다.

'설마 날 본 건 아니겠지?'

나는 최수빈을 모른다. 우리는 같은 반, 나와 같은 줄의 가장 끝자리에 앉아 있다는 게 최수빈에 대해 아는 전부다. 책상 다섯 개의 거리는 멀다.

1년 꿇고 학교에 들어온 언니. 그게 반 아이들이 알고 있는 최수빈의 정체다.

'그 이상은 알 필요도 없고, 알고 싶지도 않고.'

나는 매점의 긴 줄에 섞여 들었다.

일요일 아침에 늘어지게 늦잠을 자 보고 싶다.

'내가 진짜, 이 집에서 나가자마자 한다.'

이곳, 반지하 집에서 머무는 동안은 이루기 힘든 꿈이다. 아침 6시만 되면 골목과 바로 연결된, 거실의 유일한 창으로 온갖 소리가 새어 들어오는 건 둘째 문제다. 자도 자도 졸린 열일곱 나이니까 그런 소음쯤은 무시할 수 있다.

하지만 나와 한 이불을 덮고 자는 할머니가 5시 반부터 일어나는 데는 버틸 재간이 없다. 할머니는 10여 분 정도 요란스럽게 트림을 계속하다가 내 몸 위를 잰 발걸음으로 넘나들었다.

"어휴, 이게 처자는 것 좀 봐라. 일요일이면 할머니 좀 도와야지. 어여 일어나!"

그러고는 결정적인 한 방, 웅크리고 누운 내 등에 할머니의 손이 철썩 내려앉았다.

'내가 스무 살만 되어 봐라. 고시원이든 어디든 바로 나가고 말 테다.'

나는 슬리퍼에 발을 우겨 넣으며 현관에 놓인 진갈색 운동화 끝을 질근 밟았다. 오빠의 운동화다. 오빠의 방문은 꼭 닫힌 채였다. 드르렁, 코 고는 소리가 거실까지 새어 나왔다.

집에 문이 달린 방은 딱 하나뿐이다. 그건 원래 아빠의 방이었다. 그리고 지금은 오빠의 방이다. 그렇게 정한 건 할머니였다. 나도 방을 가지고 싶었다. 옷을 갈아입을 때마다 화장실 문을 걸어 잠가야 하는 게 지긋지긋했다.

"계집애는 집 떠나면 남의 자식이야, 남의 자식. 장남은 집안의 기둥이고."

귀에 딱지가 앉을 정도로 들은 말이다.

"손수레 들고 먼저 나가 있어. 국 다 끓이고 나갈 테니까."

구수한 된장찌개 냄새를 맡자 배가 고팠다.

"밥 먹고 나가면 안 돼?"

"늦장 부리면 파지 다 없어져. 빨리 줍고 와야 할머니도 좀 쉬다가 식당에 나가지."

"그럼 그건 왜 끓였어?"

후루룩! 할머니는 국자에 담긴 된장국의 간을 봤다. 현관에서는 부엌에 선 할머니의 뒷모습이 고스란히 보였다. 나는 반으로 접힌 손수레를 집었다.

"네 오빠 일어나면 밥 말아 먹을 거리라도 있어야 할 거 아냐."

할머니의 대답은 내 예상에서 0.1밀리미터도 벗어나지 않았다. 나는 손수레를 들고 계단을 올랐다. 손수레의 바퀴 하나가 금방이라도 빠질 듯 설렁인다. 손수레는 사 올 때부터 그랬다. 할머니는 보조 바퀴가 헐거워서 만 원이나 싸게 샀다고 오히려 좋아했다.

"보조 바퀴 같은 거는 있으나 마나지. 쓸모없어. 큰 바퀴 네 개만 잘 굴러가면 됐지."

나는 덜렁이는 보조 바퀴를 흘겨보았다.

'너도 참 너다. 왜 거기 계속 붙어 있니?'

나는 손수레를 계단 옆에 세웠다. 주머니 안에서 간식용 소시지를 꺼냈다. 절반을 베어 먹고 남은 절반은 허공에 흔들었다. 소시지는 클로버가 제일 좋아하는 음식이다.

'어라, 이래도 안 나타나네?'

일주일 내내 클로버를 보지 못했다. 동네를 어슬렁거리는 것조차 보지 못한 적은 이제껏 없었다. 나는 소시지를 다시 반으로 잘라서 한 조각을 계단 옆 바닥에 놓았다.

"야! 그런 거 하지 말랬지!"

어느새 계단을 올라온 할머니가 내 뒤통수를 때렸다. 할머니의 손에서 된장국 냄새가 났다.

"그런 거 백날 해 봐라, 그게 오나."

할머니는 발끝으로 내가 놓아둔 소시지를 밟아 으깼다.

"그 고양이, 내가 빗자루로 흠씬 패 가지고 쫓아 버렸다. 그놈 때문에 집주인 할망구한테 한 소리 들은 거 생각하면, 어휴. 고양이 때문에 쫓겨날 일 있어, 응?"

뭉개진 소시지는 할머니의 발끝에 차여 날아가 전봇대 아래 쓰레기통 틈으로 사라졌다.

"뭘 노려봐, 이년아. 불만 있으면 네가 집주인이 되던가."

나는 점심 때 소시지 하나를 골목에 두었다. 다음 날 아침에도 두었다. 여섯 개들이 소시지 한 통이 전부 사라질 때까지 여기저기 두었다. 하지만 소시지는 같은 자리에서 사라지지 않았다. 딱 한 번, 슈퍼마켓에서 키우는 개가 소시지를 물고 쏜살같이 달려가는 것을 보았을 뿐이다.

클로버는 나타나지 않았다. 여섯 개째 소시지를 할머니에게 들키지 않게 치운 날 저녁이었다.

나는 이불을 뒤집어쓰고 아주 조금 울었다.

"너, 잠깐 나 좀 보자."

점심시간이 되자마자 최수빈이 내 책상 옆에 버티고 섰다.

"나?"

키가 큰 최수빈이 나를 내려다보았고 나는 어쩐지 기가 죽었다.

"그래. 따라와."

최수빈이 손끝을 까닥였다. 한순간 교실이 조용해졌다. 몇몇은 나와 최수빈을 힐끔힐끔 곁눈질로 봤다. 이 이상 버텨 봤자 애들의 점심 수다에 반찬거리만 늘려 주겠다 싶었다.

나는 최수빈을 따라 교실을 나섰다. 최수빈은 빠른 걸음으로 복도를 지났다. 복도 끝 출입문을 빠져나가 교사 밖으로 향했다. 그러다가 블록이 깔린 보행로의 끝에서 멈췄다. 매점 앞이었다.

최수빈은 빵과 우유를 샀다.

"넌 안 사?"

나도 얼결에 과자 한 봉지를 샀다.

최수빈은 매점을 끼고 오른쪽으로 방향을 틀었다. 작은 샛길이 나왔다. 샛길을 따라 약간 안으로 들어가면 나오는 건 정자다. 학교의 누구나 알고 있지만 굳이 찾아가지 않는 장소이다.

정자는 매점과 급식소 사이의 안쪽에 숨어 있어 운동장에서는 잘 보이지 않는다. 학교 뒤쪽을 둘러보지 않으면 정자가 그곳에 있다는 걸 모를 수도 있다. 그런데도 아이들 대부분은 정자의 존재를 알았다. 아파트나 박물관 같은 곳이었다면 정자는 오히려 그 존재감을 드러내지 못했을 것이다.

하지만 여긴 고등학교였다. 교내에 정자가 들어서 있는 것이다.

중학교를 졸업하기 전, 나는 답사차 미리 고등학교를 둘러보러 왔을 때부터 정자가 신경 쓰였다. 같이 견학을 왔던 다른 아이들도 마찬가지인 듯했다.

"뭐야, 저거. 학교에 왜 저런 게 있어?"

그런 말들을 하며 다들 한 번씩, 건물 뒤쪽을 기웃거렸다.

정자는 낡은 듯 낡지 않아 보였다. 여섯 개의 굵은 기둥이 육각의 지붕을 받치고 있었다. 지붕 위에는 검푸른 색의 기와가 무겁게 올라가 있었다. 몇몇 군데 깨지고, 몇 개는 금방이라도 정자 아래로 떨어질 듯 보였다. 기둥과 기둥 사이에는 제법 폭이 넓은 난간이 빙 둘러져 있었다. 엉덩이를 대고 앉아 손으로 중심을 잡지 않아도 편하게 앉을 수 있을 만한 폭이었다. 난간의 아래쪽에는 국화 무늬가 새겨져 있었고, 지붕과 기둥 사이에 현판도 하나 달려 있었다. 하지만 현판에 적힌 글자는 희미해서 읽을 수 없었다.

비바람에 씻겨 나간 기색이 역력했다. 학교보다 산속의 절 어딘가에 세워져 있어야만 할 듯했다.

1학년들 중 정자에 다가가는 아이는 없었다. 학년 초반에는 정자가 일진들의 모임 장소라는 소문이 돌았다. 나는 그건 아닐 거라고 짐작했다. 정자를 기웃거렸을 때 담배 냄새가 전혀 나지 않았기 때문이었다. 작은 창을 통해 흘러 들어오는 골목의 담배 연기 덕분에 우리 집 부엌은 냄새에 찌든 상태다. 하지만 그런 이야기를 입 밖으로 꺼내지는 않았다. 정자의 명예까지 지켜 줘야 할 의리는 없었다.

최수빈은 정자의 계단을 성큼 올라갔다. 나는 계단 아래에서 멈춰 섰다. 계단 아래에서도 정자 한가운데에 몇몇이 모여 앉아 있는 모습이 보였다.

'뭐야, 애네…… 진짜 내 삥이라도 뜯으려는 거야?'

덜컥 겁이 났다.

"뭐 해? 올라와."

최수빈이 정자 위에서 손짓했다. 나는 계단 위에 발을 디뎠다. 발에 힘이 들어간 탓인지, 그저 낡아서인지 계단은 삐걱거렸다.

자연스럽게…… 겁먹은 티를 내면 그때부터 지는 거다.

나는 정자로 올라갔다. 올라서는데 점점 좋은 냄새가 났다. 코를 킁킁거렸다. 맛있는 냄새였다. 따뜻하지는 않지만 미지근하게 식은 음식들의 냄새가 뒤섞여 있었다. 나는 정자 위에 올라서서 눈을 깜빡였다. 저게 뭔가 싶었다.

정자 한가운데에 신문지가 깔려 있었다. 신문지 위에 놓인 건 도시락이었다. 눈을 부릅뜨고 다시 봤다. 역시 도시락이다. 둥그런 보온 도시락이 하나, 네모난 큰 찬합이 하나, 은박지에 싼 커다란 주먹밥이 두 개 놓여 있었다.

"네 도시락은?"

신문지 앞에 앉은 사각턱 남자애가 최수빈에게 물었다. 최수빈은 손에 든 비닐봉지를 흔들어 보였다. 그러더니 내 한쪽 어깨를 턱 붙잡았다. 나는 최수빈에게 떠밀려 신문지 둘레에 앉았다. '학교 폭력 심각!'이라는 신문 기사 제목이 눈에 확 들어왔다.

"누구야?"

"우리 반."

최수빈이 내 옆에 척 양반 다리를 하고 앉았다. 그러고는 빵과 우유를 꺼냈다. 신문지 위의 도시락들도 하나씩 뚜껑이 열렸다. 음식 냄새가 더 강렬해졌다.

"이것 좀 마셔 봐."

나와 마주 앉아 있던 남학생이 내게 우유를 건넸다. 매점에서 최고로 인기가 좋은 초코 우유였다. 항상 사 먹고 싶었지만 한 개에 1천 원이나 해서 자주 망설이던 것이었다. 검은 뿔테 안경을 쓴 남자가 갑자기 잘생겨 보이기까지 했다. 뿔테 안경의 윗주머니 틈으로 노란색 명찰이 힐끔 보였다. 3학년 선배인 모양이었다. 최수빈이 툭, 내 어깨를 쳤다.

"오빠한테 반하면 안 돼. 내 남친이거든. 앗, 닭튀김 하나는 내

거!"

최수빈은 반찬통에서 집어 든 반찬들을 매점에서 사 온 땅콩 샌드위치 속에 밀어 넣었다. 종잇장 같던 빵이 벽돌만큼 두툼해졌다. 최수빈은 "스페셜 버전 완성!"을 외치며 샌드위치를 덥석 베어 물었다.

꿀꺽! 침이 넘어갔다.

나는 과자 봉지를 뜯었다. 그때 주먹밥 하나가 턱, 내 무릎 위에 놓였다. 매점에서 파는 조그만 삼각 김밥과는 크기부터 차원이 달랐다. 거대한 폭탄 주먹밥이었다. 내게 주먹밥을 준 건 다른 편 옆자리에 앉은 여자애였다. 여자애의 얼굴은 긴 생머리에 가려져 잘 보이지 않았다.

"두 개 다 먹으면 칼로리가 장난이 아니거든. 그래서 주는 것뿐이야."

긴 생머리의 목소리는 어쩐지 귀에 익은 듯했다. 나는 과자 봉지를 제쳐 둔 채 일단 주먹밥부터 베어 물었다. 간 돼지고기와 다진 김치가 듬뿍 들어 있다. 또다시 한 입을 베어 물었다.

뺨이 간질간질했다. 생머리는 내가 옆으로 밀쳐 둔 과자 봉지를 노려보고 있었다. 내가 과자 봉지를 내밀자 그 애는 기다렸다는 듯 냉큼 빼앗아 갔다. 생머리는 허겁지겁 한 봉지를 다 먹어 치웠다.

탈탈! 생머리는 과자 부스러기 하나 놓치지 않겠다는 듯 고개를 뒤로 젖힌 채 봉지 입구를 입에 가져다 대고 털어 넣었다.

"아 씨, 더럽게 맛있어."

생머리가 신경질적으로 머리카락을 쓸어 넘겼다. 콧등 끝에 콕 박힌 작은 점이 보였다. 하루 종일 텔레비전 앞에 붙어사는 오빠 때문에, 온갖 드라마와 음악 방송을 볼 수밖에 없었던 나다. 강보라, 쟤는 저 점이 포인트야, 포인트. 얼굴은 강아지인데 저 점 하나 덕분에 섹시미가 확 올라간다니까. 그렇게 떠들어 대던 오빠의 목소리가 생각났다.

아무리 봐도 그 점에 그 얼굴이다.

"한 봉지를 혼자 다 먹어 치우다니, 이기적인 것."

"단골손님한테 못하는 소리가 없다?"

강보라는 사각턱을 향해 눈을 흘겼다. 사각턱이 도시락 뚜껑에 반찬을 덜었다. 젓가락질이 빠르고 깨끗했다. 옆에서 옆으로 옮겨 온 도시락 뚜껑이 내 앞에 놓였다.

깔끔했다. 한가운데에 놓인 노란 달걀말이, 둥글게 쌓인 멸치조림, 가지 조림이 소복이 담겼다. 텔레비전에서 봤던 고급 식당의 전채 요리처럼 보였다. 강보라와 사각턱이 티격태격했다.

"야! 많이 담지, 뭔 쓸데없는 멋만 부려?"

"음식을 담는 게 얼마나 중요한데. 보기 좋아야 맛도 더 좋아지거든?"

"저놈의 개똥철학."

나는 달걀말이를 집었다. 도톰한 노란 조각을 입에 넣었다. 맛있다.

"맛있지? 너도 생각 있으면 말해. 부원들한테는 특별 할인가로

서비스하니까.”

사각턱의 말이 외국어처럼 들렸다. 분명 우리나라 말인데 무슨 뜻인지 알 수가 없다.

“어때, 괜찮지?”

샌드위치 두 개를 먹어 치운 최수빈이 툭, 내 어깨를 쳤다.

“뭐가?”

“도시락부에 들어오라고.”

“도시락부?”

최수빈의 말을 따라 중얼거려 보았다.

‘정체불명인데…….’

아무래도 위험하다. 머릿속에서 빨간 신호가 번쩍번쩍 경고음을 내며 돌아갔다. 특별해지고 싶다는 바람은 지금도 내 마음 어딘가에서 들썩거린다. 하지만 그렇다고 최수빈처럼 붕 뜬 존재가 되고 싶은 건 아니었다. 그러느니 차라리 그럭저럭한 중용의 미를 지키며 고등학교 3년을 지내는 게 안전할 터이다. 그런데도 바로 그 자리를 떠나지 못한 건 계란말이가 맛있었기 때문이다.

정말로 그것뿐이었다.

도시락 연구부.

도시락부의 정식 명칭이다. 하지만 그 이름을 들어도 여전히 무엇을 하는 부인지 확실히 알 수 없었다. 도시락을 연구하다니? 학교에서 그런 활동을 정식 동아리로 인정해 줄까 싶었다. 하지만 도시락부는 의외로 유명했다.

"도시락부, 알아?"

내가 주변 아이들에게 물어봤을 때 아예 모른다고 고개를 내저은 아이는 거의 없었다. 그중에는 꽤나 열성적으로, 도시락부에 대해서 줄줄 읊어 준 아이도 있었다. 그 아이는 이신기 선배의 팬이었다.

도시락부의 유일한 3학년생이 이신기였다. '엄친아'나 '교회 오빠' 같은 수식어가 무척이나 잘 어울리는 선배다. 검은 뿔테 안경과 단정한 교복이 답답한 범생이처럼 보이기보다 훈훈하게 잘 어울리기만 했다. 이신기 선배는 수학 천재이자 컴퓨터 천재로 상당히 유명한 듯했다. 국제 수학 경시 대회에 한국 대표로 참가하기도 했고, 고등학생으로는 최초로 한국 화이트 해커 연합 팀의 멤버가 되기도 했단다. 방송에도 몇 번 나와서인지 팬클럽까지 있다는 거였다. 우리 반의 몇몇도 이신기 선배에게 꽤나 관심이 있는 듯 내가 이름만 꺼내도 술술 선배에 대해 이야기를 털어놓았다.

"그런데…… 진짤까? 우리 반 최수빈이랑……."

이신기 선배에 대해 신나게 떠들던 애들은 대부분 비슷하게 말끝을 흐렸다.

이신기 선배와 최수빈이 사귄다는 건 전교생 중 알 만한 사람은 다 아는 사실이었다. 쉬는 시간이면 2, 3학년 선배들 몇몇이 우리 반의 뒷문을 기웃거렸다. 진짜 쟤야, 이신기 여자 친구가? 선배들은 뜨악한 표정으로 최수빈을 보며 소곤거리다가 사라졌다.

나보다 한 살 많은 동급생, 최수빈은 소문을 몰고 다녔다. 중학교를 주름잡은 일진이었다는 이야기도 있고 가출이나 패싸움을 벌여서 정학을 당한 거라는 이야기도 있었다. 책상 위에 엎드려 있으면 남자애처럼 보이는 큰 키와 덩치, 누가 봐도 화장한 티가 역력한 얼굴이 그런 소문을 하나씩 늘리고 키웠다. 소문이 너무 다양해서 내가 보기에는 어느 것도 진짜 같지 않았다.

2학년 선배 중에는 강보라가 단연 유명했다. 강보라에 대해서는 누구에게 물어볼 필요가 없었다. 국민 여동생, 강보라에게 붙어 다니는 수식어였다. 인터넷을 검색하면 강보라에 대한 기사가 밤새 봐도 다 못 볼 정도로 많이 떴다. 강보라는 아역 배우로 여섯 살 때부터 활동한 탤런트이자 한참 잘나가는 걸 그룹 멤버였다. 내가 학교에서 강보라를 봤다고 하자 한심한 오빠는 상기된 얼굴로 콧바람을 뿜어 댔다. 오빠가 강보라에 대해 줄줄 읊어 댄 덕분에, 나는 강보라의 신발 사이즈까지 알 수 있었다. 하지만 정작 우리 반 애들은 강보라에 대해 별다른 말을 하지 않았다. 강보라는 학교에 오는 날이 반, 안 오는 날이 반, 반반이었다. 1학년생들은 마주칠 기회가 없었던 것이다.

또 한 명의 2학년 선배, 민태준에 대해 알 수 있었던 것은 하나였다. 도시락을 파는 괴짜라는 거다. 나도 책상 서랍에서 도시락 판매 전단지를 발견했을 때에는 깜짝 놀랐다. 내 자리뿐만 아니라 반 전체의 책상 서랍에 들어 있었다. 그 전단지에 찍힌 도시락 사진은 정자에서 봤던 것과 비슷했다. 전단지에 적힌 '민태준'이라는 글씨를 보고서야 사각턱 선배의 이름을 알았다. 체격도 크고 얼굴도 우락부락해서 꼭 곰을 닮은 인상이었는데 전단지 속 도시락은 하나같이 아기자기 예쁘고 보기 좋았다.

"도시락부에 들어갈 생각은 없어, 그럼?"

이렇게 물으면 도시락부에 대해 신나게 떠들던 아이들은 하나같이 고개를 저었다.

"그건 좀…… 거기 너무…… 괴짜들 모임 같잖아."

괴짜, 썩 좋게 들리지는 않는 말이다. 그 단어를 아무리 곱씹어도, 정체 모를 실험 도구가 가득한 과학실에 서 있는 음흉한 과학자밖에 떠오르지 않았다.

도시락부의 규칙은 그렇게 이상하지 않았다. 오히려 느슨했다.

"도시락부가 아니더라도 원하면 언제든 정자에 와서 같이 먹어도 돼. 오는 사람은 막지 않거든. 부원이라고 해서 매일 정자에 나와야 하는 것도 아니고. 도시락은 뭐든 오케이야. 우유나 주먹밥이어도 괜찮아. 젓가락만 들고 와도 되고."

'도시락부'라고 내세울 정도면 반드시 집에서 싸 온 도시락이어야만 한다거나 뭐, 그런 규칙 정도는 있어야 하는 게 아닌가? 오는 사람도 안 막겠다니, 그럼 대체 부에 들어가야 할 필요성이 무언가 싶었다.

"엄청난 특전이 있거든, 부원이 되면……."

그러니까 이 기회를 놓치지 말고 꼭 들어오세요, 손님……. 최수빈이 홈쇼핑 쇼호스트로 빙의한 게 아닌가 싶었다. 은밀한 목소리에 열정적인 눈빛, 특히 '특전'을 강조하는 모습이 더할 나위 없었다.

'원 플러스 원 끼워 팔기를 시도하는 홈쇼핑은 요주의야, 요주의.'

나는 도시락부에 위험 스티커를 철썩 붙였다. 앞으로는 정자 근처에 얼씬도 하지 않겠노라 다짐하며 집 앞 골목으로 접어들었다.

"어휴! 하여간 사람들. 누가 이래, 정말……."

슈퍼 주인아줌마가 투덜거리고 있었다. 슈퍼 아줌마의 투덜거림은 골목의 표지판 같은 것이었다. 날이 더우면 덥다고, 추우면 춥다고, 장사가 안 되면 굶어 죽겠다고, 잘되면 바빠 죽겠다고, 아줌마의 투덜거림은 골목에 들어서는 사람들에게 알려 준다. 지금부터 당신들의 집이 있는 곳, 툭하면 재건축 이야기가 불거지는 골목이 시작된다고 말이다.

평소라면 신경도 쓰지 않았을 것이다. 그럼에도 불구하고 내가 슈퍼 앞에서 멈춰 선 건 그 투덜거림이 평소와 달라서였다. 슈퍼 아줌마의 끌끌 혀를 차는 소리에 힘이 없었다. 약간의 측은함도 엿보였다. 대지진 뉴스를 보든, 지구촌 난민 소식을 보든, 무덤덤하던 슈퍼 아줌마였다. "저것들이 나랑 무슨 상관이래?"가 아줌마의 말버릇이었다.

그런데 무언가, 사건이라 부를 만한 게 일어난 것이다.

나는 아줌마의 손에 들린 검은 비닐봉지를 보았다. 커다란 봉지다. 무언가 무거운 것이 담긴 듯 아래로 둥글게 축 처져 있었다.

안쪽에서 무언가 봉지를 뚫고 비죽 밖으로 나와 있었다. 나는 아줌마의 등 뒤로 가까이 다가갔다. 상체를 숙여 비닐봉지에서 삐져나온 것이 무엇인지 살폈다.

손가락 한 마디 정도의 뾰족하고 긴 발톱이었다.

"어이구, 깜짝이야!"

비닐봉지 입구를 다 묶고서야 슈퍼 아줌마는 내 기척을 알아챈 모양이었다.

"아줌마, 무슨 일이에요?"

나는 그것이 무엇이냐고 묻지 않았다. 발톱만 봐도 비닐봉지 안에 무엇이 들었는지 알 수 있었다. 문제는 그게 왜 비닐봉지 안에 들어가 있느냐는 거였다.

슈퍼 아줌마는 혀를 찼다.

"웬 나쁜 놈들이 약을 놨나 봐, 약을."

"약이요?"

"그래. 우리 슈퍼 앞을 자주 왔다 갔다 하던 고양이 있잖니? 검고 몸집이 큰 녀석 말이야."

슈퍼 아줌마는 쪼그렸던 무릎을 폈다. 흙바닥이 지저분했다. 붉은 피가 섞인 토사물이 점점이 흩어져 있다. 토사물 사이로 짓이겨진 노란 소시지가 언뜻 보였다.

"요즘 이런 일이 계속 생기네, 원. 야박해서……."

"계속이요?"

"중국집에 종종 드나들던 흰 고양이, 걔도 약을 먹고 저세상으

로 갔다고 하더라고. 중국집 아저씨가 그 고양이를 가게에서 기를
까 말까 고민했었대. 고양이치고 워낙 사람을 잘 따랐으니까. 그
렇지만 식당에서 그게 쉬운 결정은 아니잖니? 요리에 동물 털이
라도 들어가면 말썽이고 말이야. 그러던 중에 덜컥 그리되니깐 마
음이 영 안 좋다고 하더라."

가슴이 덜컥 내려앉았다.

"그런 일이 또 있었어요?"

"쓰레기장 주변을 어슬렁거리던 녀석들도 서넛 죽었다더라."

슈퍼 아줌마는 물이 담긴 양동이와 빗자루를 들고 나왔다. 토사
물은 물과 빗자루에 쓸려 하수구로 흘러갔다.

"아무래도 누가 고양이를 잡으려고 일부러 그러는 것 같아."

"일부러……."

"고양이가 밤에 울고, 쓰레기봉투도 찢어서 뒤진다고 싫어하는
사람이 많잖니. 그래서 고양이 먹이에 약을 섞어서 여기저기에 놓
아두는 게 아닌가 싶어. 우리 집 순둥이도 한동안은 묶어 놔야겠
네."

슈퍼 아줌마의 말이 끝나기 무섭게 대답하듯 평상 아래에서 개
가 컹! 짖었다.

'괜찮을까?'

연일 보이지 않는 클로버가 신경 쓰였다. 나는 집까지 가는 동
안 골목 이곳저곳을 살펴보았다. 쓰레기통 옆, 담장 위, 전봇대 옆
도 살폈다. 사람들이 잘 다니지 않는 뒷골목까지 가 보자 싶었다.

빌라의 뒤쪽 담장과 복합 상가의 뒤쪽이 맞붙어 있는 길인데, 상가 건물 뒤쪽에 달린 커다란 환풍기와 에어컨 때문에 평소 후덥지근하고 꿉꿉한 냄새로 가득 찬 곳이었다. 그 길은 한 사람이 들어가기에도 빠듯하게 좁았다. 쓰레기장까지 이어지는 지름길이지만 이용하는 사람은 거의 없다. 따뜻하고, 음식물 쓰레기가 있고, 사람들이 다니지 않는 골목. 길거리의 고양이며 강아지들이 보금자리로 삼기에 딱 좋은 장소다.

나는 상가 건물 쪽으로 꺾어 들어가다가 뒷골목 앞에서 멈췄다.

'이게 왜 여기에 있지?'

눈에 익은 손수레가 뒷골목의 입구를 막고 있었다. 칠이 벗겨진 손잡이와 옆구리에 긁힌 자국, 대롱대롱 매달린 검은 비닐봉지까지, 어디를 봐도 할머니의 손수레가 분명했다. 뒷골목으로 다가가는 내 걸음이 이유 없이 조심스러워졌다. 발소리가 나지 않게 발가락 끝에 힘을 주고 살금살금 걸었다. 나는 골목 안쪽을 들여다보았다.

할머니의 뒷모습이 보였다.

"어이구, 지긋지긋한 목숨들."

할머니는 무릎을 굽혀 골목의 땅바닥에 무언가를 놓고 있었다. 좁은 골목 사이사이에 할머니의 손이 닿았다. 할머니는 그렇게 골목 끝 쓰레기장 쪽으로 한 발씩 멀어져 갔다. 나는 빠끔히 고개만 내민 채 할머니의 거동을 살피다가 골목 바닥으로 시선을 떨어뜨렸다.

작게 꽁꽁 뭉쳐진 음식 찌꺼기가 땅바닥에 놓여 있었다. 군데군데 노란 것이 섞여 있어 신경이 쓰였다.

저건…… 소시지가 아닐까?

나는 한 발 뒤로 물러났다. 손수레에 등이 닿았다. 검은 비닐봉지에 눈길이 갔다. 꿀꺽! 마른침이 넘어갔다. 할머니가 가지고 다니는 검은 비닐봉지 안에 든 것이야 빤하다. 물병과 빵 하나다. 할머니는 식당에서 간식으로 주는 빵을 집에 가져오곤 했다. 할머니는 돈 한 푼 안 들고, 손수레를 끌고 다니면서도 간단하게 먹을 수 있으니 얼마나 좋으냐며 점심을 그 빵 하나로 때웠다.

나는 비닐봉지 안에 손을 넣었다.

'이건 뭐지?'

비닐봉지 안에는 작고 불투명한 약병이 하나 더 있었다. 약병 겉면에는 아무런 표시도 없었다. 나는 약병의 뚜껑을 열어 내용물의 냄새를 맡았다. 아무 냄새도 나지 않았다.

'누군가 먹이에 약을 섞어서 놓아둔 게 아닌가 싶어.'

슈퍼 아줌마의 말이 퍼뜩 떠올랐다. 나는 약병을 노려보았다.

'손등에 떨어뜨려서 살짝 핥아 볼…… 까?'

만약에 진짜 농약 같은 거라면 어쩌지 하는 생각 때문에 병을 기울일 수 없었다. 사이다에 농약을 타서 마신 사람이 죽었다는 뉴스를 본 적이 있다. 약간만 입에 대도 혀와 식도가 타들어 가고 고통이 엄청나다는 이야기도 들었다.

"쓸모도 없는 것들. 아주 그냥 확 뒤지기나 하지, 원."

할머니의 말소리가 좁은 골목길을 꽉 채우며 가까워졌다. 나는 뒤돌아 달렸다.

'설마 할머니가…….'

설마는 곧 '혹시?'가 되었다. 클로버를 쫓아냈다며 눈을 부라리던 할머니의 모습, 소시지를 짓이기던 할머니의 발끝, 쓸모없는 것들이라던 할머니의 중얼거림이 헐떡이는 내 숨소리와 겹쳐졌다.

고양이 살인범…… 할머니는 고양이 살인범일지도 모른다.

*

고양이에게 독극물을 살포하는 범죄자를 신고해 주십시오!

자주색 포스터에는 '1년 이하의 징역 또는 1천만 원 이하의 벌금.'이라고 커다랗게 쓰여 있었다.

컴퓨터 실습 시간에 몰래 검색을 해 보았다. 모니터 한쪽에 띄운 검색창에 '고양이 학대'를 쳤다. 나는 엑셀 파일을 보는 척하면서 검색된 내용을 샅샅이 읽어 내려갔다. 물렁한 처벌, 실질적인 벌금은 5만 원 정도, 살충제를 넣어서……. 아무 이유 없이 고양이를 죽이는 사람들이 그렇게나 많을 줄은 몰랐다. 포스터 속에서 고양이의 목을 조르는 손이, 할머니의 주름 잡힌 손으로 보였다.

나는 점심시간에 매점에서 초코 우유를 산 뒤 구석에 섰다. 기분 전환을 위해 달달한 사치가 필요한 때였다.

'할머니일까?'

수고스럽게 먹이를 이곳저곳 뿌리면서까지 고양이를 죽일 이유가 할머니에게 있을까 싶었다. 나는 우유갑에 쓰인 말을 노려보았다. 이쪽으로 여십시오, 빨대는 이곳에…….

이렇게 분명하게 설명되어 있으면 좋을 텐데.

모든 일에 확실한 이유가 있는 건 아니다. 그것을 가장 잘 알게 해 준 사람은 아빠였다. 아빠는 내가 초등학교에 들어가기 바로 전해에 느닷없이 회사를 그만두었다. 할머니와 엄마가 입을 모아 이유를 다그쳤지만 돌아온 대답은 간단했다.

"그냥."

아빠는 돈을 긁어모아 가게를 열겠다고 선언했다. 곱창 가게를 차리고 싶다는 것이었다. 한참을 들떠서 여기저기 돌아다녔다. 할머니는 좀 더 쉬운 메뉴를 고르라고 했다. 곱창은 구하기도 힘들고 손질도 힘들다고 말렸다. 하지만 아빠는 고집을 꺾지 않았다. 왜 그렇게 고집을 부리냐며 할머니가 화를 내도 '그냥'이라고만 대답했다.

그냥. 그건 그 후로 쭉 아빠의 하나뿐인 대답이 되었다. 가게가 망했을 때도, 술만 마시기 시작했을 때에도 그랬다. 그런 아빠를 보며 할머니는 가슴을 쳤다.

"그냥이 어디 있어, 그냥이! 이 세상에…….'

그렇지만 할머니도 아빠와 똑같은 말을 했었다.

내가 초등학교 6학년 때 엄마가 사라졌다. 마치 처음부터 없었던 것처럼 흔적도 남기지 않았다. 가방이나 옷은 물론이고 엄마가 쓰던 숟가락, 수건 한 장까지 집에서 자취를 감추었다. 나는 경찰서로 달려가려고 했다. 그때 할머니는 나를 때렸다. 외할머니에게도 전화를 걸지 말라고 했다. 엄마를 찾으려고 들면 집에서 쫓아낼 거라고 엄포를 놨다.

"왜? 왜 안 찾는데?"

"그냥. 그런 게 있어."

할머니는 이번에도 그렇게 대답할 것만 같았다. 그냥.

나는 우유갑에 빨대를 꽂았다. 빨대가 잘 꽂히지 않아서 짜증이 났다. 급식소를 나온 아이들 몇몇이 내 앞을 스쳐 지나갔다. 뭐야, 쟤? 저기서 혼자 뭐 해? 왕따인가? 청승 떤다. 수군거리는 목소리들 때문에 모처럼 산 초코 우유의 맛이 하나도 느껴지지 않았다.

"뭐야, 너 수빈이가 데려왔던 애잖아? 정자에 안 갔어?"

누군가 내 앞에 섰다. 민태준이 양손에 커다란 종이 가방을 들고 있었다. 나는 민태준을 못 본 척했다. 빨대 끝만 자근자근 깨물었다.

"야, 정자에 안 갔냐고?"

내 몸 안에서 갈 곳을 잃고 헤매던 짜증이 폭발했다.

"무슨 상관이야!"

초코 우유가 내 손을 떠났다. 바닥으로 집어던진 우유가 사방으로 터져 나갔다. 민태준의 흰 양말에도 검은 점이 생겨났다. 점은 **빠르게** 퍼져서 엄지발가락 부분을 온통 물들였다.

저러려던 건 아닌데…….

그 모양새에 번쩍 정신이 들었다.

"그딴 이상한 부에 누가 가겠어? 안 가!"

속마음과는 다른 말이 우유 방울 속에 섞여 들었다. 바닥에 남아 있던 토사물의 흔적이 그 위에 겹쳐졌다.

나는 오후 수업이 모두 끝날 때까지 책상에 엎드린 채 일어나지 않았다. 한두 번 선생님이 나를 흔들었다. 윤모아. 야! 윤모아. 최수빈이 내 이름을 부르는 것도 들었지만 버텼다. 마지막 수업이 끝날 즈음에는 화장실에 가고 싶은 것을 참으려고 다리를 마주 꼬고 있는 대로 힘까지 줬다. 청소 시간에 툭툭, 내 발을 치는 빗자루도 무시했다.

교실 안이 조용해졌다.

나는 한참 후에 고개를 들었다. 텅 빈 교실을 빠져나와 운동장을 가로질렀다. 다리와 이마가 저렸다. 배의 욱신거림은 발걸음을 더욱 빠르게 만들었다.

집에 들어서자마자 화장실로 달려갔다. 변기에 앉아 크게 숨을 내쉴 때였다.

야옹.

울음소리가 들렸다.

"클로버?"

나는 푹 숙이고 있던 상체를 번쩍 들었다. 야옹, 다시 울음소리가 들렸다. 마음이 급해졌다. 쪼르륵 물소리가 좀처럼 끊어지지 않아서 조바심이 났다. 물을 내리자마자 계단을 뛰어 올라갔다.

나는 마지막 계단 앞에서 우뚝 멈춰 섰다.

"아니, 이게 왜 이래? 이게 죽나, 죽어?"

할머니가 계단 옆에 앉아 있었다. 둥글게 휜 등이 허둥거렸다. 할머니의 옆에 놓인 약병과 바닥에 떨어진 토사물, 바닥에 가로누워 거품을 물고 있는 고양이가 내 눈에 들어왔다.

나는 할머니의 등을 밀쳤다. 역시 클로버였다.

갈색 고양이는 발끝을 가늘게 떨 뿐 움직이지 않았다. 슬쩍 눈을 떠 나를 본 것도 같았다. 입에서 흘러내린 토사물이 털에 엉켜 붙어 있었다.

"어떻게 이럴 수가 있어?"

"뭐?"

할머니는 나를 올려다보았다. 눈을 끔뻑이는 할머니가 뻔뻔하게 느껴졌다. 나는 클로버를 안아 올렸다. 할머니는 다급하게 손을 휘저었다.

"야, 그거 만지다가 병 옮아, 병."

"병? 병에 걸린 건 할머니 아냐?"

나는 할머니의 눈썹 끝이 흠칫 놀라 움찔대는 것도, 옆에 놓인 약병을 슬그머니 등 뒤로 감추는 것도 놓치지 않았다.

"네가 그걸 어찌 알았냐?"

"그럼 이게 정상이야? 정신병이지!"

나는 할머니가 등 뒤로 숨긴 약병을 낚아챘다.

"왜 죽여, 왜 죽이냐고! 시끄럽게 좀 한다고 막 죽여도 돼? 아니면 뭐야, 내가 좋아하니까 더 그런 거야? 쓸모없는 계집애가 쓸모없는 거 좋아하니까 짜증 났냐고!"

할머니의 입이 허하니 벌어졌다. 나는 어깨로 숨을 쉬었다. 토사물의 냄새가 숨소리와 말소리 속에 섞이며 악취를 풍겼다. 소리를 지를수록, 내 자신이 쓰레기가 된 듯 느껴졌다.

"할머니 따위……."

까끌까끌하게 마른 목이 아팠다.

"……진짜 싫어, 나도."

할머니는 움직이지 않았다. 돌로 만든 동상이 된 듯했다. 나는 고양이를 안고 몸을 돌렸다. 횡단보도 근처에서 동물 병원을 본 기억이 떠올랐다.

수형 동물 병원.

나는 초록색 간판을 보자마자 안으로 들어갔다. 병원 특유의 냄새가 코끝에 와 닿았다. 병원비가 없다는 게 퍼뜩 떠올랐다. 주눅이 들었다.

"어서 오세요. 어라?"

나는 카운터에 서서 핸드폰을 들여다보고 있던 사람과 눈이 마주쳤다. 최수빈이었다. 흰 가운을 입은 최수빈은 딴 사람처럼 보였다.

"여기 웬일이야?"

최수빈이 카운터 밖으로 걸어 나왔다. 나는 품에 안고 있던 고양이를 내보였다. 최수빈의 행동이 빨라졌다. 최수빈이 내 손에서 고양이를 받아 들었다.

"언제부터 이랬어?"

"내가 발견한 건 방금……. 뭔가 먹은 것 같아."

최수빈의 얼굴이 찌푸려졌다.

"설마 요즘의 그건가?"

"그거?"

"살충제를 바른 치킨이나 소시지를 놓고 다니는 사람이 있어. 몇 마리는 가위 같은 걸로 찔리기도 했어. 우리 병원에도 서너 마리가 치료를 받으러 왔었거든."

최수빈도 알고 있었다. 목이 한층 더 바짝 탔다. 1년 이하의 징역 혹은 1천만 원 이하의 벌금. 벌금이 적게 나오면 5만 원.

'할머니라면 5만 원을 내느니 감옥에 가겠다고 할지도 몰라.'

할머니마저 사라진 집…… 왠지 아득해졌다.

"우선 응급 처치부터 하고 안에서 선생님을 모셔 올게. 잠깐 기다려."

나는 병원 안쪽으로 들어가는 최수빈을 붙잡았다.

"이게 뭔지 좀 알려 줄 수 있어?"

나는 손에 쥐고 있던 약병을 내밀었다. 최수빈이 무엇이냐고 묻지 않은 게 고마웠다.

'만약에 할머니가 그런 거라면, 약병 안에 농약 같은 게 들은 거라면, 그래서 최수빈이 할머니가 범인이라는 걸 눈치채거나 하

면……. 나 말고 다른 사람이 할머니가 먹이를 놓고 다니는 모습을 보기라도 했으면…….'

어른이 아니라 고등학생이 저질렀다고 하면 처벌이 좀 더 가벼워질지도 모른다. 나는 의자에 앉아 눈을 감았다. 깜빡 졸았던 모양이다. 최수빈이 어깨를 흔들어 나를 깨웠다. 머릿속이 멍했다.

"고양이, 급성 장염이래."

"급성 장염?"

최수빈이 종이컵에 담긴 물을 건넸다. 찬물을 마시자 잠이 떨어져 나갔다.

"그 고양이, 아직 새끼야. 어리지. 초콜릿이나 사람이 마시는 우유, 슈퍼에서 파는 과자나 소시지, 그런 걸 너무 많이 먹으면 탈이 나. 길고양이들은 이것 때문에 병에 많이 걸려. 수명도 짧아지고. 사람이 먹는 음식 중에는 고양이들한테 독인 것도 있거든."

클로버에게 과자를 줬던 일이 떠올랐다. 클로버에게 미안해졌다. 그렇지만 더 급하게 확인할 것이 있었다.

"저기, 그거는…… 약…….

"아빠가 이건 위염 약이라던데?"

최수빈은 내게 약병을 돌려주었다.

"위염 약?"

나는 손안의 약병을 멀거니 바라보았다. 둥글게 휜 할머니의 등. 봉지 안에는 언제나 빵 하나가 들어 있을 뿐이었다. 할머니는 아침을 먹지 않았다. 저녁 식사는 식당에서 늦게 돌아와 라면을 끓여 훌훌 마시곤 했다.

나는 약병을 주머니에 넣었다.

"저기, 내가 지금 돈이 없어. 얼마야? 나중에 줄게."

최수빈이 덥석 내 팔짱을 끼었다.

"됐고. 대신에 나랑 같이 밥이나 먹으러 가자."

"밥?"

"혼자 먹기 싫어서 그래. 병원 안에서는 음식 먹으면 안 된다는 게 우리 아빠 규칙이고. 병원 안 동물들은 사람이 먹는 음식 냄새를 맡으면 먹고 싶어 한대."

나와 최수빈은 병원을 나섰다. 최수빈이 내 팔짱을 끼었다. 나는 슬그머니 팔을 뺐다.

"너, 나한테 왜 잘해 줘?"

나는 최수빈의 친근함이 이해가 되지 않았다. 나와 최수빈은 변변한 이야기를 나누어 본 적도 없었다. 친구냐고 묻는다면 금방 그렇다고 대답하기에는 어중간한 관계였다.

"아니, 애당초 나한테 왜 도시락부에 들어오라고 했어?"

최수빈은 내 얼굴을 잠시 들여다보더니 히죽 웃었다.

"우리 아빠 얼굴에는 영 표정이 없거든?"

웬 동문서답인가 싶었다.

"너, 지금 얘가 왜 이상한 말을 꺼내나, 이렇게 생각했지?"

최수빈은 꼭 내 머릿속에 들어갔다 나온 듯했다. 나는 흠칫 놀랐다. 최수빈이 다시 내 팔을 덥석 잡아 팔짱을 꼈다.

"네 얼굴에 다 쓰여 있어, 다. 난 네 그런 표정들이 참 좋더라. 매력 있잖아?"

나는 내 뺨을 꼬집었다가 쭉 문질렀다. 내 표정이 언제 어떻게 되는지 한 번도 신경 써 본 적이 없었다. 심심하다는 말을 들었던 얼굴이다. 누군가가 내 얼굴이, 내 표정이 좋다고, 매력 있다고 이야기해 준 건 처음이었다. 썩 싫지만은 않았다.

내 팔을 붙들고 걷던 최수빈이 시장 안의 한 백반집 앞에서 멈췄다.

'오늘의 백반, 5천 원.'

간판에도, 식당 문에도 쓰여 있는 건 그뿐이다.

"어서 오세요…… 뭐야, 너냐?"

행주로 식탁 위를 훔치던 사람이 고개를 들었다. 민태준이었다. 가게 안의 식탁은 다닥다닥 붙어 있었다. 허름하지만 깨끗하니 잘 정돈된 가게였다.

"백반 둘."

"걔는 왜 또 함께야?"

김치와 땅콩 조림이 퉁명스러운 말과 함께 우리 식탁 위에 턱턱 놓였다.

"어허, 말투 좀 봐라. 손님한테 그러면 쓰나? 사과의 의미로 특제 달걀말이 하나 추가."

"얘가 점심때 내 양말 망쳤거든? 너한테도 이야기했잖아."

"그건 그거고 이건 이거지."

민태준은 투덜거리며 출입문 옆쪽에 딸린 작은 부엌으로 들어 갔다. 곧 고소한 기름 냄새가 가게 안에 퍼졌다. 나는 부엌 안을 들여다봤다. 민태준이 능숙하게 프라이팬을 돌리고 있었다. 유려 한 손놀림이다.

"여기 태준이네 가게야. 쟤 요리 잘한다? 학교에서 도시락 파 는 거 알지? 네가 먹었던 주먹밥도 쟤가 만든 거야. 아저씨만큼은 아니어도 한 실력 하지."

"그 주먹밥도?"

탁자 위에 계란말이가 놓였다. 노릇하게 익은 두툼한 계란말이 는 보기만 해도 군침이 돌았다. 하지만 눈앞의 계란말이보다 양손 을 꽉 채웠던 주먹밥이 더 떠올랐다.

나는 접시를 내려놓고 돌아서는 민태준의 팔을 덥석 붙잡았다.

"주먹밥 만드는 것 좀 가르쳐 주면 안 돼?"

내가 뭘 한 거지? 화들짝 정신이 들어서 민태준의 팔을 놓았다.

"그건 뭐, 괜찮은데……."

민태준이 팔짱을 끼고 나를 내려다봤다.

"내가 선배거든? 게다가 이젠 스승도 되는 거니까 말부터 높여 라. 그게 수업료다."

마다할 이유가 없었다.

김치, 김, 달걀, 오이.

도마 위에 놓인 재료들을 본다. 제일 중요한 밥은 미리 식초로

양념을 한 뒤 식혀 두었다. 일단 칼을 든다. 오이 껍질을 벗긴다. 비틀비틀, 여전히 칼질은 서툴다.

"야, 이 미친년아. 할머니 약을 들고 왜 도망을 가, 도망을?"

집에 돌아왔을 때 할머니는 내 등짝을 내리쳤다. 그뿐이었다. 내 손에서 약병을 빼앗아 가고는 평소처럼 잔소리를 퍼부었다.

"할머니, 혹시 고양이들한테 밥 줬어?"

내가 할머니에게 먼저 말을 건 것은 무척이나 오랜만이었다.

"그것들이 뭐가 예쁘다고 밥을 줘?"

"아까 그 고양이, 급성 장염이었대. 사람 먹는 걸 너무 많이 먹어서."

할머니는 쯧쯧 혀를 찼다.

"어이구, 짐승들이 가리는 것도 많지. 식당에서 나오는 게 그런 것뿐인데 어쩌나…… 난 몰랐지."

"역시 줬네. 왜 그랬어?"

"그냥."

할머니의 대답은 내 예상대로였다.

김치와 달걀 프라이를 잘게 다진다. 오이도 최대한 잘게 썬다. 오이와 김치는 물기를 쫙 빼는 게 중요하다. 그렇지 않으면 밥이 질척해져서 맛이 없어진다고 민태준이 몇 번이고 신신당부를 했다. 김 한가운데에 밥을 둥글게 얹고 다진 김치와 달걀과 오이를 얹는다. 그 위에 다시 밥을 얹는다. 김의 사각 귀퉁이를 한가운데로 차곡차곡 접는다.

샌드위치 주먹밥, 완성이다.

초보자도 쉽게 만들 수 있고 밖에서 먹기도 좋은 주먹밥이라면 샌드위치 주먹밥이 제격이라고, 민태준 선배가 알려 준 요리다. 나는 완성된 주먹밥 하나를 접시에 올렸다. 재료가 아주 조금 남았다.

잠시 망설이다가 하나를 더 만들었다.

손수레 옆 비닐봉지 속에서 주먹밥을 발견하면 할머니가 어떤 표정을 지을까 싶다. 웬 거냐고 내게 물을지도 모른다. 주먹밥을 가지고 정자로 향하면 최수빈은 내게 드디어 마음을 정했냐며 수선을 떨 터이다.

어떻게 대답할까? 최수빈의 쇼호스트 기술에 홀딱 넘어갔다고 할까, 약간의 괴짜 취급쯤은 상관없게 되었다고 할까? 이리저리 궁리해 본다.

그냥, 뭐.

나는 아무래도 그렇게 대답할 것만 같다.

강보라 이야기 :
백반 한 상 그대로

일요일 오전 11시, 삼겹살이 지글지글 구워지고 있다.

우리 집에서 삼겹살은 일종의 신호다. 엄마의 기분이 아주 좋거나 아주 나쁘거나, 둘 중 하나라는 신호. 엄마의 음식 분류에 의하면 삼겹살은 고위험군에 속한다. 너무 맛있어서 위험한, 집에 함부로 들여놓으면 안 되는 음식 중 하나라는 거다.

다행히 고기가 담긴 접시를 식탁에 내려놓는 엄마의 표정은 아주 환했다.

"짜잔! 이것 봐라."

엄마는 서류 봉투 두 개를 척! 들어 보였다.

"이번 여름 스케줄, 대박이야. 봐, 이쪽은 아시아 아이돌 페스티벌 캐스팅 표. 이쪽은 장 감독님 신작 대본. 겨울 개봉 예정이래. 크리스마스 배경인 가족 영화라는데 네가 주인공의 딸 역이란다. 거의 주연급이라니까."

나는 집어 들었던 고기를 그대로 접시에 떨어뜨렸다.

"뭐? 어떻게 그 두 개를 동시에 해? 나 이번 여름에 무용 대회도 준비해야 한단 말이야. 이번에 연습 시간도 늘리기로 했는데 그 두 개를 어떻게 다 하냐고!"

내가 목소리를 높여도 엄마는 태평하기만 했다. 엄마는 상추에 고기 두 점을 올리고 김치까지 척척 쌌다. 아빠는 입이 귀에 걸려서는 엄마의 손아귀에서 두꺼운 봉투를 낚아챘다.

"장 감독이면 히트는 확실하지. 우리 보라의 스크린 데뷔작으로 딱이네."

"그렇지? 아시아 아이돌은 아직 확정이 안 났지만 그래도 미리 준비를 해야지. 여기에 참가하면 지금 도는 해체설도 싹 들어갈걸."

"엄마! 내 말 들었어?"

"들었어, 들었다고. 얘가 왜 소리는 지르고 난리야. 여름 무용 대회는 그냥 패스해. 괜히 참가해서 등수에도 못 들면 또 말만 나오니까."

엄마는 입을 쩍 벌려 상추쌈을 삼켰다. 아빠는 대본을 읽기에 정신이 없었다.

"대본도 잘 빠졌네. 보라야, 이 부분 대사 아빠랑 맞춰 볼까? 야, 이건 나도 탐난다. 내가 장 감독한테 전화 한번 넣을까? 나 여기 새아빠 역할로 캐스팅 해 달라고. 진짜 부녀 캐스팅, 괜찮지 않아?"

"그 역할은 한승후 예정이라던데?"

"장 감독이랑 나, 호흡 잘 맞는다고 좋아하는 거 알잖아. 내가 하는 게 더 이슈도 되는데 마다하겠어? 같이하는 게 보라 챙기기도 좋고."

"그럼 정말 연락 한번 넣어 봐. 이거 촬영 시작일이 유월 초란 말이야. 학교 기말고사도 미리 뺄 수 있는지 물어봐야겠어."

"내 무용 대회는?"

결국 나는 빽! 고함을 질렀다.

'금수저를 물고 태어나다'라는 뜻의 영어 숙어, 'Be born with a silver spoon in mouth.' 부유한 집에서 태어나다, 혹은 행운을 안고 태어나다.

"1700년대 유럽에서 평민들은 나무 숟가락, 귀족은 은제 식기를 사용했지. 그래서 실버 스푼, 은수저는 지배 계층의 상징이었어. 이게 한국에서는 은보다 금을 더 높게 치니깐 금수저로 바꾸어서 쓰이기 시작한 거야. 지금은 'gold spoon'이라는 표현을 써도 통용은 된다만…… 알지, 다들? 만약 시험에 나오면?"

"답은 늘 하나죠."

나도 반 아이들에 섞여 대답했다. 구부정한 허리를 똑바로 펴고 자세도 바로잡았다. 칠판에 시선을 고정하고, 가끔 선생님과 시선도 맞추면서 수업에 집중하는 척했다. 누가 봐도 수업은 전혀 듣지 않은 채 딴생각만 하고 있다고는 여기지 못할 터다. 72부작 하이틴 드라마를 찍고 나면 이 정도 연기는 식은 죽 먹는 것처럼 할 수 있게 된다.

왜 하필, 내가 학교에 온 날에 저런 숙어를 배우는 걸까?

우연일 뿐이라는 건 나도 안다. 영어 선생님이 내 안티일 리도 없다. 반 아이들 중 누구도 저 숙어를 보고 나를 비웃지는 않을 거다. 그런데도 칠판에 적힌 말이 자꾸만 내 시선 끝자락에 걸렸다. 엊그제 본, 한 연예 잡지의 특집 기사 때문이다.

'금수저를 물고 태어난 그들, 연예인 2세.'라는 제목의 기사였는데, 기사의 메인을 차지한 건 나였다. 연예인 2세도 아니고 3세니 당연했다. 영화감독 출신 할아버지, 명품 조연 배우라고 불리는 아빠, 아줌마지만 소녀 같은 외모로 '줌마걸'이란 신조어를 만들어 낸 여배우 엄마. 엄마가 대표로 있는 기획사에 소속되어 있는 나, 강보라. 연예계 대표 금수저로 불릴 만한 프로필이다.

나는 시계를 봤다. 10시 반이다. 점심시간까지는 앞으로 두 시간이나 남았다. 마음 같아서는 양호실에 가서 드러눕고 싶었다. 어제 새벽까지 과외를 받느라 잠을 제대로 못 잤다. 나는 하품이 나오는 걸 필사적으로 참았다.

'과외는 받지 않고 되도록 수업에 참석하려고 노력해요. 과외나 학원에 갈 시간이 따로 나질 않아서요. 평소 교과서를 챙겨 다니면서 틈틈이 봐요.'

연예 프로그램의 인터뷰 내용을 믿는 사람은 어차피 없을 거다. 그래도 '그런 척'이라도 해야만 한다. 게다가 양호실에 갔다가 엄마에게 전화라도 가는 날이면 그대로 집으로 끌려갈 수도 있다. 얼마 만에 오는 학교인데 도로 끌려갈 수야 없다. 적어도 점심시간까지는 버텨야 한다.

서랍 안에 넣어 둔 핸드폰이 몇 번 짧게 진동을 울렸다. 보나마나 엄마일 거다.

우리 엄마의 고집은 알아줘야 한다. 코끼리 고집, 똥고집 등등 온갖 고집도 엄마에게는 못 이길 거다. 오늘도 아침 식탁에 떡하니 페스티벌 자료와 영화 대본이 올라와 있었다. 일요일에 분명히, 둘 다 할 생각이 없다고 말했는데 말이다.

하지만 내 고집도 만만치 않다.

예술 고등학교가 아니라 일반 고등학교에 가겠노라, 내가 그렇게 선언했을 때 집에는 폭풍이 몰아쳤다. 엄마는 미리 사 놓았던 예고 교복을 집어 던졌다.

"왜 안 간다는 건데? 네가 일반고에 가서 잘 적응할 것 같아? 애들이 참새 떼처럼 몰려와서 구경할 거고, 스케줄 때문에 수업 빠지는 것도 허가받기 더 힘들고. 얘가 한두 해 해 보는 것도 아닌데, 정말 왜 이래?"

나와 엄마는 2주가 넘도록 살바람 부는 전쟁을 벌였다. 나는 최후의 수단을 썼다. 중년의 터프가이 애처가, 아빠를 끌어들인 거였다.

아빠는 엄마에게 약하다. 내가 중학생이었을 때 아빠의 불륜 소동이 있었다. 사실 그건 아빠의 잘못은 아니었다. 조작된 사진이었으니까. 그렇지만 법정 소송까지 가는 동안 아빠와 엄마는 방송 일이 뚝 끊겼다. 싸움이 6개월을 넘어가자 엄마가 소속되어 있던 기획사에서는 엄마와의 재계약을 거부했다. 법원에서 아빠의 완전 무죄를 증명해 준 후에도 우리 가족의 이미지가 회복되기까지는 제법 많은 시간이 걸렸다. 엄마는 아침 토크쇼나 지방 명물을 소개하는 프로그램 등 온갖 프로그램에 게스트로 나갔다. 연예인 생활 40년 동안, 쇼 프로그램에는 한 번도 나가지 않았던 엄마였다. 아빠는 텔레비전 앞에 무릎을 꿇고 앉아 그 프로그램들을 모니터링했다.

하지만 나는 아빠를 내 편으로 만들 무기를 가지고 있었다.

"예고 안 간다고! 예고에 보내면 나 앞으로 연기 안 해! 못해! 두고 봐, 진짜야. 카메라가 돌아도 완전 발연기만 할 거야."

아빠는 연기 인생 35년을 조연으로만 지냈다.

"조연과 주연, 뭐가 중요합니까? 중요한 건 연기죠."

아빠의 단골 멘트다. 하지만 너만은 '명품 주연'이 되어야 한다고, 아빠는 내가 어릴 때부터 신신당부를 했다. 내가 여우주연상을 받게 되는 날, 시상자로 나서는 것이 아빠의 오랜 소원이란다. 나도 연기를 하는 건 싫지 않다. 아이돌 그룹 활동이야 코 뚫린 소처럼 질질 끌려다니지만, 배역 오디션은 내가 직접 찾아보고 준비할 만큼 좋아한다. 그러니까 저 으름장은 마음에도 없는 소리였다. 하지만 아빠가 내 마음을 어찌 알겠는가? 아빠는 곧바로 엄마 달래기에 들어갔다.

이러한 우여곡절 끝에 내가 지금, 이 교실 안에 앉아 있게 된 것이다.

핸드폰이 서랍 깊숙한 곳에서 다시 위잉 요란하게 진동을 울렸다. 나는 슬그머니 서랍 안에 손을 넣었다. 슬쩍 문자 메시지를 확인했다. 쭉 이어진 10여 통의 메시지는 역시 엄마의 것이었다. 하지만 사이사이에 처음 보는 번호가 섞여 있었다.

✉ 어디야?

✉ 뭐 해?

✉ 오늘 4시 무대, 기다리고 있어.

그다지 특별할 것 없는 내용들이었다. 모르는 번호로 문자가 오는 건 흔한 일이다. 용케 번호를 알아내는 팬들은 늘 있다. 한 명에게라도 번호가 유출되면 인터넷상에 퍼지는 건 금방이다. 수백 개의 정체 모를 문자가 날아온 적도 있었다. 한두 개쯤 오는 것은 귀엽다. 나는 메시지 삭제 버튼을 눌렀다.

다음 수업 시간에도 핸드폰이 울렸다. 나는 무시했다. 앞자리에 앉은 아이가 벗고 있던 실내화에 발을 구겨 넣는 게 보였다. 종소리보다 명확한 신호였다.

점심시간이다.

나는 핸드폰을 교복 주머니에 넣고 교실을 나왔다. 걸음을 서둘렀다. 매점 옆으로 꺾어 들어갔다. 정자가 보였다. 내가 등교하는 날을 손꼽아 기다리는 이유였다.

도시락부의 아지트다.

고등학교에 입학하고 석 달 즈음이 지났을 때였다. 그동안 수업을 빠지는 것도, 진도를 따라가기 힘들었던 것도, 복도 쪽 교실 창문에 달라붙는 핸드폰들도 견딜 만했다. 모두 예상했던 일이니까. 하지만 생각지도 못했던 상황이 생겼다. 도시락 탓이었다.

나는 중학교 3년 내내 도시락을 먹었다. 무용학과에서 체중 조절은 당연한 일이었다. 같은 반의 절반이 넘는 아이들도 도시락을 싸 왔다. 통밀 빵에 닭가슴살이 지겹다면서도 서로 마주 앉아 꾸역꾸역 먹곤 했다. 그래서 고등학교에 등교하는 첫날, 나는 엄마가 내미는 도시락을 아무렇지 않게 받아 들었다.

하지만 그러지 말았어야 했다.

처음 교실에서 도시락을 열고서야 나는 내 주변이 완전히 바뀌었음을 깨달았다.

"그게 다야?"

모여 앉아 있던 아이들의 눈빛이라니.

"입가심이야, 입가심. 촬영 전에 멤버들이랑 또 도시락 먹어야 하거든."

나는 황급히 둘러댔다. 몇몇은 내 말을 믿지 않는 눈치였다. 그 대로 두었다가는 강보라가 거식증이라더라는 인터넷 괴담이 하나 더 추가될 판국이었다.

"이따가 매점 가자. 내가 쏠게."

빵이며 아이스크림을 잔뜩 사서 아이들에게 안겼다. 얻어먹고 도 악플은 얼마든지 달 수 있다. 하지만 아무것도 안 하는 것보다 는 낫겠지 싶었다. 보란 듯이 나도 먹었다. 아이스크림을 먹는 건 무척 오랜만이었다. 하지만 맛을 느낄 수 없었다. 그날 이후로 나 는 도시락을 싸 오는 걸 그만두었다.

툭하면 학교를 빠지는데다 점심도 함께 먹지 않으니 친구가 생 길 리 없었다. 영양바 하나로 점심을 때울 때마다 짜증이 났다.

그날도 서랍 안에서 영양바를 꺼내는데 종이가 한 장 딸려 나 왔다.

도시락 판매!

처음에는 도시락 가게 사장이 교실 안까지 들어와서 전단지를 놓아둔 것인가 했다. 하지만 그렇다고 보기에는 전단지가 엉성했 다. 손으로 쓴 글씨하며 사진도 엉망이었다. 메뉴도 '그날의 도시 락' 하나뿐이었다. 무엇보다 주문처가 식당이 아니었다.

1학년 4반, 민태준

카톡 아이디 : min4057X○

전화번호 010-○○○○-○○○○

카톡 및 문자 메시지로 신청 가능

학기당 10명 한정

설마 학생이 만들어서 파는 것일까? 3천 원이면 편의점이나 도시락 전문점에서 얼마든지 도시락을 살 수 있다. 매점에서도 빵과 과자를 판다. 아마추어가 만들어 파는 어설픈 도시락을, 번거롭게 주문까지 해서 먹을 사람이 있을까 싶었다.

대체 이 전단지의 정체가 뭘까 궁금해졌다. 나는 전단지를 들고 교실을 나섰다. 4반 뒷문을 기웃거리다가 문가에 앉은 아이에게 전단지를 내보였다.

"아, 이거? 민태준, 점심시간에 정자에서 밥 먹어."

"정자?"

"급식소랑 매점 사이에 난 작은 길 있잖아? 그 안쪽으로 들어가면 있어."

그때까지 나는 교내를 제대로 돌아다녀 본 적이 없었다. 정자가 있다는 것도 그때 처음 알았다. 학교 안에 정자라니, 어떤 곳일까 싶었다.

"민태준은 왜?"

아이들의 눈에 호기심이 일렁였다. 나는 전단지를 한번 흔들어 보이기만 했다. 도시락 사려고 하는 거 아냐? 왜 굳이 민태준이 만든 걸? 더 좋은 걸 먹겠지. 다이어트 한다고 토마토만 먹는다더니 아니었나 봐. 거식증 이야기가 있던데 역시 헛소문이었네. 그런 걸 믿었냐? 근지럽게 뒤통수에 따라붙은 말들 때문에 나는 뺨을 부풀렸다.

'그냥 학교 안 다닌다고 할 걸 그랬어.'

후회할 거야. 엄마는 나와 함께 일반고 교복을 사러 간 날 그런 저주를 걸었다.

"평범한 고등학교 생활, 그런 거에 환상을 가졌다면 꿈 깨. 어디든 학교는 똑같아. 딴 애들을 붙잡고 물어봐, 오히려 예고에 다니는 걸 더 특별하고 좋다고 생각할걸."

엄마는 아무것도 모른다. 평범해지고 싶다거나 특별해지고 싶다거나, 그런 단순한 이유가 아니었다. 그랬다면 오히려 마음이 편했을 거다.

정자 계단을 올라갔다.

눈보다 먼저 반응한 건 내 코였다. 계단을 절반쯤 올랐을 때부터 군침이 도는 냄새가 몰려왔다. 걸음이 빨라졌다. 교복을 입은 덩치 큰 남자애와 청바지에 카디건을 걸친 여자애 한 명이 정자 바닥에 앉아 있었다. 마주 앉은 사이로 신문지 위에 펼쳐진 도시락이 보였다.

"누구야?"

여자애가 나를 빤히 올려다봤다. 나는 전단지를 내보였다. 덩치 큰 남자애가 벌떡 일어나더니 내 손목을 덥석 잡았다. 미처 뿌리칠 새도 없었다. 나는 힘에 떠밀려 신문지 근처에 앉았다. 덩치는 내게 젓가락을 건네주고는 도시락 중 하나를 내 앞으로 밀었다. 일단 먹어 보라는 무언의 압력을 무시하기에는 냄새가 너무 좋았다. 어차피 한 입만 먹을 거니까, 하며 미니 돈가스 하나를 쿡 찍어 입에 넣었다.

도시락은 맛있었다.

이제까지 촬영장 대기실에서 먹었던 수많은 도시락은 무엇이었던가 싶었다. 다이어트를 해야 한다거나, 어디서 도시락을 먹을 것인가 하는 고민들은 단숨에 날아갔다. 나는 도시락 하나를 싹 비워 버렸다.

"어때? 주문할 마음이 확 생기지?"

덩치의 의기양양한 말에 딴지를 걸 수도 없었다.

"일단 한 달 치만 주문할게. 학교를 빠질 때가 많으니까 날짜 말고 횟수로 30번. 학교 오는 전날에 문자 남길게. 그다음 날분 도시락을 만들어 주면 돼. 핸드폰 줘, 번호 찍어 줄게."

나는 덩치를 향해 손을 내밀었다.

"뭐 하기에 학교를 안 나오는데?"

여자애가 대뜸 내 말꼬리를 잡았다.

"그러는 넌 왜 사복 입고 여기 있는데? 너, 우리 학교 학생 아니지?"

"내년에 입학할 거거든?"

"뭐? 그럼 나보다 어리잖아. 근데 말끝이 짧다?"

여자애는 피식 웃었다.

"나이는 너랑 같아. 나 1년 꿇었으니까. 말 편하게 하자. 난 최수빈."

처음부터 기 싸움에서 질 생각은 없었다.

"난 선후배 위계질서가 확실한 세계에서 살아서 그건 안 되겠는데?"

"뭔 세계? 판타지 저 너머에서 오기라도 했나?"

처음에는 최수빈이 나를 모르는 척한다고 생각했다. 엄마의 휘날리는 치맛바람 덕에 내 연예계 데뷔는 빨랐다. 2살 때 아기 모델을 시작으로 활동 영역을 점점 넓혀 갔다. 텔레비전만 틀면 강보라가 나온다며 비아냥거리는 소리를 들은 적도 있었다. 텔레비전에서 채널이 딱 하나만 나오는 산골짜기에 사는 할머니도 내 얼굴을 알 정도였다. 그런데 내 또래의 여자아이가 나를 모른다니, 있을 수 없는 일이었다.

하지만 진짜였다. 게다가 최수빈뿐만이 아니었다. 덩치까지 내가 누군지 모르는 눈치였다. 덩치는 내 핸드폰에 무심히 자기 번호를 찍은 후 돌려주며 말했다.

"왜 학교를 오다 말다 해? 혹시 어디 아파? 먹으면 안 되는 거라도 있으면 말해. 도시락 쌀 때 참고할게."

내 입으로 연예인라고 밝히기는 민망했다. 나는 잠자코 핸드폰을 받아 들었다. 전단지에 적혔던 이름이 가물가물 기억이 나지 않았다.

"네 이름이 뭐야?"

"민태준. 넌? 나도 저장해야지. 손님 1호라고 하기에는 좀 그렇잖아."

"맞을래? 강보라야, 강보라."

무신경 도시락. 나는 핸드폰에 민태준의 별명을 입력했다.

"늦었지, 미안. 수빈아, 태준이한테 도시락 받았지? 어, 손님이 있었네?"

또 한 사람이 정자로 올라왔다. 내가 아는 얼굴이었다. 예전에 퀴즈 프로그램에서 마주친 적이 있는 이신기였다. 나는 아이돌 그룹 대표로 나갔고, 이신기는 수학 경시대회 수상자 대표로 나왔었다. 나는 3라운드에서 떨어졌지만 이신기는 우승을 했다. 설마 이 학교에서 이신기를 만나게 될 줄이야. 이신기는 당연히 특수고에 가거나, 월반을 해서 대학에 조기 입학하거나 할 줄 알았다.

"강보라, 여기에는 웬일이야? 교복을 보니…… 우리 학교에 들어왔네? 신입생?"

"어…… 예……."

"당연히 예고에 갈 줄 알았어. 예전에 퀴즈 프로에 나왔을 때는 예중 다닌다고 했었잖아. 연예인이 일반고에 다니면 출석 일수를 조절하기도 힘들지 않아?"

이신기는 내게 친근하게 말을 걸며 스스럼없이 최수빈의 옆자리에 가 앉았다.

"연예인? 얘가?"

최수빈과 민태준이 동시에 물었다. 이신기는 고개를 끄덕였다. 이젠 두 사람도 다른 애들처럼 반응하겠지 싶었다. 사인해 달라거나 연예인 누구랑 친하냐고 묻거나, 뭐 그런 반응들 말이다.

"뭐야, 판타지 세계 공주님도 아니었구먼. 그냥 말 놔도 되겠네."

"칼로리 낮게 만들어 달라거나 하는 주문은 웬만하면 하지 마라."

고작 이게 다였다.

다음 날 도시락을 받으러 정자에 갔다. 민태준은 정자에 도시락을 펼쳐 놓고 나를 기다리고 있었다. 같이 밥을 먹었다. 다음에도, 그다음에도 그랬다. 어느새 나는 학교에 가는 날이면 정자에서 점심을 먹는 것이 당연해졌다.

도시락부에 대해 알게 된 건 함께 밥을 먹기 시작한 지 석 달쯤 지나 여름방학이 눈앞에 다가온 때였다. 여름 방학이 시작되면 정자에서 밥을 먹는 즐거움도 끝나겠지 싶었다. 여름 내내 계속될 연습과 스케줄을 떠올리니 밥맛이 뚝 떨어졌다.

"오늘따라 도시락이 맛없냐? 참, 여름 방학 동안에는 도시락 어떻게 할래? 넌 보충 안 하지?"

민태준이 퉁명하게 물었다. 민태준은 아무래도 나를 불편하게 여기는 듯했다. 모두 함께 있을 때에는 까불까불 말도 잘하면서 나와 단둘이 있으면 어색한 듯 도시락 이야기만 했다.

"나랑 오빠는 방학 때에도 매일 여기서 먹을 거야."

최수빈이 냉큼 말했다. 나는 최수빈을 향해 이죽거렸다.

"학교가 무슨 연애질 하는 곳이냐?"

"어허, 부 활동이야, 부 활동."

"……부? 무슨 부?"

"도시락부."

나는 잠깐 동안 도시락 안의 멸치조림을 헤집었다. '도시락부'가 동아리의 이름이라는 걸 깨닫기까지 멸치 세 마리만큼의 버퍼링이 일어났다.

"여기, 진짜 동아리였어? 얼마나 됐는데?"

이신기의 대답이 약간의 간격을 두고 돌아왔다.

"처음 정자에서 밥을 먹기 시작한 건 내가 1학년이었을 때네. 한 가을쯤?"

"난 그해 겨울부터 같이 먹기 시작했어."

최수빈이 끼어들었다. 그때부터 계산에 혼란이 왔다.

"그리고 내가 입학하고서 합류했지."

이신기와 민태준은 한 학년 차이다. 이신기가 2학년일 때 1학년인 민태준과 만난 건 이상하지 않다. 하지만 최수빈은 이야기가 다르다. 민태준보다 먼저 정자에서 밥을 먹기 시작했다면 적어도 1년 반 동안 학교에서 점심을 먹었다는 이야기가 된다. 물론 1년이나 2년 정도 고등학교 입학이 늦어질 수는 있다. 그렇다고 해도 해당 학교 학생도 아닌 아이가 점심때마다 드나들며 밥을 먹었다는 건 평범한 일은 아닐 것이다.

"용케도 수위 아저씨에게 안 잡혔네? 사복 입고 왔다 갔다 하면서."

최수빈이 이신기와 시선을 주고받았다. 아주 짧은 순간, 두 사람 사이에 오고간 눈빛을 보고 나는 알았다. 이건 함부로 물어서는 안 되는 주제였던 모양이다. 이번에는 멸치 열 마리가 사라질 만큼의 침묵이 젓가락질 사이로 빠져나갔다. 도시락이 약간 맛없어졌다.

"나도 보충은 안 하지만 그래도 네가 도시락이 필요하다고 하는 날에는 학교에 나올게."

민태준의 말에 슬그머니 밥맛이 돌아왔다. 그 말은 어떤 반찬보다 다디달게 내 입안을 맴돌다가 꿀꺽 삼켜졌다.

그렇게 나는 도시락부가 되었다. 누구도 내가 연예인이라는 걸 신경 쓰지 않았기 때문에 아주 마음이 편했다. 그렇게 1년이 지났다. 그런데 요사이 그 아지트에 불청객이 찾아오고 있다.

"그래서 경찰서에서 CCTV를 달았구나."

"맞아요. 슈퍼 아줌마가 투덜거리더라고요. 생색내기로 한두 개 달았다고. 그리고 오히려 더 무섭대요. 경찰서에서 골목 입구에 하나를 설치한 걸 보면 범인이 이 동네 사람이지 않겠냐고."

"그러고 보니 요즘 이상한 소문도 있더라. 어떤 미친놈이 여자애들 다리에 상처를 내고 다닌대. 학교 주변에도 달아야 되는 거 아냐?"

정자에는 이미 민태준과 최수빈 그리고 윤모아가 와 있었다. 신나게 수다를 떠느라 내가 정자에 올라온 것도 알지 못한 듯했다. 나는 세 사람이 모여 선 반대편 정자 난간에 걸터앉았다. 내게 등을 돌리고 선 민태준이 밉게만 보였다. 나는 민태준의 뒷모습을 흘겨보았다. 그러다가 윤모아와 눈이 마주쳤다. 윤모아는 나를 빤히 바라보다가 슬그머니 시선을 떨구었다.

윤모아, 2주 전부터 정자에 나오기 시작한 1학년이다. 최수빈과 같은 반이라고 했다. 처음에는 최수빈이 손님을 데려왔나 했다. 하루쯤은 낯선 사람이 섞여도 괜찮겠지 싶어서 주먹밥도 하나 챙겨 줬다. 기꺼이 과자를 나눠 주는 모습을 보고 좋은 애라고 생각했다. 하지만 최수빈이 윤모아에게 제안했다, 도시락부에 들어오라고.

내가 정자에 다니기 시작한 지 어언 1년, 학년이 바뀐 지금까지 도시락부에 새로운 사람이 들어온 건 처음이었다.

다른 애들이 도시락부의 존재를 모르는 건 아니다. 몇몇이 정자로 들어오는 좁은 길 쪽을 빠끔히 바라보는 것을 발견한 적도 있다. 그래도 부에 들어오는 애는 없었다. 수학 천재와 날라리 재수생, 학교 안에서 도시락을 판매하는 괴짜와 아이돌 연예인이 모여 있으니 쉽게 다가오지 못하는 건 어쩌면 당연했다.

그런데…… 나는 제대로 섞여 있는 걸까?

이제까지는 그렇다고 생각했다. 하지만 최수빈이 윤모아에게 도시락부 가입을 권유하는 순간 깨달았다. 나는 도시락부에 들어오라거나 하는 말을 들은 적이 없었다. 이신기, 최수빈, 민태준이 윤모아를 대하는 태도도 마음에 들지 않았다. 세 사람은 윤모아가 처음부터 정자 멤버였던 것처럼 굴었다.

"어, 강보라! 언제 왔어?"

민태준이 뒤돌아봤다. 민태준은 내 쪽으로 성큼 걸어와 도시락을 내밀었다.

"자, 오늘의 도시락."

평소라면 민태준에게 도시락을 받자마자 풀어 봤을 거다. 민태준의 도시락은 맛있는 만큼 예뻤다. 때로는 완자가 개구리 모양으로 빚어져 있기도 했고, 사과로 만든 토끼가 들어 있기도 했다. 저 곰 같은 손으로 어떻게 음식을 이리 섬세하게 만드는 건가 싶어 자꾸 민태준의 손을 보게 된다. 도시락을 열 때마다 선물을 받는 것처럼 두근거렸다.

하지만 이번에는 도통 그럴 기분이 들지 않았다. 나는 도시락을 받아 난간 위에 올려놓았다. 민태준이 도시락을 사이에 두고 난간에 앉았다.

"어디 아프냐?"

"남이야."

내 퉁명스러운 대답에도 민태준은 튕겨 나가지 않았다. 민태준은 도시락을 들어 내 무릎 위에 올려 주었다.

"하여튼 까칠하긴. 오늘 도시락은 뭔지 안 궁금해? 오늘 거 예쁘다."

민태준이 그렇게 말하니 내용물이 궁금해졌다. 나는 도시락 뚜껑을 열었다. 그러자 나타난 건 꽃밭이었다. 노란색, 하얀색, 갈색이 뒤섞인 소보로가 밥 위를 덮었고 사이사이에 작은 주황색 꽃이 점점이 피어 있었다.

"이건 뭐야?"

나는 주황색 꽃을 가리켰다.

"당근 졸인 거야. 어때, 예쁘지?"

나는 당근을 싫어한다. 김밥에 든 당근도 몽땅 빼내고 먹는다. 하지만 당근 꽃은 싫다고 거부하기에는 너무 예뻤다. 당근 꽃을 내보이며 의기양양한 표정을 짓는 민태준이 좀 귀여워 보였다. 나는 당근 꽃을 하나 집어 아작 깨물었다.

"오늘은 모아도 도시락을 싸 왔더라. 군것질이 없어서 서운하겠다."

"아니거든?"

당근은 역시 꽃이 아니었다. 당근일 뿐이었다. 민태준이 윤모아의 이야기를 꺼낸 순간, 당근 냄새가 역겹게 올라왔다.

"내가 잘 가르친 덕분이지. 너도 나중에 나한테 배울래?"

"뭘 가르쳐?"

"모아한테 도시락 싸기에 좋은 음식 몇 가지를 가르쳐 줬거든. 후배님한테 서비스 좀 했지."

나는 주머니에서 휴지를 꺼내 입안의 당근을 휴지에 뱉었다.

"아, 그래? 귀여운 후배랑 단둘이 요리도 하고, 아주 좋겠네."

나는 민태준이 무언가 말하기 전에 난간에서 일어났다. 그사이에 이신기가 정자에 올라와 신문지를 깔았다. 나는 냉큼 신문지 위에 도시락을 놓았다. 민태준이 내 옆에 와 앉았다. 나는 엉덩이를 들썩여 한 뼘 더 민태준과 거리를 뒀다.

"저기, 저 여기에 앉아도 돼요?"

윤모아가 내 옆에서 얼쩡거렸다. 윤모아와 또 눈이 마주쳤다. 나는 윤모아가 쳐다보는 게 싫었다. 동물원의 원숭이를 보는 듯한 눈빛, 이곳 정자에서만은 받고 싶지 않았다.

"아니, 안 돼."

윤모아는 내 쌀쌀맞은 대답에도 불구하고 잠시 내 옆에서 주저주저 서 있었다. 민태준이 자기 옆의 빈자리를 툭툭 두드렸다.

"얘가 후배한테 왜 이렇게 쌀쌀맞아? 여기에 앉아라, 모아야."

"그게…… 보라 선배한테……. 아니, 아니에요."

윤모아는 결국 민태준 옆으로 가 앉았다. 윤모아가 신문지 위에 올려놓은 도시락은 어설프지만 민태준의 것과 닮은 듯도 보였다. 나는 도시락을 들고 꽃밭을 마구 헤집었다. 소보로가 밥과 뒤섞였다. 뒤섞이지 못하고 있는 건 나뿐인 것만 같았다.

윤모아가 부원이 된다는 걸 나만 모르고 있었는지도 모른다. 그런 생각이 들자 도시락을 먹는 속도는 점점 빨라졌다. 혹시라도 그런 말이 입 밖으로 튀어나올까 봐 씹고 또 씹었다. 왜 내 의견은 묻지도 않고 부원을 받는 거냐고 따져 묻고 싶었다. 하지만 지질

해 보일까 봐 물을 수도 없었다. 혹시라도 '넌 상관없잖아?' 하는 대답이라도 돌아오면 지질함은 단번에 배가 될 터였다.

어쩌면 나야말로 그저 손님이었던 걸까?

윤모아가 고개를 빼고 또 내 쪽을 살폈다. 순간 주머니 속 핸드폰이 위잉 요란스럽게 울렸다.

✉ 만나기를 기다리고 있어.

또 모르는 번호로 문자 메시지가 왔다. 나는 있는 대로 손가락에 힘을 주고 삭제 버튼을 눌렀다.

손을 뻗는다. 등을 곧게 펴고 시선은 앞으로 향한다. 등을 타고 올라온 근육의 긴장이 어깨를 넘어 팔꿈치로, 팔꿈치에서 다시 손목으로 그리고 손가락 끝까지 이어지면 성공이다. 피부 아래 잔근육들로 긴장이 끊임없이 이어진다. 한순간 공기와 한 몸이 되는 기분이 든다. 날개라도 단 듯 공중에 붕 뜬 느낌, 무용을 할 때 가장 기분 좋은 순간이다.

하지만 요 몇 달간 그런 순간은 한 번도 찾아오지 않았다.

"엉망이다, 너."

선생님의 평가는 가차 없었다. 나는 땀에 젖은 검은색 무용복을 잡아당겼다. 약간 답답하게 배에 달라붙는 것 같다.

"표현력도 그렇고."

선생님은 나를, 머리 위에서 발끝까지 매의 눈으로 살펴보았다.

"너 살쪘니? 조심해. 여름 대회 접수가 곧 시작이니까."

대회…… 선생님의 입에서 나온 단어를 듣는 순간 배 위쪽이 아파 왔다. 점심을 너무 급하게, 많이 먹었나 싶었다. 내 도시락을 다 먹은 뒤 민태준의 도시락에서 반찬을 빼앗아 집어먹었다. 민태준은 늘 반찬을 푸짐하게 싸 왔다. 윤모아가 온 뒤로 당연하다는 듯 그 반찬을 덜어 윤모아에게 나눠 주었다. 나는 민태준이 윤모아를 위해 도시락 뚜껑에 덜어 내는 반찬들을 하나, 둘씩 입에 넣었다.

"바빠도 시간 내서 연습 좀 더하자. 설욕전 해야지?"

"……네."

나는 윗배를 꽉 눌렀다. 딱딱한 듯도 하다. 하지만 그보다 손끝으로 살이 한 마디만큼 잡히는 게 더 신경 쓰였다. 살이 찐 거라면 큰일이다. 무대 사진을 잘못 찍히면 바로 잔소리가 날아올 터이다. 학교에서 도시락을 먹는 걸 들킬지도 모른다. 그랬다가는 곧바로 도시락 금지다. 매니저가 교실까지 따라붙어 감시를 할지도 모른다.

도시락부를 찾아가지 않고, 정자에 오르지 않고, 민태준의 도시락을 먹지 않는 학교생활은 어떨까? 예전이라면 몸서리를 쳤을 것이다. 골치 아픈 생각들이 날아가는 유일한 순간이 도시락을 먹을 때였으니까. 하지만 지금은 도시락을 받아 들면 오히려 골치 아픈 생각 하나가 더해지는 것도 같다.

"너도 슬슬 집중을 해야 할 텐데……."

나는 선생님의 말을 짐짓 듣지 못한 척했다. 선생님은 내가 고집을 부려서 예고에 가지 않았다는 사실을 모른다. 활동이 너무 바빠서, 예고의 실기 수업을 따라가기 힘들 것 같아서 일반 고등학교에 가기로 했다고 얼버무려 놓았다. 선생님은 "엄마가 그 편이 좋을 거라고 하셨어요." 하는 내 변명을 믿어 주었다. 원래 엄마와 선생님은 사이가 좋지 않다. 그래서 내 말을 더 쉽게 믿어 준 것인지도 모른다.

지난 콩쿠르 때 엄마와 선생님은 크게 싸웠다. 2년 전, 중학교 3학년이었을 때다. 그해 겨울 콩쿠르는 규모가 큰 대회는 아니었다. 하지만 선생님은 이 대회에서 좋은 성적을 올려야 한다고 신신당부했다. 그래야 예고 입시도 쉬워지고, 주니어에서 시니어로 넘어가는 과정이 매끄럽게 잘 마무리된다는 거였다. 일주일에 여섯 시간 연습을 추가하면 어떻겠냐는 말에 나는 고개를 끄덕였다. 하지만 엄마는 가로저었다.

"보라 실력 모르세요? 그 정도 대회는 연습 안 늘려도 충분해요."

무대 위를 뛰어다니던 예쁜 꼬마.

그 꼬마는 밤하늘에서 반짝반짝 빛나는 별이 아니었다. 불이 조금 빨리 켜진 꼬마 전구였을 뿐이다. 주변이 어두울 때에야 별처럼 빛났다. 하지만 주변의 전구들이 우수수 빛을 밝히자 평범한 불빛이 되어 버렸다. 오히려 너무 빨리 불을 밝힌 탓인가 빛이 더 빨리 약해졌다. 꼬마가 계속 빛을 내기 위해 아등바등 고군분투하는 것을 선생님도, 친구들도 알았다. 꼬마를 지켜봐 온 수많은 사람들이 눈치챘을 터였다.

모르는 것은 엄마뿐이었다. 중학교 마지막 대회에서 나는 5등을 했다.

'거품, 드디어 꺼졌다.'

신문의 연예란 구석에 실린 기사는 인터넷에도 등록되었다. 짧은 기사였다.

'……천재인가 아닌가 하는 논쟁을 늘 달고 다니던 강보라가 무용 콩쿠르에서 5등의 저조한 성적을 거뒀다. 이로써 무용계의 천재라는 강보라의 타이틀 하나가 사라졌다. 앞으로 연기력과 가창력은 어떻게 평가가 될지 두고 볼 일이다.'

온라인 기사 아래에는 악플들이 본 기사의 길이보다 훨씬 길게 이어졌다.

나는 그 댓글들을 읽었다. 이전에도 나는 종종 기사에 달린 댓글들을 읽곤 했다. '우는 연기할 때 안약 넣은 거 티 나.' 안 넣었거든? 제가 보는 눈이 없는 거면서……. '전부 립싱크, 꺼져.' 내가 생각해도 내 노래가 좀 형편없긴 해.

나는 기자들이 일방적으로 써 내려가는 기사보다 댓글들이 편했다. 가끔은 친구들과 수다를 떠는 기분도 들었다. 하지만 그 기사의 댓글만큼은 편하게 읽을 수 없었다.

고작 5등. 그 말이 가슴에 콱 와 박혔다.

작은 대회라고 해도 참가자가 200명이 넘었다. 기사를 쓴 기자도, '5등이래, 나가 죽어.'라고 댓글을 쓴 사람도 정말 모르는 건가 싶었다. 얼마나 많은 사람이 매일 춤을 추는지, 하나의 대회를 위해 연습하고 거기에 몇 명이나 모여드는지 말이다.

물론 나도 알고 있다. 콩쿠르는 경쟁이다. 등수는 중요하다. 모든 것을 말해 주는 건 결과다. 시청률과 음원 판매 순위, 기사 개수와 클릭 수, 광고한 제품의 판매량으로 둘러싸인 세계에서 살고 있는 내가 그 사실을 모를 리 없다.

결과를 내지 못한 내가 나쁜 거야.

머리로는 그렇게 이해했다. 하지만 가슴에 박힌 말은 좀처럼 뽑아낼 수 없었다. 고작 5등, 이제껏 더 심한 말도 들어왔는데 어째서 그 한마디만이 그토록 아픈지 어리둥절했다.

며칠을 끙끙 앓고서야 알았다. 진짜로 좋아하는 것이었으니까.

그것을 깨달은 순간, 공포가 몰려왔다.

또다. 또 눈이 마주쳤다.

나는 윤모아를 노려봤다. 이번에는 윤모아도 시선을 피하지 않았다. 윤모아는 최수빈이 툭 팔을 치자 그제야 내게서 시선을 거뒀다. 소곤소곤, 둘이 엄청난 비밀 이야기라도 하는 듯 목소리를 낮췄다. 그 모양새가 마음에 들지 않아서 또 눈에 힘이 들어갔다.

정자에 있는 것이 예전만큼 편하지 않았다. 나는 최수빈과 윤모아에게 신경 쓰지 않는 척, 핸드폰으로 인터넷 뉴스만 살펴봤다.

어제 나갔던 음악 방송의 무대 사진이 올라와 있었다.

참 절묘한 각도에서 찍었다.

나는 인터넷에 뜬 사진을 이리저리 살펴봤다. 무대 아래쪽에서 위를 향해 찍은 사진이다. 턱선도, 허벅지도 부해 보인다. 허리를 꽉 조인 벨트 위로 뱃살이 툭 걸쳐져 있는 듯 보이기도 한다. 어떤 댓글이 달렸는지 안 봐도 뻔하다. '돼지가 어쩌구…….' 하는 말로 도배가 되어 있을 거였다.

나는 사진기자의 이름을 확인했다. 혹시나 했더니 역시다. 한해철이다. '강보라 킬러'라고 불리는 사진기자다. 어떻게 하면 내 굴욕 샷을 찍을 수 있는지 연구라도 하는 게 아닐까 싶은 사람이다. 다른 연예인들의 사진은 잘 찍는 걸 보면 강보라의 안티가 아니겠느냐는 것이 네티즌들 사이의 정론이다.

평소라면 코웃음으로 넘겼을 사진이 신경 쓰이는 건 무용 선생님의 말 때문이었다. 역시 조절을 해야 하나 싶었다. 배와 허리를 손으로 꾹꾹 집어 보았다. 살이 잡혔다. 그러고 보면 이번 달 초에 의상을 맞출 때 코디 언니의 눈빛이 예사롭지 않았다.

'한동안 정자에 오는 걸 그만둘까?'

이대로라면 어차피, 무엇을 먹든 통 소화가 안 될 것만 같다.

"강보라, 뭘 그리 심각하게 보냐?"

민태준이 정자로 올라와서 내 앞에 섰다. 내 무릎 위에 무언가 툭 떨어졌다. 손바닥만 한 크기의 미스트였다. 화장품이라니, 민태준과 영 어울리지 않는 물건이었다.

"뭐야, 이거?"

"요즘 이상한 사람이 돌아다닌대. 스크래치 맨? 뭐, 그렇게 부르더라. 그걸 뿌리면 안 마주친다고 우리 반 여자애들이 엄청 가지고 다니더라고. 너도 그거 가지고 다니라고."

"네가 산 거야?"

"그럼 오다 주웠겠냐?"

민태준이 화장품 가게에서 미스트를 사는 모습을 상상했다. 키가 큰 민태준의 머리가 여자애들 사이에서 불쑥 위로 치솟아 있었을 거다. 미스트가 어느 쪽에 놓였는지 몰라 여기저기 헤매면서 어쩔 줄 몰라 했을 거다.

미스트를 받아 든 손가락 끝에서부터 따뜻한 열기가 천천히 올라오는 듯했다.

"야, 이거 못 쓰겠는데? 완전히 끊어졌어. 야, 강보라."

내가 민태준에게 고마워, 하고 말하려던 때였다. 최수빈이 끊어진 머리끈을 빙빙 돌리며 불쑥 끼어들었다.

"머리끈 가진 거 있어?"

항상 하나로 묶고 다니던 윤모아의 머리칼이 오늘은 풀려 있었다. 머리끈이 있어도 줄 마음이 들지 않았다. 나는 고개를 가로저었다. 그러자 민태준이 주머니 안을 뒤적이더니 무지개 색 방울이 달린 머리끈을 꺼냈다.

"여기 이거."

민태준이 윤모아에게 머리끈을 건넸다. 나는 봤다. 윤모아의 흘러내린 머리카락 사이로 빼꼼히 나온 귓불이 붉어졌다. 내 몸 구석구석으로 퍼져 나가던 열기가 윤모아에게 옮겨 간 듯 보였다.

"고맙습니다, 선배."

"덤으로 받은 건데, 뭐."

윤모아는 머리끈을 받아 주머니에 넣었다. 위잉, 내 핸드폰이 울렸다. 또 모르는 번호일까? 일주일 사이에 모르는 사람에게서 오는 문자 메시지가 부쩍 늘었다. 슬슬 엄마에게 말해야 할지도 모르겠다.

'뭐야, 이거?'

나는 핸드폰을 움켜잡았다. 계속해서 들어오는 메시지를, 거기에 첨부된 사진들을 노려보았다. 사진에 찍힌 건 나였다. 교복을 입은 채 정자에서 밥을 먹는 사진이 서른 장 넘게 이어졌다. 메시지를 보내오는 번호는 각각 모두 달랐다. 그중 내 핸드폰에 등록되어 있는 번호는 하나도 없었다.

✉ 속상했지? 돼지라니…….

✉ 그런 소릴 듣게 만든 녀석을 혼내 줄게.

✉ 너에게 저런 쓰레기를 먹이는 녀석이 나쁜 거야.

팔에 오도독 소름이 돋았다. 주변을 둘러보았다. 아무도 없었다. 하지만 사진에 찍힌 건 분명히 정자에서 시간을 보내는 나였다. 나는 고개를 들어 주변을 두리번거렸다.

또 윤모아와 눈이 마주쳤다.

의심스러웠다. 내가 정자에 있는 사진을 찍을 수 있는 사람은 몇 되지 않는다. 게다가 윤모아가 정자에 나타나자마자 사진 테러가 시작됐다. 나는 벌떡 일어났다. 윤모아의 손목을 움켜잡았다.

"너, 나한테 할 말 없어?"

나는 윤모아에게 핸드폰 화면을 들이밀었다.

"이거, 너지?"

"네?"

"기분 나쁜 짓 좀 그만해. 이런다고 너한테 뭐가 좋은데? 연예인 괴롭히면 재미있니?"

윤모아가 모든 일의 원인처럼 느껴졌다. 윤모아가 도시락부에 들어오지 않았더라면 정자는 여전히 내게 마음 편한 아지트로 남았을 터였다. 소화가 안 되는 것도, 내 옆구리가 두툼해진 것도, 이상하게 민태준이 신경 쓰이는 것도 모두 윤모아의 탓인 것만 같았다.

물론 말도 안 되는 억지다. 알면서도 터져 나오는 말을 멈출 수 없었다.

"무슨 소리야, 너? 모아가 이런 짓을 왜 해?"

"그럼 누가 했는데? 정자에는 우리뿐이잖아. 최수빈, 너야? 그렇다고 신기 선배나 네가 이래? 얘밖에 없잖아!"

내 목소리가 커졌다. 윤모아는 자신의 손목을 붙들고 있는 내 손을 붙잡았다.

"아니에요, 선배."

윤모아의 딱 부러지는 목소리. 나는 주춤했다. 배를 세게 맞은 듯 몸이 휘청거렸다. 세 사람이 힘을 합쳐 나를 밀어내는 것만 같았다.

"뭐냐, 강보라? 추하게……."

민태준의 말이 결정타였다.

"나, 이젠 여기 안 와."

나는 정자를 뛰어 내려왔다.

핸드폰이 요란스럽게 울렸다.

'무시하자, 무시해.'

오늘은 아무것도 안 하기로 결심한 터였다. 아무런 스케줄도 없는 일요일은 자주 있는 날이 아니다. 그러니 잘 테다. 모든 걸 잊어버릴 만큼 자고 또 잘 작정이었다.

그렇지만 한 시간 내내 울리는 핸드폰의 벨소리를 도저히 무시할 수 없었다.

"보라 너, 여름 무용 대회에 참가 안 하겠다는 게 진짜야?"

전화기 너머 무용 선생님의 목소리는 뾰족하게 날이 서 있었다. 나는 가시에라도 찔린 듯 벌떡 일어났다. 이불을 박차고 나와 안방으로 달려갔다.

"엄마! 엄마가 전화했어? 선생님한테?"

엄마는 화장대 앞에 앉아 아이라인을 그리고 있었다. 엄마는 거울에서 눈을 떼지 않았다. 뒤돌아보지도 않았다. 엄마는 한쪽 눈을 부릅뜬 채 조심조심 손을 움직였다.

"무용 대회? 빨리 이야기해 두는 게 좋잖아. 영화 촬영 들어가면 연습도 거의 못 갈 텐데. 참, 그보다 매니저 언니한테 들었어? 아시아 아이돌 페스티벌 말이야. 참가가 거의 확정될 것 같아. 아직 애들한테는 말하지 마. 너희 팀 막내, 걔 요즘 낌새가 좀 이상하단 말이야. 재계약 시즌이 다가오는데 아무 말도 안 하는 거 보면 말이지. 다른 소속사에서 계속 콘택트 하는 것 같아. 확인해 봐야겠어."

핸드폰을 움켜쥔 손에 힘이 들어갔다.

"왜 그래, 진짜! 내가 언제 무용 대회에 안 나가겠다고 했어?"

아이라인을 다 그린 엄마가 뒤를 돌아봤다.

"애 좀 봐. 그럼 그 스케줄을 다 소화하면서 어떻게 연습을 해? 이번 기회에 아예 무용 그만둬."

"왜 엄마가 마음대로 그만두고 어쩌고 정해!"

"뭐가 엄마 마음대로야. 강보라, 말은 똑바로 해. 예고에 안 가고 일반고를 가겠다고 우긴 건 너야. 무용을 진지하게 할 마음이 있었으면 애당초 예고에 갔어야지. 엄마도 네가 예고 무용과를 갔으면 당연히 무용 대회를 우선했지."

말문이 막혔다. 엄마는 빙글 거울을 향해 다시 몸을 돌렸다.

"넌 복받은 줄 알아야 돼. 부족한 게 뭐가 있다고."

"……나, 나갔다 올래."

"어디를 가?"

"연습실."

목구멍 속에서 말이 일렁거렸다. 엄마의 등을 더 보고 있다가는 펑 터질 것만 같았다. 나는 집을 뛰쳐나왔다. 등 뒤에서 엄마가 외쳤다.

"저녁때 잡지 인터뷰가 하나 잡혔으니까 늦어도 7시까지 집에 와야 해!"

나는 못 들은 척 뛰었다. 하지만 막상 집에서 나오니 갈 곳이 없었다.

'아, 짜증 나.'

나는 횡단보도 앞에 우두커니 선 채 신호등이 세 번이나 바뀌는 걸 봤다. 힐끔힐끔 쳐다보는 시선들이 하나둘 생기는가 싶더니 나중에는 대여섯 명이 노골적으로 나를 둘러쌌다.

"강보라 맞나?"

"아니라니까."

자기들끼리 논쟁을 펼치다가 사라졌다. 모자라도 쓰고 나올걸. 나는 괜스레 앞머리만 잡아당겼다.

"뭐 하냐, 여기서?"

자전거 한 대가 내 앞에 멈춰 섰다. 민태준이었다.

"그냥."

자전거가 사라졌다. 위잉. 핸드폰이 주머니 안에서 울었다. 확인하고 싶지도 않았다. 자전거가 다시 나타났다.

"탈래?"

　내 앞에 선 민태준은 내 쪽은 보지도 않고 앞만 본 채 물었다. 내가 왜 거기에 타? 그렇게 말하려는데 민태준의 귓불이 보였다. 빨갰다.

'얘한테 이런 귀여운 면이 있네?'

　피식 웃음이 나왔다. 나는 자전거 뒷자리 안장에 올라탔다. 민태준의 허리를 양손으로 잡았다. 일부러 좀 세게 잡았다. 민태준의 귓불이 더 시뻘게졌다.

　자전거가 천천히 움직였다. 아파트 담벼락이 조금씩 멀어졌다. 골목길과 횡단보도 하나를 지나자 조금씩 빨라졌다. 차 안에서 보는 거리의 모습과 자전거 위에 올라탄 채 보는 모습은 약간 달랐다. 조금 더 넓고 한가해 보였다.

　처음 무용을 배우고 무대에 섰을 때에도 그랬다. 카메라 앞에 섰을 때보다, 어떤 무대 위에 섰을 때보다 발아래가 넓어 보였다. 다른 세계로 떨어진 마법 소녀가 된 기분이었다.

"바람이 시원해서 좋다."

　내 말에 자전거는 더 빨라졌다. 민태준의 어깨가 위아래로 솟구쳤다 내려왔다. 그때마다 매끄러운 곡선이 물결쳤다. 바퀴의 휠에 올려놓은 발이 달싹였다. 스텝, 스텝, 슬라이드. 자전거가 가볍게 튀어오를 때면 민태준의 어깨는 멈췄다. 한쪽 발끝이 공중에서 가볍게 튀었다. 리프(leap). 매끄럽게 뻗은 자전거 전용 도로가 나타났다. 뺨이 바람을 스쳤다.

도로는 공원으로 이어졌다. 작은 공원은 한적했다. 자전거가 벤치 앞에서 멈췄다. 내 두 발이 살포시 바닥에 닿았다. 포인트. 자전거에서 내렸다.

"아 씨, 힘들어."

민태준이 숨을 헐떡거리며 나를 돌아봤다.

"야, 너 보기보다 무겁더라. 내가 자전거로 짐 좀 날라 봐서 아는데 이 무게는 절대 50 이하가 아니야. 프로필에 48이라더니."

벤치 옆에 음료 자판기가 있었다. 나는 음료수 두 캔을 뽑았다.

"키는 5 빼고 몸무게는 5 더하는 게 연예인 프로필을 제대로 읽는 정석인 거 몰라? 참고로 난 키는 안 늘렸어. 아직 성장 중이니까."

나는 음료수 하나를 민태준에게 던졌다. 나와 민태준은 나란히 벤치에 앉아 캔을 땄다. 콜라 한 캔이 텅 빌 때까지 민태준은 아무말이 없었다. 빨갛게 달아올랐던 뺨은 어느새 식어 버렸다.

'윤모아랑 둘만 있으면 안 이러겠지?'

불쑥 그런 생각이 치솟았다. 나는 손에 들고 있던 캔을 힘주어 눌렀다.

"저거 타자."

민태준이 불쑥 공원 한쪽을 가리켰다. 트램펄린이 있었다. 모자를 쓴 아저씨가 트램펄린으로 올라가는 계단 옆에 앉아 꾸벅꾸벅

졸고 있었다. 10분에 500원. 벤치에 앉아서도 보일 정도로 큼지막한 요금표가 붙어 있었다.

"저거…… 봉봉이."

"방방이."

"뭐면 어때? 어쨌든 타자."

그다지 내키지 않았지만 그렇다고 딱히 할 일도 없었다. 나와 민태준이 다가가도 아저씨는 깨어날 생각을 안 했다. 민태준이 상자 안에 1천 원짜리 지폐 한 장을 넣더니 껑충 트램펄린 위로 뛰어올랐다.

"야, 아저씨 깨워야지."

"잘 주무시는데 굳이 깨울 필요 없잖아. 왜, 못 올라오겠냐?"

민태준이 내게 손을 내밀었다. 나는 무시하고 펄쩍 뛰어올랐다. 통! 트램펄린 위에서 몸이 튕겨 올랐다. 나는 균형을 잡고 섰다. 민태준이 비틀거리다가 엉덩방아를 찧었다.

"에이 씨."

민태준이 일어나려고 했지만 그대로 내버려 둘 수야 없지. 나는 통! 다시 뛰었다. 민태준이 휘청거리다가 다시 엉덩방아를 찧었다. 민태준이 나를 올려다보더니 씩 웃었다.

"해보자는 거지?"

민태준이 개구리처럼 쪼그려 앉더니 위로 펄쩍 뛰어올랐다. 트램펄린이 요동쳤다. 이 정도에 넘어질 내가 아니었다. 리듬에 맞추어서 가볍게 뛰었다. 통, 통. 엇박자로 계속되던 나와 민태준의 리듬이 조금씩 맞아떨어지기 시작했다. 내가 위로 솟아오르면 민태준이 아래로, 민태준이 아래로 내려오면 내가 위로 올라갔다.

"강보라! 무슨 일 있냐아!"

공중으로 떠오른 민태준이 버럭 소리를 질렀다. 그러고는 쿵! 트램펄린 위로 떨어졌다. 아예 아이돌 강보라가 여기 있다고 광고를 해라, 광고를……. 어이가 없었다.

"네가 무슨 상관인데?"

"뭔 상관은…… 그, 뭐냐…… 같이 밥 먹는 의리지."

민태준은 자기 얼굴이 얼마나 빨개졌는지 모르나 보다.

"야, 강보라. 월요일에 끝내주게 맛있는 거 싸 올게. 정자에 나와라."

몸이 들썩였다. 발을 굴렀다. 몸이 붕 떠올랐다. 근질근질, 입에 매달려 있던 말이 터져 나왔다.

"절대 안 그만둬!"

내 목소리가 우리 집까지 날아가면 좋을 텐데……. 쿵! 엉덩방아를 찧었다.

"학생들, 거긴 언제 올라갔어?"

어느새 잠에서 깬 아저씨가 둥그렇게 눈을 뜨고 우리를 올려다봤다.

올라갈 것인가, 말 것인가?

나는 정자로 향하는 샛길 앞에서 계속 망설였다. 매점 아줌마가 나를 힐끔 바라봤다. 급식소로 향하는 아이들도 모두 나를 쳐다보는 것만 같았다. 이게 무슨 꼴이람? 그래도 쉽게 발이 떨어지지 않았다.

'아! 지질하다, 진짜.'

윤모아나 최수빈과 얼굴을 마주할 자신이 없었다. 교실로 돌아갈까? 그 순간 민태준의 거친 목소리가 내 발목을 잡았다.

"에이 씨, 진짜⋯⋯."

민태준이 샛길로 걸어왔다. 나를 발견한 민태준은 벅벅 머리를 긁었다.

"미안하다, 강보라."

"뭐가?"

민태준이 성큼성큼 샛길 안으로 걸어 들어갔다. 뭐가 미안하다는 건지 알려 주지도 않고 말이다. 나는 어쩔 수 없이 민태준의 뒤를 따라갔다. 엉겁결에 정자까지 올라가 앉았다. 윤모아가 나를 보더니 난간에서 일어났다. 나는 윤모아가 날 피할 줄 알았다. 그런데 윤모아는 오히려 내 쪽으로 다가왔다. 나는 윤모아와 시선을 마주치지 않으려고 정자의 목재 무늬만 노려봤다.

"미안해. 오늘은 도시락이 없어."

민태준이 난간에 털썩 주저앉았다.

"무슨 일이야?"

이신기와 최수빈도 민태준의 곁으로 다가왔다.

"아, 선배. 이것 좀 봐. 어제 어떤 미친놈이 식당 앞에 깽판을 치고 갔다니까.”

왜일까? 민태준의 말을 듣자마자 나는 내 핸드폰에 온 정체 모
를 메시지가 떠올랐다. 너에게 저런 쓰레기를 먹이는 녀석이 나
빠! 내게 먹을 것을 준 사람은 민태준뿐이었다.

민태준은 핸드폰으로 찍은 사진을 보여 주었다. 가게 앞에 쓰레
기가 잔뜩 깔려 있었다. 누군가 일부러 버린 듯했다. 헌 잡지, 찢
어 버린 종이, 음식 찌꺼기와 빈 캔이 가게 앞에 잔뜩 버려져 있었
다. 그 위로 전단지 같은 것도 갈기갈기 찢어져 잔뜩 뿌려졌다. 식
당 문과 벽에는 붉은 페인트로 낙서가 휘갈겨져 있었다.

**기적을 망치는 쓰레기는 꺼져. 과대 포장 같은 새끼야. 작은 새에게
쓰레기를 주지 마.**

“전단지에도 같은 말만 잔뜩 쓰여 있어. 그리고 페인트에 뭘 섞
었는지 냄새가 엄청나더라고. 아침 내내 이걸 치우고 경찰서에 가
서 신고하고 왔어.”

민태준이 한숨을 쉬었다.

“언제 이랬는지도 모르겠다니까. 가게를 비워 봤자 새벽 1시부
터 5시까지 고작 4시간이 전부인데…….”

“너무하네. 누가 그랬는지 목격자도 없대?”

“없는 것 같아. 그래도 경찰이 CCTV를 살펴봐 준다고 했어.”

나는 민태준의 손에 들린 핸드폰에서 눈을 뗄 수 없었다. 입안

이 말라 왔다. 가슴이 마구 뛰었다. 나는 다른 사람들의 표정을 살폈다. 이신기도, 최수빈도, 민태준도 무엇 하나 알아차리지 못한 표정이었다. 나를 쳐다보지 않은 것만 봐도 확실했다. 내가 연예인이란 것도 몰랐던 애들이다. 이 정도만으로 알아차릴 리가 없다. 마구 요동치던 가슴이 슬며시 가라앉았다.

윤모아와 눈이 마주쳤다.

윤모아는 나와 눈이 마주치자마자 얼른 고개를 돌렸다. 하지만 그 잠깐의 시선만으로 충분했다.

윤모아는 알고 있다.

'기적 보라'는 팬들이 부르는 내 애칭이다. '과대 포장'은 내 안티 까페의 이름이고, '작은 새'는 내가 무용 대회에서 큰 상을 받았을 때 언론 기사에서 나를 칭했던 별명이다. 민태준의 가게에 쓰인 낙서는 모두 나와 관련된 내용이었다.

"매점 가자. 오늘은 내가 쏜다."

민태준이 내 어깨에 손을 올렸다. 나는 벌떡 일어났다.

"난 갈래."

"왜? 화났어? 도시락 못 싸 와서 미안하다니까."

"한동안 여기에 안 올 거야."

나는 정자에서 뛰어 내려갔다. 야, 강보라! 강보라! 이름을 부르는 민태준의 목소리가 뒤따라왔다. 나는 교문까지 100미터 전력 질주를 했다.

"너, 왜 그렇게 헐떡거려? 가방은?"

나는 교문 앞에서 기다리고 있던 엄마의 차 안 뒷좌석으로 황급히 뛰어 들어갔다. 내가 숨을 헐떡이자 엄마가 백미러로 내 모습을 살폈다.

"교실에."

나는 뒷자리에 그대로 가로누웠다. 자세 바르게 앉아. 엄마의 잔소리는 흘려버렸다.

'윤모아, 걔가 애들한테 다 까발리겠지. 분명해.'

난장판이 된 가게가 나 때문이라는 걸 알면 민태준은 어떤 반응을 보일까? 화가 나겠지. 이 이상 정자에 나가는 건 껄끄러워질 터다.

나는 한숨을 내쉬었다. 옆으로 쏠린 뱃살이 손끝에 몰랑하게 와 닿았다. 나는 엄지와 검지 사이로 살을 꽉 꼬집었다. "빼고 만다."라고 중얼거리다가 고개를 가로저었다.

'아니지, 아냐. 살이 나쁜 게 아냐.'

맛있는 밥이 나쁜 것도 아니다. 내가 나쁘지도 않다. 윤모아 때문은 더더욱 아니다. 나쁜 건 '모르는 번호' 그놈이다. 사진 테러를 한 데다가 남의 가게까지 엉망으로 만든 놈. 누구일까, 대체? 핸드폰을 꽉 움켜쥐었다.

"엄마, 나 할 이야기가 있어."

"뭔데? 참! 지금 가는 인터뷰 자리, 예상 답변도 잘 체크해 놔. 저번 일요일처럼 정줄 놓고 대답하지 말고. 그날은 대체 왜 그랬어? 약속 시간도 늦고, 대답도 대충대충. 오늘은 영화 이야기가 나올지도 모르니까 더 잘해야 돼."

"하아…… 됐다, 진짜…….'"

핸드폰을 주머니에 넣어 버렸다.

'어차피 들을 생각도 없잖아, 내 이야기는…….'

눈도 감아 버렸다.

이번에도, 이번에도 마찬가지다. 좋아하는 것을 눈앞에 두면 늘 도망치게 된다.

"어휴, 이놈의 신호. 또 걸렸네, 또. 아주 움직이지를 않네."

학교에서 한 블록 떨어진 곳에 대형 마트가 있는 탓에 도로는 한낮에도 차로 꽉 막혀 있다. 엄마의 차는 2차선 한가운데에 멈춰 섰다. 마트의 운송 트럭과 택시들 사이에 끼어 오도 가도 못하게 되어 버렸다. 거기에 신호까지 걸렸다. 엄마는 짜증을 내며 운전대를 때렸다.

'빨간불이 켜지면 사람도 자동차처럼 생각이고 행동이고 몽땅 정지되면 좋을 텐데…….'

그렇다면 도망치기 전에 사방에 빨간불을 켜 놓을 테다.

전국에 예술 고등학교는 기껏해야 서른 개 남짓이다.

중학생 신분의 마지막 대회를 마치고 나는 하루 종일 인터넷 검색을 했다. 그전까지는 한 번도 관심을 가지지 않았던 것들을 계속해서 찾았다. 예고 입시 경쟁률, 시험 요강, 필요한 우승 경력 등등 정보가 쏟아져 나왔다. 어차피 엄마가 모두 준비해 줄 테니 내가 조사할 필요는 없다고 생각했던 것들이었다. 수많은 아이들이 서로 정보를 공유하고, 가고 싶은 고등학교를 미리 정하고, 꼭 나가고 싶은 콩쿠르에 대해 이야기를 나누고 있었다. 유학 자금을 고민하는 아이들도 있었다.

수많은 생각이 머릿속에서 빙글빙글 돌았다. 예술 고등학교 입시에서 떨어지면, 입시에 붙어도 연예인이니까 하는 말을 듣는다면, 발버둥 쳐도 더 이상 수업조차 따라갈 수 없게 되는 날이 온다면……. 그때는 '고작'이라는 말로 끝나지 않을 터였다.

금수저를 물고 태어났다.

내가 곧잘 듣는 빈정거림이다. 연예인 3세, 부모를 잘 만나서 고생 없이 성공한 케이스. 나는 그 말을 부정한 적이 없다. 사실이니까.

하지만 그들은 모른다. 물고 태어난 금수저 위에, 자기가 좋아하는 음식 한 점을 올리기가 얼마나 힘든지 말이다. 수많은 학원과 레슨, 그중에서도 내가 배우겠다고 먼저 나선 것은 무용뿐이었다. 아빠도, 엄마도 내가 현대무용을 배우는 걸 달가워하지 않았다. 차라리 발레를 배우라고 했다. 1년 안에 대회에 나가서 금상을 받을 것, 현대무용을 배우는 조건으로 엄마와 한 약속이었다. 그 약속을 지키려고 나는 새벽 5시부터 연습을 시작하곤 했었다.

무용이 좋았다. 이유 없이, 그냥 무작정 좋았다. 그래서 더욱 실패하는 게 두려웠다.

도망치자.

그것 말고 선택지는 없었다.

빵! 빵빵! 빵!

나는 요란한 경적 소리에 번쩍 눈을 떴다. 도로 위의 차들이 모두 경적을 울리는 듯했다.

"무슨 일이야?"

나는 뒷좌석에서 몸을 일으켰다.

"누가 도로로 들어왔어. 학생이던데 교복이 너희 학교 거더라. 어머! 뭐야, 쟤? 왜 이쪽으로 오지?"

창문을 내리고 밖을 내다볼 필요도 없었다. 뒷좌석 창문에 민태준의 얼굴이 불쑥 달라붙었다. 민태준이 차창을 두드렸다. 나는 경적 소리에 떠밀려 창문을 열었다.

"뭐 해, 여기서?"

"너야말로 뭐 해? 내려. 나 널 데리러 온 거야."

곧 있으면 신호가 바뀔 것이다. 앞 차창을 통해 '교통정리'라고 적힌 팔찌를 두른 아저씨가 달려오는 것이 보였다.

"보라야! 누구니, 쟤는? 아는 애야?"

엄마의 목소리는 멀었다.

"빨리 내리라니까. 아이 씨, 힘들어 죽겠네."

민태준의 땀에 젖은 머리카락이 이마에 철썩 달라붙어 있었다. 학교에서부터 여기까지 어떻게 자동차를 따라잡은 것인지 짐작도 되지 않았다. 제아무리 신호에 막혀서 서 있었다고 해도 자동차는 자동차다. 죽을 듯 페달을 밟지 않고서야 따라잡을 수 없었을 것이다.

도망치는 나를, 뒤따라오는 사람이 있을 것이라고는 생각도 못했다.

깜빡깜빡, 붉은 신호등이 켜졌다.

"야, 강보라! 어디 가!"

나는 자동차 문을 열고 뛰어나갔다. 경적 소리는 더욱 요란해졌다. 삐익, 교통경찰 아저씨의 호루라기 소리가 더해졌다.

민태준이 내 손을 꽉 움켜쥐었다.

"너희! 도로에서 나가! 위험하잖아!"

"죄송해요!"

민태준은 도로에 빼곡한 차들 사이를 요리조리 피해 달렸다. 나는 처음에는 민태준의 손에 끌려갔다. 하지만 도로에서 보도로 올라서는 순간, 나와 민태준의 발은 동시에 허공을 날았다.

민태준은 보도 위에 쓰러져 있던 자전거를 일으켜 세웠다. 엄마의 자동차 문이 빠끔히 열리는 것이 보였다. 나는 재빨리 자전거 뒤에 올라탔다.

"간다?"

민태준이 페달을 밟았다. 도로의 신호가 노란색으로 바뀌자 차들이 성급하게 움직이기 시작했다. 그 움직임에 떠밀려 엄마의 차 문도 닫혔다.

자전거 페달이 힘차게 움직였다.

백반 5천 원.

붉은 얼룩이 남은 간판에는 그렇게만 적혀 있었다. 내가 문 앞에서 머뭇거리자 민태준이 등을 떠밀었다.

가게 안은 어두웠다. 주방에만 불이 켜져 있었다. 나는 좁은 가게 안을 둘러보았다. 텔레비전이 없었다. 내가 연예인이라는 사실을 민태준이 몰랐던 이유가 짐작이 되었다.

"잡아 왔네?"

가게 벽 쪽에 자리를 잡고 앉아 있던 최수빈이 손짓을 했다. 윤모아까지 함께 있었다.

"점심시간 끝나지 않았어?"

나는 윤모아를 무시하려고 애쓰며 자리에 앉았다.

"땡땡이."

최수빈은 어깨를 으쓱였다.

"난 아니다. 난 오늘 학교에 안 나간다고 연락했어. 점심시간 때만 잠깐 나갔던 거야."

민태준이 내 옆자리에 앉았다.

"그러는 넌? 갑자기 왜 그런 건데? 그렇게 가 버리니까 깜짝 놀랐잖아."

아무래도 윤모아가 나에 대해서 아무것도 말하지 않은 모양이었다.

"가게에 이상한 짓을 한 사람이…… 내 팬이나 뭐, 그런 걸지도 몰라."

그렇다면 내가 직접 털어놓고 싶었다. 나는 핸드폰을 꺼내어 사진과 문자 메시지를 보여 주었다. 내 핸드폰을 본 민태준의 얼굴이 험상궂게 찌푸려졌다.

"이걸 보낸 사람이 우리 가게에 낙서를 한 사람일 수도 있다, 이거지?"

나는 이로 뺨 속살을 지그시 깨물었다. 민태준이 나를 탓해도 아무렇지 않은 듯 보일 수 있도록 각오했다.

"괜찮아, 넌?"

꽉 다물렸던 내 입은 멍하니 벌어졌다.

"화 안 났어, 나한테?"

"왜? 네가 화난 거 아냐, 나한테?"

얼굴에 따끈따끈 열이 올랐다. 이것들이 웬 덤 앤 더머 쇼를 하고 있어? 최수빈의 빈정거림 때문만은 아니었다.

드르륵, 경쾌한 소리와 함께 가게 문이 열렸다. 모두의 시선이 일순 문 쪽으로 향했다. 한 남자가 상자를 들고 들어왔다. 길을 지나가던 사람들도 한 번씩은 뒤돌아볼 만큼 덩치가 좋았다. 우리 아빠셔, 민태준이 속삭였다.

"태준아, 밖에 배추가 왔는데 좀 가지고 들어와라."

벌떡 일어나 밖으로 향하는 민태준의 뒷목이 붉었다.

"수빈이 왔구나. 너, 학교를 너무 빠지면 안 된다."

"오늘은 비상사태예요, 비상사태."

"왜 또 무슨 일이 있어? 근데 여기 아가씨는 처음 보는데……

아하!"

민태준네 아빠가 손뼉을 쳤다.

"이 아가씨가 강보라 양이구만?"

핸드폰으로 메시지를 보내던 최수빈이 고개를 들었다.

"아저씨, 요즘은 테레비 좀 보시나 봐요?"

"텔레비전? 녀석아, 하루 종일 가게를 지키고 있는데 보기는 뭘 보냐?"

"근데 보라는 어떻게 아세요?"

민태준의 아빠는 몸을 앞으로 불쑥 내밀었다. 얼굴에 웃음기가 감돌고 있었다.

"우리 태준이의 첫 손님이시잖아."

"첫 손님이요?"

내가 되묻자 민태준의 아빠는 흐흐 웃었다.

"도시락 말이야, 도시락. 태준이 저놈, 고등학교에 올라가더니 완전 자신만만하게 전단지도 만들고 그랬거든. 근데 그 전단지, 솔직히 구렸잖아. 누가 주문하겠어? 한 달이나 지났는데 한 건도 안 들어온다고 기가 팍 죽어 있었지."

엉성했던 전단지가 떠올라 나도 따라 웃었다.

"그런데 어느 날 갑자기 기분이 좋아져서 들어오는 거야. 어깨춤을 추면서 말이지. 드디어 주문이 들어왔다고 하더라. 저 녀석, 가게에서 요리할 때는 별로 말을 안 하거든. 그런데도 아가씨 이야기는 종종 하니깐 내가 이름을 외웠지. 딱 보면 예쁘다는 생각이 드는 얼굴이면…… 맞잖아?"

"그런 티는 조금도 안 냈는데……."

"말솜씨가 영 서툴러, 저 녀석은. 술술 말을 잘하는 것도 같은데 말이야. 정작 좋아하는 사람 앞에서는 엉뚱한 말만 늘어놓지. 암, 서툴고 말고."

민태준네 아빠는 갑자기 몸을 뒤로 쑥 뺐다. 그러더니 조리대 위에 올려놓은 상자에서 소금 봉지를 꺼내 살펴보는 척하기 시작했다. 민태준은 양손에 배추를 두 포기씩 들고 가게로 들어왔다.

"오늘 건 이게 다야, 아빠?"

"응. 저녁 장사만 할 거니까."

민태준은 배추를 들고 주방으로 향했다. 민태준이 바로 내 옆에 와 앉지 않아 다행이었다. 무대에서 한참이나 뛴 것보다 더 더웠다. 나는 손으로 부채질을 했다.

"신기 오빠가 찾았대, 이거."

열기가 가라앉았다. 최수빈이 핸드폰을 들어 보였다.

"가게 앞에 쌓여 있던 잡지, K언론사 거래. 꽤 예전에 폐간되었던 거래. 지금은 인터넷 연예 전문 사이트가 된 곳이래."

"전문 사이트는 무슨, 거기 완전 찌라시야. 날 엄청 싫어하는 사진기자도 거기 소속이거든. 아주 유명해, 디스패치 급으로 연예인 귀찮게 구는 걸로."

내게 원한이라도 있는 듯 굴욕 사진만 찍어 대는 사진기자가 떠올랐다.

"그리고 수위 아저씨 증언도 있어. 웬 사진사가 한 달 내내 찾아왔었대. 기사 자료로 쓸 건데 학교 사진을 좀 찍어도 되겠냐고 묻더래. 교무실에서 수업 중에는 애들 공부에 방해가 될 수 있으니까 점심시간이나 방과 후에만 찍으라고 허락했었대."

소금 봉지를 살피던 민태준네 아빠의 손이 멈췄다.

"저기, 나……."

그때까지 가만히 앉아 있던 윤모아가 머뭇머뭇 입을 열었다.

"우리 오빠한테 들었는데요, 그 인터넷에…… 이상한 소문이 있다고……."

"소문?"

"강보라 킬러라고 불리는 사진기자가 있는데 그 사람 비공개 계정에……. 도촬 사진이 막 올라온대요. 이중인격자나 좀 위험한 사람 아니냐는 그런…… 소문이 있대요."

열기가 완전히 사라지고 몸에 한기가 돌았다.

"더 빨리 이야기하려고 생각은 했는데 어쩐지 때를 잘 못 잡아서……."

윤모아는 내게 죄송하다며 사과했다. 불쾌하다고 느꼈던 윤모아의 시선, 나는 윤모아가 나를 쳐다보는 이유가 호기심인지 걱정인지 물어보려고 하지도 않았다. '나야말로 미안.'이라고 말하고 싶었는데 쉽게 입이 떨어지지 않았다.

아, 이놈의 자존심. 난 정말 지질하구나.

부르르 떨릴 정도로 한기가 돌던 몸에 온기가 되살아났다.

"그 사진기자, 이름이 뭐야?"

민태준의 이마가 험상궂게 찌푸려져 있었다. 왜일까?

나는 손을 들어 민태준의 이마 한가운데에 잡힌 주름을 쭉 잡아당겼다. 민태준이 흠칫 놀라 몸을 뒤로 뺐다.

"못생긴 게 찌푸리고 있으면 더 못생겨져."

찌푸린 얼굴을 보는 게 무엇보다 싫어서 그랬다고 말할 순 없었다. 타닥타닥, 칼질 소리가 들렸다. 냄비가 달그락거리는 소리도 이어졌다. 민태준이 일어나 주방 조리대에 섰다.

"이 녀석이 요리를 한 지 꽤 됐는데 말이지."

민태준네 아빠의 칼질은 노련했다. 민태준의 능숙한 칼질이 어설프게만 보일 정도였다.

"그래도 칼질을 하고 불을 쓸 때는 내가 눈앞에 있지 않으면 종종 불안하지."

민태준이 입을 삐죽였다.

"알아서 잘한다니까 그러네."

"그래도 그러는 게 아냐, 이 녀석아. 어른이 있어야 하는 때가 있는 거라고. 안 그러냐?"

핸드폰이 울렸다. 메시지 도착 알림음이 아니라 전화 벨소리였다. 나는 전화를 받았다.

"야! 너, 이 미친것아! 어디야!"

엄마의 목소리가 수화기 너머에서 터져 나왔다.

"스케줄까지는 어차피 시간 남았잖아."

"뭐? 야, 지금 그게 문제야? 딸내미가 도로 한가운데에서 갑자기 차 밖으로 뛰어내렸는데! 사고라도 났으면 어쩌나 하고 얼마나 걱정했는지 알아? 허둥거리다가 차선을 잘못 타서 신림까지 갔다 왔잖아!"

엄마의 목소리를 제대로 들은 게 무척 오랜만인 듯했다. 늘 듣는 잔소리인데도 그랬다. 나는 한참이나 쏟아져 나오는 잔소리를 가만히 듣고 있었다.

엄마에게 말해야겠다. 이때까지 말하지 않은 게 바보 같았던 거였다.

"엄마가 데리러 온대. 가 봐야겠다."

나는 전화를 끊고 자리에서 일어났다. 민태준이 주방으로 들어가더니 도시락을 가지고 나와 내게 내밀었다.

"뭐야?"

"점심도 못 먹었잖아. 이거, 우리 가게에서 파는 걸 그냥 싼 거야."

나는 살짝 도시락 뚜껑을 열어 보았다. 고등어구이 한 토막, 시금치, 김치, 조미 김, 흰밥이 담겨 있었고 된장국은 비닐봉지에 포장되어 있었다. 백반 한 상이 그대로 도시락에 담겨 있었다.

투박하다. 하지만 사랑스럽다.

언제나 깨닫는 것은 늦다. 하지만 좀 돌아가도, 분명히 따라잡을 수 있다. 매일 맛있는 밥을 먹고 힘을 내면 된다.

'느닷없는 고백은 허들이 높으니까…… 일단 후배에게 사과하

는 것부터 해 볼까?'

이번에는 도망치지 않을 것이다.

나는 도시락을 끌어안았다.

민태준 이야기 :
꽃이 핀 김밥

"축제에 나갈 수가 없다니요?"

"몇 번을 말해야 되냐? 축제 때 도시락을 판매한다고 했지? 이
건 기획서고?"

"해도 된다면서요."

"그게 안 될 수도 있다, 이거야."

도돌이표처럼 계속되는 대화의 종지부를 찍은 건 선생님의 한
마디였다.

"식중독이라고, 식중독."

여름 방학 전 제일 큰 행사라면 역시 축제다.

1학기 기말고사가 끝나자마자 학교는 들썩였다. 고작 이틀뿐이

고 연예인도 오지 않는 축제다. 그래도 축제는 축제라는 사실만으로 아이들을 들뜨게 만든다.

나도 그랬다. 한 시간 전, 내 기획서가 통과되지 못한다는 통보를 듣기 전까지만 해도 말이다.

"도시락부도 축제에 나갈 수 있는 거였어요?"

윤모아가 쿠키를 집어 들었다. 이제 윤모아는 급식을 먹는다. 하지만 식사가 끝나고 나면 곧바로 정자를 찾아온다. 그런 윤모아와 나눠 먹겠다며 최수빈이 과자를 가져오기 시작했다. 덕분에 도시락부에 간식 시간이 자리를 잡았다.

신문지 한가운데에 수북이 쌓인 쿠키는 축제 때 판매하기 위한 메뉴 중 하나를 연습한 것이다. 끝부분이 살짝 탔다. 아직 과자를 만드는 데 익숙하지 않다. 까맣게 탄 부분을 보자 교무실에서 들었던 이야기가 떠올랐다. 입안이 썼다.

"그야 나갈 수 있지."

"축제는 정식 동아리만 참가가 가능한 것 아냐? 이런 의심스러운 동아리도 가능하다고?"

강보라는 쿠키를 집었다 놓기를 몇 번이고 반복했다. 강보라는 곧 있을 무용 대회 때문에 체중 관리 중이다. 그래서 요즘 나는 저칼로리 도시락을 연구하고 있다. 낮은 칼로리를 우선하는 음식을 만들게 될 줄은 몰랐다. 인공 감미료, 곤약으로 만든 고기, 이런 것에 질색하던 나였다.

하지만 강보라가 맛있게 먹는 모습이 보고 싶었다. 그래서 최대한 재료 본연의 맛을 살린 저칼로리 도시락을 만들어 보기로 했다. 좋아하는 여자를 위해 신념을 꺾는 건 결코 남자답지 못하다. 그렇지만 좋아하는 여자를 위해 공부하는 남자는 아주 멋지다.

한마디로 나는 강보라를 좋아하고, 멋진 남자라는 이야기다.

"도시락부는 정식 동아리야. 진짜 이름은 도시락 연구부. 부장은 민태준."

"왜 선배가 아니라 이 녀석이 부장이에요?"

이 녀석이라니…… 나는 강보라에게 눈을 흘겼다. 강보라가 날름 혀를 내밀어 보였다. 얄밉지만 예쁘다. 나는 애꿎은 쿠키만 와작와작 씹었다.

축제를 잘 마치면 고백해야지, 결심하고 있던 차였다.

"처음 동아리를 만들자고 한 게 태준이거든."

신기 선배 말대로다. 하지만 처음부터 도시락부를 만들려고 했던 건 아니다. 내가 만들려고 했던 건 지극히 평범한 '요리 연구부'였다.

그게 왜 도시락부가 되었냐고? 먼저 내가 조리 고등학교에 가지 못한 이야기부터 해야겠다.

중학교 3학년 겨울, 나는 준비하고 있던 조리 고등학교의 진학을 포기했다.

서류 전형은 무사통과. 중학생 전국 요리 경연 대회에서 2등을 했으니 실기 전형도 걱정 없었다. 그런데도 조리 고등학교에 가지 않은 이유는 딱 하나였다. 학비다. 나는 학비 지원 전형에 떨어진 것이다. 지원을 받지 못하면 입학할 때에만 200만 원이 넘게 드는 학교였다.

정작 돈을 낼 사람, 아빠는 태연했다. 그야 뭐, 어떻게든 되겠지. 그렇게만 말했다. 하지만 나는 태연할 수 없었다. 어릴 때부터 가게 일을 도와 온 나였다. 아빠의 작은 식당에서 하루에 벌리는 수입이 얼마인지도 대충 알고 있었다. 우리 집의 재정 상태는 그야말로 빠듯했다. 집 월세, 생활비, 가게 월세를 내면 간신히 적자를 면할까 말까였다. 거기에 엄마의 병원비까지 더해졌다. 집안 사정을 빤히 알면서도 아빠의 '어떻게든'을 믿는 척할 수는 없었다.

일반 고등학교 진학을 결정한 날, 나는 우울한 기분에 사로잡혀 밤새 인터넷만 했다. 그러다가 그 모집 공고를 봤다. 운명이라고 할 수 있는 우연이었다.

청소년 창업 기획 모집 대회

모집 요강 중 '상금 1천만 원'이라는 조항이 눈에 확 들어왔다. 나는 컴퓨터 앞에 바짝 붙어 앉아 공모 내용을 샅샅이 읽었다. 창업 공간 마련, 필요 금액의 60% 지원, 대회 기간 동안 좋은 실적을 올린 팀 세 곳에게는 상금 1천만 원 지급, 청년 취업으로 연계를 원할 경우 각종 혜택 지원 등등. 읽을수록 군침이 도는 내용이었다.

그중 가장 마음에 드는 혜택은 푸드 트럭 제공이었다.

내가 중학교를 졸업한 그 겨울에 아빠는 가게에서 쓰던 트럭을 팔았다. 시장을 오고가며 재료를 싣고 오던 트럭이었다. 내가 다섯 살 때부터 가게 앞을 지켰던 트럭이었다. 일요일에 아빠와 함께 트럭을 타고 도매 시장을 찾아서 각종 채소를 박스째 구입한 뒤 가게로 돌아오는 일과가 내 즐거움 중 하나였다.

트럭은 120만 원에 팔렸다. 야채는 이틀에 한 번씩 오는 청과 판매상에게 조금씩 사게 되었다. 나는 아빠에게 왜 트럭을 팔았냐고 묻지 않았다. 엄마의 치매 등급이 무료 요양원을 이용할 수 있는 등급이 아니라는 것, 요양원과 다르게 요양 병원은 입원비가 아주 비싸다는 것을 이미 알고 있었다. 병원에 따라 다르지만 보통 한 달에 100만 원에서 130만 원 정도의 비용이 든다고 했다.

백반 5천 원.

아빠의 가게 간판은 내가 태어날 때부터 그대로였다. 한 번도 바뀌지 않았다. 종종 사람들이 물었다. 왜 가격을 올리지 않느냐고. 아빠의 대답은 늘 같았다. 5천 원짜리 한 장으로도 먹을 수 있는 식당이 하나쯤은 있어야 좋지 않겠냐고. 10년이 넘도록 변하지 않은 가격 덕분에 종종 방송국에서 취재를 오기도 했다. 아직 점심식사 전이면 그 식당에서 보자고, 택시 운전을 하는 아저씨들 사이에서 우리 식당은 '그 식당'이라고 불렸다. 우리 가게는 명실상부 시장의 터줏대감이었고, 설령 시장이 없어져도 우리 식당만은 없어지지 않을 것만 같았다. 아빠의 가게가 시장 안에 있는 것도, 아빠가 거기에서 음식을 만들고 있는 것도 내게는 당연한 일이었다. 언젠가는 내가 아빠의 자리에 서서 음식을 만들게 될 거라고 믿었다.

하지만 엄마가 사라진 날 알았다. 이 세상에 변하지 않는 것은 하나도 없다는 것을…….

트럭은 팔렸다. 언젠가는 가게도 문을 닫아야 할지 모른다. 그래서 나는 아빠의 가게가 아닌 내 가게를 가지고 싶었다. 어떠한 일이 일어나도 버틸 수 있도록, 아빠 혼자서 모든 걸 짊어지지 않아도 되도록 말이다. 푸드 트럭이 그 시작이라면 썩 괜찮겠다 싶었다. 문제는 경쟁률이었다.

15대 1, 웬만한 회사의 입사 경쟁률이었다. 대회에 지원하려고 3~4년을 준비해 온 팀도 있다고 했다. 나는 사업 설명서를 받아 봤다. 계획하는 사업의 목표, 준비 기간, 실적을 낼 구체적인 방법 등등 기재해야 할 항목이 빼곡했다.

그렇다고 시작도 하기 전에 쫄 수야 있나? 원래 요리에도 순서가 있는 법이다. 나는 몇 주간 머리를 쥐어짜 계획을 세웠다.

계획 1단계, 요리 연구부를 만든다.

동아리에 소속되어 있어야 대회 참가가 더 수월할 터였다. 내가 진학할 고등학교는 연극부와 밴드부가 아주 유명하다는 이야기는 익히 들었다. '동아리 활동을 잘 지원해 주는 곳이구나.' 싶어서 신이 났다. 입학식이 끝나기가 무섭게 동아리 설립 신청서를 가지고 교무실을 찾아갔다.

하지만 나는 몰랐다. 일반 고등학교에서 제일 중요하게 생각하는 건 대학 진학률이라는 사실을 말이다. 그러니까 학생들의 시간을 많이 빼앗는 동아리는 학교 입장에서는 사절일 수밖에 없었다. 연극부와 밴드부가 예외였던 것은 결과를 내서였다. 두 동아리 모두 매년 전국 대회에서 본선까지 진출한다고 했다. 부원들 중 몇몇은 유명 대학의 연기학과나 음악과에 진학하기도 했단다. 학교의 대학 진학률을 높이는 데 한몫 거든 셈이다. '일반 고등학교이지만 예체능계에서도 활약'이라는 타이틀을 싫어할 교장 선생님은 없을 것이다.

이 이야기를 뒤집어 보면 시간은 많이 빼앗지만 실적은 크지 않을 신생 동아리를 만들기는 매우 어렵다는 이야기가 된다. 나는 신청서를 세 번이나 퇴짜 맞고 나서야 그 사실을 깨달았다.

"그냥 기존 동아리에 들어가. 왜 이리 극성이냐, 너는? 선생님도 밥 좀 먹자. 그러니까 나중에 와."

담임 선생님은 손을 휘저어 나를 교무실에서 내쫓았다. 도저히 급식을 먹을 기분이 들지 않았다. 그래서 매점에서 빵을 샀다. 하지만 아무리 빵이라고 해도 식사는 앉아서 해야 하지 싶었다. 그래서 먹을 곳을 찾다가 정자를 떠올렸다.

"어? 너 왜 여기 있냐?"

"그러는 넌?"

정자에는 최수빈이 있었다. 순간 여기가 중학교인가 싶었다. 하지만 최수빈은 교복을 입고 있지 않았다. 얇은 카디건과 청바지

차림이었다.

최수빈과 나는 같은 중학교를 다녔다. 최수빈네는 시장 대로변 쪽에서 동물 병원을 운영했다. 우리 식당과 고작 한 블록 차이라 오고가며 자주 마주쳤다. 그렇다고 아주 친하지는 않았다. 나는 식당에서 일을 돕느라 바빴고, 최수빈은 유도 선수 생활을 하느라 바빴다. 동물 병원 집 딸내미가 유도 대회에서 우승을 했더라는 이야기를 식당 손님들의 수다를 통해 듣는 정도였다.

오히려 많이 마주친 건 최수빈네 오빠, 수형 형이었다. 수형 형은 주말이면 동물 병원 일을 도왔다. 가끔 우리 식당으로 밥을 먹으러 오기도 했다.

나도 수형 형의 장례식에 갔었다. 매캐한 향냄새에 둘러싸인 채 묵묵히 조문객들의 인사를 받던 최수빈은 낯설었다. 괄괄하고 목소리가 큰 최수빈은 거기 없었다.

"난 밥 먹으러 왔지."

"한가하냐?"

나는 최수빈의 반대편에 앉았다. 최수빈 옆에 앉은 남자가 선배라는 건 명찰의 색깔을 보고 알았다. 이신기, 명찰에 적힌 이름이 이상하게 귀에 익었다. 내가 빵 봉지를 뜯자 신기 선배가 도시락 뚜껑에 밥을 덜어 내밀었다.

"없으면 섭섭하잖아."

신기 선배의 도시락은 몹시 빈약했다. 김치, 김, 멸치조림이 전부였다.

"선배는 급식 안 먹어요?"

아무래도 급식을 먹는 편이 좋아 보였다.

"아니, 점심은 수빈이랑 같이 먹으려고."

"내가 지금 당장 급식을 먹을 수는 없잖아. 난 내년 입학 예정이라고."

나는 입을 맞춰 돌아온 둘의 대답에 떠밀려 얌전히 빵을 베어 물었다.

최수빈에 대한 온갖 소문들이 아이들의 입에 오르락내리락하다가 사라졌다. 최수빈이 패싸움에 휘말려서 정학을 받았다거나, 유도 연습을 하다가 다쳐서 병원에 입원했다거나, 자퇴를 하고 검정고시를 준비한다는 등의 이야기였다. 하지만 시장 사람들은 진짜 이유를 알고 있었다. 그래서 나는 최수빈이 교복을 입고 있지 않은 이유를 묻지 않았다.

"그렇게 입고 들어오는데 교문에서 안 잡혔냐?"

"경비 아저씨가 우리 오빠 이름을 알던데?"

"그러냐……."

최수빈은 빵 하나를 단번에 먹어 치웠다. 그리고 또 다른 빵의 포장을 벗겼다. 신기 선배가 도시락을 최수빈 쪽으로 밀었다.

"밥을 먹어, 밥을."

"오빠가 싼 도시락…… 인간적으로 맛없어."

나는 중학교 때 종종 교실이나 운동장 벤치에 앉아 도시락을 먹던 최수빈을 본 적이 있었다. 부 활동 전에 먹으려고 도시락을 싸 온다고 했다. 한두 번 보았을 뿐이지만 그 도시락이 기억에 남았다. 닭가슴살을 먹기 좋게 다져서 야채 안에 말아 넣은 찜, 양파를 다져 넣은 구운 방울토마토, 한입 크기로 뭉쳐진 현미밥. 보기에도 좋고 먹기에도 좋은 도시락이었다.

"운동하는 동생을 위한 오빠의 사랑이 넘치는 도시락이지, 암."

내가 도시락을 들여다보면 최수빈은 어깨를 으쓱이며 자랑하곤 했었다.

신기 선배와 아웅다웅 다투는 최수빈의 모습은 중학교 때와 같았다. 활기차고 괄괄했다. 하지만 최수빈은 더 이상 그런 도시락을 가지고 있지 않았다.

다음 날에도 나는 정자에 갔다. 역시나 최수빈도, 신기 선배도 있었다. 신기 선배의 도시락도 역시나 빈약했다. 내가 싸 온 도시락을 내놓자 선배의 눈이 휘둥그레졌다.

"대단하다. 이걸 네가 만들었다고? 진짜?"

다음 날에도 나는 도시락을 쌌다. 싸는 김에 반찬을 좀 넉넉히 쌌다. 정자에 가서 나누어 먹었다. 신기 선배는 또 감탄을 했다. 신기 선배의 반응에 은근히 기분이 좋았다.

사흘째 되던 날, 신기 선배가 교실로 나를 찾아왔다. 여자아이 몇몇이 소곤거렸다. 남자아이들도 신기 선배를 힐끔거렸다. 왜들 저러나 싶었다. 신기 선배는 내게 봉투 하나를 내밀었다.

"뭐예요?"

"밥값."

함께 먹은 도시락이 돈이 되어 돌아올 줄 누가 알았겠는가. 하지만 기분이 나쁘지는 않았다. 맛있는 밥을 먹은 사람은 값을 치른다. 그건 당연한 일이다. 오히려 내 도시락이 돈을 내고 먹어도 아깝지 않을 정도구나 하는 생각이 들어 기뻤다.

"그리고 부탁이 있는데 간단한 반찬 만드는 것 좀 가르쳐 주면 안 되냐?"

"계란말이 같은 거요?"

"그래. 내가 수빈이 도시락을 좀 제대로 싸 주고 싶거든. 한두 번 싸 봤는데 내가 봐도 영 아니야. 평생 도시락을 싸 주기로 약속했는데 말이지."

신기 선배는 정말 미안한 듯 보였다. 꽉 잡혔구나, 잡혔어. 나는 고개를 끄덕였다.

"그거는 어렵지 않아요. 근데 잠깐이라도 조리실을 사용하려면 허가를 받아야 하거든요. 동아리 활동도 아닌데 막 쓸 수 있으려나 모르겠네요."

"허가는 내가 받을게."

내가 자리로 돌아오자 애들 몇 명이 내 주위로 몰려왔다.

"뭐야, 저 선배랑 아는 사이야?"

웬 소동인가 싶었다. 누군가 잡지를 펼쳐 보여 주었다. 컴퓨터 전문 잡지였다. '수학 천재 이신기, 한국 대표 팀으로 데프콘 참여 결정!'이라는 기사와 함께 실린 사진의 주인공은 분명 신기 선배였다.

"데프콘이 뭐야?"

"세계 화이트 해커 대회! 이신기 선배, 수학이랑 컴퓨터 천재로 유명해. 텔레비전에도 출연했어. 〈퀴즈 천 개 도전〉 거기에서 우승도 했다고!"

어디 그뿐인가? 생김새는 말끔, 성격은 온화, 대인관계는 원만. 애들 평에 의하면 신기 선배는 말 그대로 엄친아. 드라마에나 나올 법한 '사기캐'였다. 하지만 조리실이나 정자에서 만나는 신기 선배는 도저히 그렇게 보이지 않았다. 도시락 반찬으로 내가 가르쳐 준 요리를 싸 온 날이면 신기 선배는 눈을 빛내며 내 감상을 기다렸다. 그 모습은 꼭 백점짜리 시험지를 내미는 어린애 같았다.

"동아리 만드는 허가? 그거 내가 신청해 볼까?"

다섯 번째로 퇴짜를 맞았을 때였다. 신기 선배는 내 푸념을 듣더니 그렇게 말했다. 도와준다는데 거절할 이유는 없었다. 한 학년 높은 선배가 신청한다고 해서 덜컥 허락이 떨어질 것 같지도 않았다.

"요리 연구부보다 좀 더, 셋이 같이 할 수 있을 만한 거면 좋겠는데……."

"그런 게 뭐가 있지?"

"정자에서 도시락 먹는 거?"

내 말에 최수빈이 푸핫 웃음을 터뜨렸다.

"그거 좋다, 그거. 도시락부."

"이름은 좀 더 그럴싸하게 만들자. 도시락 연구부!"

신기 선배는 정말로 '도시락 연구부'로 동아리 설립 신청서를 냈다. 그리고 하루 만에 오케이 사인을 받아 냈다. 고문 선생님으로 학년 주임 선생님의 이름이 올라가 있는 것을 보고 나는 할 말을 잃었다. 학년 주임 선생님은 수학 담당이었다.

그 덕에 요리 연구부가 도시락부가 되었다는 이야기다.

"정식 동아리로 등록되어 있으면 참가하는 데 문제없지 않아요?"

나는 한숨이 나오려는 것을 얼른 삼켰다. 음식을 먹을 때 한숨을 쉬면 있던 복도 달아나는 법이다. 그래도 우울한 건 우울한 거다. 이마가 절로 찌푸려졌다.

"식중독."

쿠키를 집던 다른 사람들의 손이 멈췄다.

"뭐?"

"식중독이래, 식중독. 축제 때 아무 음식이나 막 팔았다가 학생들이 식중독이라도 걸리면 어떡할 거냐고 전화가 왔다는 거야. 내가 도시락 파는 것도 금지해야 하는 거 아니냐고 막 항의를 했다더라고."

"학교 입장에서는 식중독에 민감할 수밖에 없으니까."

그러니 일단 보류. 학부모 회의에서 의논 후에 결과를 알려 준다고 했다. 다른 이유라면 몰라도 식중독이라니…….

'그동안 그런 사고는 한 번도 없었다고. 어디 그런 일이 있을까

봐?'

음식은 힘이 된다. 그러려면 청결은 기본.

아버지에게 배운 원칙은, 도시락을 만들 때에도 철저히 지키고 있다.

식당에 불이 켜지는 건 늘 새벽 5시다.

나도 아빠와 함께 식당 주방에 선다. 식당에서 하루 동안 쓸 재료를 손질하면서 도시락을 만들기 시작한다.

학교에서 판매하는 도시락은 하나에 3천 원을 받는다. 주문을 받는 수는 10개로 한정하고 있다. 그 이상 늘어나면 제대로 된 도시락을 쌀 수 없다. 박리다매도 아닌데 3천 원 가격을 매길 수 있는 건 식당에서 쓰는 재료를 활용하기 때문이다. 도시락 통도 일회용이 아닌, 플라스틱 용기를 소독해서 쓰고 있다.

내게 도시락을 주문하는 사람들은 편식이 심하거나 알레르기가 있어서 급식을 꺼리는 사람이 대부분이다. 처음에는 메뉴를 짜느라 서너 시간씩 끙끙대기도 했지만 1년여 동안 하다 보니 요령이 생겼다. 처음 전단지를 돌렸을 때에는 전혀 주문이 들어오지 않던 것이 이제는 대기자 명단에 이름을 올려 달라는 요청까지 받는다.

계획 2단계. 도시락 판매하기.

사업 설명서에 뭘 써야 할까 고민하다가 떠오른 생각이었다. 아무래도 내가 제일 잘할 수 있는 건 요리였다. 그러니까 도시락을 팔자 싶었다. 판매 금액의 50%를 기부한다는 조건으로 허가를 받왔다. 대신 재료비는 학년 말에 영수증을 첨부하면 동아리비로 돌려받을 수 있는 조건이었다.

'도시락부'를 만들고 본격적으로 작업을 시작했다. 나는 어설픈 전단지를 만들어 각 반의 책상 서랍에 밀어 넣었다. 하지만 한 달이 넘도록 한 명도 찾아오지 않았다. 처음부터 잘될 거라고 생각은 안 했지만 이렇게까지 주문이 없을 줄이야. 이래서야 1년 사이에 사업 설명서를 채울 수나 있을까? 조바심이 났다.

강보라가 찾아오기 전까지만 해도 그랬다.

'무사히 스토커도 잡았고, 뭔지 잘 모르겠지만 무용 대회에 나간다는 조건으로 부모님하고 이것저것 조율했다고 했지. 참 바쁘게 산다.'

나도 질 수 없다. 학부모 회의에서 축제 참가 허락을 받으려면 어떻게 해야 할까? 양배추를 썰다가 생각에 잠겼다. 한참 재게 손을 놀리다가 따끔함이 느껴져 번쩍 정신이 들었다. 새끼손가락 끝에서 피가 흐르고 있었다.

"웬일이냐, 한번 안 하던 실수를……."

옆에서 생선을 손질하던 아빠가 주방 밖으로 나갔다. 나는 슬그머니 새끼손가락을 숨겼다. 하지만 이미 도마에 붉은 흔적이 남아 버렸다. 쪽팔렸다. 아빠 앞에서 칼질 실수를 한 건 무척 오랜만이었다. 아빠와 요리를 할 때면 실수를 하지 않으려고 훨씬 더 주의를 해 온 터였다.

"손 내 봐라."

아빠가 밴드를 내밀었다. 나는 멀쩡한 손을 내밀었다.

"쥐, 내가 붙일게. 애도 아니고 요만큼 벤 건데, 뭘……."

나는 새끼손가락에 밴드를 붙였다. 깁스라도 한 듯 손가락이 답답했다. 아빠가 다친 손가락을 계속 바라봐서 더욱 그랬다. 나는 아무 일도 없었다는 듯 다시 칼을 쥐고 양배추를 썰기 시작했다.

"무슨 일 있냐?"

올 것이 왔다. 가장 듣고 싶지 않던 말이다. 걱정스런 아빠의 목소리에, 손가락을 감싸고 있던 답답함이 가슴으로 옮겨 왔다. 나는 보란 듯 칼질 속도를 높였다.

"일은 무슨…… 다 잘되고 있어. 그러니까 걱정할 거 하나도 없어. 돈 워리!"

"녀석, 하여간 넉살은……."

아빠는 다시 생선을 손질하기 시작했다. 통통 통통, 도마 위로 칼질하는 소리만이 좁은 식당 안을 채웠다. 나와 아빠, 둘이서만 요리를 하기 시작하면서 식당 안에는 말소리가 줄었다.

예전에는 달랐다.

엄마가 함께 있을 때 식당의 새벽은 좀 더 소란스러웠다. 엄마의 잔소리에 내가 말대꾸를 했다. 아빠의 너스레가 더해졌다. 내가 생선을 다듬으면 아빠는 옆에서 곁눈질로 계속 내 손을 살폈다. 비늘을 그렇게 벗기면 안 된다는 둥 내장을 빼낼 때에는 칼질을 비스듬하게 넣어야 한다는 둥 참견을 했다. 내가 다 알고 있는 것이라도 그랬다.

그때는 요리를 하는 동안 마음이 답답한 적이 한 번도 없었다.

양배추는 깊은 그릇 안에 수북이 쌓였다. 나는 손질된 재료들을 통에 담고 시계를 봤다.

"칼이네, 칼. 역시 난 천재야. 아빠, 다녀오겠습니다."

시계는 7시를 가리키고 있었다. 나는 완성된 도시락 10개를 커다란 보냉백에 담았다. 다녀와라, 아빠의 굵직한 인사가 등 뒤에 따라붙었다. 나와 아빠는 사이가 좋다. 언제나 그랬다. 그렇기에 더욱더 아빠에게는 말할 수가 없다.

학교로 향하는 동안 내내 다시 생각에 잠겼다. 내가 할 수 있는 게 뭐가 있을까? 도통 좋은 생각이 떠오르지 않았다. 아무래도 나는 혼자서 아이디어를 쑥쑥 떠올리지 못한다. 신기 선배처럼 머리가 좋지는 않다. 그렇다면 다른 사람에게 물어보는 게 제일이다. 나는 급식소로 향했다.

"왜 그렇게 기가 팍 죽어 있어?"

급식소의 조리장 아저씨가 내게서 도시락 봉투를 받아 들며 물었다.

만들어 온 도시락은 점심시간이 될 때까지 급식소에 맡겨 놓는다. 교실에 그냥 뒀다가는 반찬이 눅눅해져서 맛이 없어진다. 여름에는 상할 위험도 있다. 보냉백 만으로는 아무래도 안심이 되지 않는다. 밑져 봐야 본전이지 하는 심정으로 급식실을 찾았던 게 작년 여름이었다. 시원하게 얼린 냉커피를 가져가는 것도 잊지 않았다.

"참 맹랑한 녀석일세."

내가 내민 커피를 받아들며 조리장 아저씨는 너털웃음을 터뜨렸다.

"좋아, 보관해 주마. 요리에 관심 있는 학생이라니 도와줘야지. 그리고 이건 종종 1.5리터짜리로 꽉꽉 채워서 가져와라."

내 걱정과는 다르게 조리장 아저씨는 부탁을 흔쾌히 들어주었다. 그뿐만이 아니었다. 조기조림을 할 때 파를 넣으면 풍미가 돋는다거나 하는 팁도 알려 주었다. 아침에 조리장 아저씨와 커피를 홀짝이며 이런저런 이야기를 나누는 것이 나에게는 큰 즐거움이 되었다.

"한식 조리사 자격증을 따 놓을 수 있으면 해 두는 게 좋지. 우리나라는 일단 자격증이 있는 게 유리하잖아, 뭐든지. 요식 업계도 다르지 않아. 요즘은 방송에서도 요리를 많이 다루고 있으니까 한식당도 점점 전문화되어 갈 거야. 분명해."

"요리사들의 대우도 점점 좋아지고 있어. 조리사들의 진가도 더 인정받을 날이 올 거야. 안 그러냐?"

"〈아메리칸 셰프〉인가 하는 영화에서는 일류 요리사가 트럭에서 음식을 팔더라. 우리나라도 그런 문화가 보편화되면 좋겠어. 훌륭한 요리를 어디서든 먹을 수 있으면 좋잖아. 태준이, 네가 젊은 피니까 앞장서야지."

학교에 요리 선생님 역할이 필요하다면 조리장 아저씨가 딱이지 않을까 싶었다.

"그런 일이 있었어?"

내 이야기를 들은 조리장 아저씨는 *끌끌* 혀를 찼다.

"학교니까 이런저런 걱정을 하는 학부모가 많은 건 어쩔 수 없어. 그런 건 이해해야지. 그럼 너는 역시 학생다운 패기로 학부모들을 공략해야 해. 그들에게 어필하는 거야. 제가 이렇게 열심히 하고 있습니다, 라고. 아들 또래의 애가 노력하는 모습을 보이면 학부모 회의에서도 허락해 주지 않겠냐?"

"어필이요?"

"그래. 애들한테 응원 서명을 받는 건 어떠냐? 도시락부가 축제 때 꼭 음식 부스를 차렸으면 좋겠다거나 이런 거. 그걸 학부모 회의 때 보여 주는 거지. 프레젠테이션도 하고."

"응원 서명……."

조리장 아저씨는 내 등을 짝 소리가 나도록 때렸다.

"요리사라면 음식으로 사람의 마음도 움직일 수 있어야지. 가슴 펴라, 가슴."

맞는 말씀입니다요! 나는 가슴을 쫙 펴고 급식소를 나섰다.

노릇하게 튀겨진 핫도그. 찬합 속에 가득 담긴, 먹음직스러운 핫도그를 본 친구들이 내 자리로 몰려왔다.

"와, 맛있겠다."

"고구마 밥 핫도그야. 먹어들 봐."

아이들의 손이 앞다투어 찬합 속으로 들어갔다. 핫도그를 베어

문 아이들의 입에서 탄성이 터져 나왔다.

"맛있다!"

"역시 민태준이야. 믿고 먹는다, 진짜."

나는 핫도그를 먹는 아이들에게 공책을 꺼내 들이밀었다.

"뭐야?"

"서명 좀 해 줘. 축제 때 음식 부스 차릴 수 있도록."

"축제? 그런 걸 서명까지 받아야 해? 그냥 팔면 되는 거 아니었어?"

아이들은 펜을 집어 들고 하나둘 이름을 적기 시작했다.

"식중독 위험이 있으니 허락을 안 해 줄 수도 있다고 하더라고. 어필이라도 좀 해 보려고."

"식중독? 야, 웃긴다."

장수를 잡으려거든 말부터 쏴라. 나는 아이들의 서명으로 공책이 채워지는 모습을 흐뭇하게 바라보았다. 2학년에 핫도그를 싹 돌리면 공책 한 권은 너끈히 채울 터였다. 이 정도면 학부모들 중 몇몇은 내 편을 들어줄 법도 하다. '학교에서 재학생의 다양한 활동을 지원해야 하는 거 아닌가요?' 하는 전화 몇 통을 걸어 주면 더욱 좋다.

"급식 먹어도 재수 없으면 걸리는 게 식중독 아냐?"

"그러니까 말이야. 오히려 급식 먹다가 걸리는 경우가 더 많지 않나?"

"우리 학교 급식은 맛도 별로고……. 아, 급식에도 이런 것 좀 나오면 좋겠다."

"차라리 태준이, 네가 급식 만들어라."

몇몇이 키득거리며 내 등을 쳤다. 나는 쓴웃음을 지었다. 우리 학교의 급식은 훌륭하다. 조리장 아저씨의 따뜻함과 열정이 고스란히 담겨 있는 식사다. 내가 급식소에 도시락 보관을 부탁하러 갈 결심을 한 것도, 급식을 먹어 보고 그 맛과 정성에 반했기 때문이다.

나는 종종 급식을 먹는다. 요리를 잘하려면 다른 사람의 요리도 많이 먹어 봐야 하는 법이다. 특히 급식은 싸고 매일매일 메뉴가 바뀌는데다 많은 양을 한꺼번에 만들 때의 노하우도 엿볼 수 있어서 공부가 된다. 하지만 중학교 때 급식은 한 번 먹어 보고 다시는 먹지 않았다. 닭고기는 덜 익은 부위가 섞여 있었고 감자는 부분부분 타 있었다. 밥은 떡 같았고 국은 너무 짰다.

하지만 고등학교 급식은 달랐다. 건강한 맛이었다. 닭튀김이나 탕수육도, 튀김옷을 직접 묻혀서 만든 티가 났다. 야채 손질도 깨끗했고 김치도 적당히 익어 맛있었다. 밥은 꼭 현미, 콩, 밤 등 잡곡이 섞여 있었다. 내가 도시락을 급식실에 맡길 결심을 한 것도 그 맛에 신뢰가 갔기 때문이었다. 이런 급식을 만드는 사람이라면 내가 하는 일을 허무맹랑한 짓이라고 비웃지 않을 것이라고 생각했다.

"우리 학교 급식 맛있던데?"

나는 슬쩍 조리장 아저씨의 편을 들었다.

"맛있긴 뭐가 맛있냐?"

하지만 아이들의 반응은 심드렁했다. 언젠가 조리장 아저씨가 웃으며 말했었다. 급식이 맛없다면서 식판을 던지고 가는 아이도 있었다고. 처음에 나는 조리장 아저씨의 덤덤한 웃음이 이해되지 않았다.

"급식이란 게 원래 그래, 이 녀석아. 고등학교에 처음 입학할 때에는 급식이 어떻게 나올까 두근대며 기대하지. 튀김 한 조각만 나와도 우리 학교 급식이 최고라며 사진을 찍고, 특식으로 짜장면이나 삼계탕이 나오면 환호성을 지르지. 하지만 한 달, 석 달, 반년이 지나면 급식으로 뭐가 나와도 덤덤해져. 햄버거나 피자가 나와도 그저 '급식'일 뿐이지. 학교 밖에서 사 먹는 햄버거는 맛있어도 급식으로 나온 햄버거는 지겹게 느껴지는 거야."

"억울하지 않으세요?"

"억울하기는……. 급식이 그저 급식처럼 느껴지면 학교 적응 완료라는 이야기니까. 매일 먹는 밥은 좀 지겹지만 그래도 편한 게 제일 아니겠냐?"

나는 반성했다. 내가 만든 음식을 눈앞에서 버리거나 하면 난 바로 화를 냈을 거다. 프로와 아마추어의 차이란 이런 게 아닐까 싶었다.

내일은 옆 반을 공략할 계획이다. 축제 때 판매할 음식은 식중독 염려가 없다는 설명을 적은 리포트도 제출할 생각이다. 분석이나 리포트 작성은 계획 초반부터 신기 선배의 도움을 받고 있다.

핫도그도 만들어야 하니 일주일 정도는 더 일찍 일어나야 하려나 싶었다.

"야! 하나만 집어라, 좀!"

갑자기 주변이 소란스러워졌다. 퍼뜩 보니 어느새 찬합이 텅 비어 있었다. 주변에 서 있던 아이들 중 한 명이 핫도그에 꽂혀 있던 나무젓가락을 교실 뒤편으로 던졌다.

"이영진, 저 녀석이 세 개나 가져갔어. 어우, 씨."

나는 교실 뒤쪽을 봤다. 한 손 가득 핫도그를 움켜쥔 이영진이 서 있었다. 의외였다. 이영진은 이제껏 내가 뭘 가져오든 별 반응을 보이지 않았다. 애들이 앞다투어 유부초밥이나 도넛을 가져갈 때에도 이영진은 자기 자리에 앉아 책만 들여다보고 있었을 뿐이다. 이영진은 한마디로 공부벌레였다. 아침 자습 시간에도 한번 졸지 않았고, 쉬는 시간에도 문제집만 들여다보는 걸 종종 봤다. 교칙에 맞게 줄이지 않은 넉넉한 바지통만큼 답답해 보이는 모습이라 그다지 친해지고 싶지 않았다. 학기 초에 이영진이 매점에서 빵을 사는 걸 보고 도시락 전단지를 쥐어 준 적은 있었다. 그렇지만 이영진은 내게 한 번도 도시락을 사지 않았다.

"맛있냐, 이영진?"

내가 묻자 이영진은 무심하게 고개를 끄덕였다.

"어, 아주 맛있네. 애들 말대로 급식보다 백배는 맛있는 것 같아."

이영진의 목소리는 어쩐지 비꼬는 것처럼 들렸다. 하지만 이영진은 정말 맛있다는 듯 핫도그 하나를 우걱우걱 먹어 치웠다.

'내가 좀 민감해졌나?'

나는 뒤통수를 벅벅 긁었다.

"이영진, 저거는 얌전하다가 가끔 저러더라?"

"쟤, 전에 매점에서 샌드위치 먹다가 맛없다고 던진 적도 있다니까."

"맞다. 과자 먹다 화낸 적도 있잖아. 입맛 엄청 까다로운 척한다니깐."

"그런 식으로 시비를 걸 거면 급식을 먹든가…… 근데 또 급식은 죽어도 안 먹으려고 하더라."

이영진은 아이들의 야유에도 아랑곳하지 않고 보란 듯이 핫도그 하나를 더 먹어 치웠다. 이영진이 핫도그 먹는 걸 보던 아이들은 아쉬운 듯 빈 찬합을 툭툭 건드렸다.

"그런 놈이 저렇게 먹는 걸 보면 맛있긴 한가 보다."

"난 하나도 못 먹었는데…….'

공책에 이름을 적던 아이들이 슬며시 펜을 내려놓았다.

"이 서명, 나도 핫도그 하나는 얻어먹고 할란다."

"내일 또 만들어 올 거지?"

수업 시작종이 울렸다. 아이들이 내 어깨를 툭툭 치고는 각자의 자리로 흩어졌다. 나는 서명 공책을 봤다. 이름은 예상보다 훨씬 적게 적혀 있었다. 이래서야 내일은 옆 반을 공략하겠다는 계획을 변경할 수밖에 없다. 일단 우리 반 아이들 서명이라도 다 받아야 하니까 말이다.

'이영진 저거, 이상한 자식 때문에…….'

그래도 내가 만들어 온 걸 맛있다고 먹은 건데 뭐라고 할 수도 없는 노릇이었다. 나는 빈 찬합을 닫아 가방 속에 넣었다.

우리 식당은 일요일 오전에만 문을 닫는다.

"다녀오마."

나는 오토바이에 올라탄 아빠에게 꾸벅 고개만 숙여 보였다.

오토바이가 멀어졌다. 일요일이면 아빠는 엄마가 입원해 있는 요양 병원에 간다. 차를 타고 집에서 한 시간 넘게 걸리는 곳이다. 엄마가 입원한 지 어느새 2년이 다되어 간다. 그동안 나는 한 번도 엄마를 만나러 가지 않았다.

나는 가게 안으로 들어가 조리대 정리를 시작했다. 오전 동안은 문을 닫지만 아빠가 돌아오는 오후에는 문을 열어야 한다. 일요일 오후는 사람들이 가장 많이 시장을 찾는 때다. 오후 장사를 놓칠 수는 없다.

나는 냉장고에서 배추와 김치를 꺼냈다. 소독해서 삶아 놓은 빈 도시락 통이 눈에 들어왔다. 나는 도시락 통을 만지작거렸다.

"엄마가 여전히 병원 밥이 낯선가 봐. 잘 먹지를 않아."

아빠가 병원에서 돌아올 때마다 하는 말은 계속 내 가슴에 걸려 있다.

'엄마가 무슨 반찬을 좋아했더라…….'

엄마가 자주 만들던 반찬을 떠올려 본다. 대부분 내가 좋아하는 것뿐이다. 엄마, 뭘 좋아해? 이제는 그렇게 물어봐도 올바른 대답이 돌아올지 어떨지 모른다.

엄마는 치매에 걸렸다.

그건 아주 천천히, 엄마에게 달라붙었다. 장을 보러 갈 때 지갑을 가져가지 않는다거나, 가스 밸브를 잠그는 걸 잊고 온다거나, 가게에서 손님의 주문을 깜빡 잊어버린다거나 하는 일이 종종 생겼다. 어휴! 이렇게 덜렁이니, 원. 가족 중 누구도 그런 사실을 심각하게 생각하지 않았다. 엄마의 말수가 적어지고, 전에 없이 신경질이 난 듯 얼굴을 찌푸려도 나이 마흔이 훌쩍 넘으면 으레 그러려니 여겼다. 가게에서 막 계산을 치른 손님에게 다시 돈을 달라고 해서 작은 싸움이 일어난 적도 있었다. 피곤하다 보니 정신이 없다고 웃어넘겼다.

중학교 3학년 때 나는 요리 대회에서 은상을 받았다.

엄마가 시상식장에 꽃다발을 가지고 오기로 했다. 아빠는 식당 영업 때문에 올 수 없었다. 당시에 식당은 일주일 내내 문을 닫지 않았다. 영업시간은 아침 7시부터 새벽 1시까지였다. 식당을 찾아오는 손님들은 대부분 시장 상인들, 물건을 떼러 오는 사람들 그리고 택시 기사들이다. 아침 일찍부터 점심시간을 거쳐 저녁 늦게까지 바쁜 때가 정해져 있지 않았다. 식당이 미어터지도록 손님이 몰려드는 일은 없지만 꾸준히, 쉴 새 없이 가게 문이 열린다. 그러니 쉬이 가게를 비울 수가 없다. 나는 그 사실을 알면서도 아빠가 시상식에 오지 않아 약간 섭섭했다. 그래도 엄마는 와 줬으니까, 그렇게 생각하며 뒤를 돌아봤다.

그런데 없었다. 사람들로 바글거리는 시상식장 이곳저곳을 아무리 찾아봐도 엄마를 찾을 수 없었다.

시상식이 끝날 때까지 엄마는 나타나지 않았다. 엄마에게 전화를 걸었지만 받지 않았다. 혹시 가게에 무슨 일이라도 생긴 걸까 싶었다. 화도 났다. 사진 한 장 찍지 않고 시상식장을 나선 건 나뿐이었다.

엄마는 복도에 있는 벤치에 앉아 있었다. 꽃다발을 손에 쥔 채 멍하니 바닥을 내려다보고 있었다.

"엄마, 여기서 뭐 해?"

엄마는 웃음기 없는 얼굴로 나를 바라봤다.

"누구니?"

농담인줄 알았다.

"난 이걸 왜 들고 있지?"

엄마가 손에 든 꽃다발을 마구 흔들었다. 꽃잎들이 포장지를 빠져나와 복도 바닥으로 떨어졌다. 꽃다발에서 모든 꽃잎이 떨어져 흩어질 때까지 나는 우두커니 서 있기만 했다.

가게 문이 잠시 닫혔다.

엄마는 신경 퇴행성 치매 진단을 받았다. 40~50대에는 잘 나타나지 않는 치매라고 했다. 의사는 엄마의 뇌신경이 죽어 가고 있다고 했다. 엄마는 장기 요양 등급 판정을 받았다. 3등급, 일상

생활을 하는 데 도움이 필요한 수준이라고 했다. 의사는 단기성 기억 상실이 제일 큰 문제이니 옆에서 잘 지켜보라고 충고했다.

"치매는 원래 여러 증상이 겹쳐서 나타납니다. 퇴행 정도는 심각하지 않고 진행 속도도 더뎌서 일상생활은 잘해 오신 것 같아요. 그래도 조심하셔야 합니다. 아예 집을 못 찾거나 하는 일이 생길 수 있어 위험하니까요. 흔히 치매 환자 실종 전단지를 보고 이런 말을 하는 분들이 계세요. 애당초 왜 치매 환자 혼자서 밖을 돌아다니도록 놔두냐고 말이죠. 저게 다 쇼하는 거고, 귀찮으니까 버리고서는 찾는 척하는 거라고 말이에요. 치매에도 경도가 있다는 것 그리고 치매 환자도 사람이라는 걸 생각 안 하는 거죠. 환자분들을 병원에 모실 수 없는 사정이 있는 집도 많다는 걸 모르는 거예요. 가끔 그렇게 말하는 사람을 보면 의사인 제 속이 터지는데 가족은 어떻겠어요?"

엄마는 '3급 재가' 서비스를 받았다. 요양사가 정해진 시간에 집으로 찾아와 목욕이며 빨래 등 집안일을 도와주는 서비스였다. 요양사와 아빠, 내가 번갈아 가며 엄마의 옆을 지켰다.

엄마는 가끔씩 아빠도 알아보지 못하게 되었다. 세수하는 법이나 신발 신는 법을 잊어버리기도 했다. 그래도 엄마는 아침이면 아빠와 함께 가게 문을 열고, 점심과 저녁때에는 조리대 앞에 섰다. 엄마는 요리하는 법만은 잊지 않았다.

가게를 다시 열었다. 아슬아슬, 흔들리는 줄 위에 올라탄 듯한 날이 이어졌다. 그런 불안한 날들도 익숙해지니 일상이 되었다.

"엄마, 내가 누구랬지?"

"아들."

그것이 나와 엄마의 아침 인사가 되었다.

익숙해진다는 건 그런 거였다. 학교가 끝나면 곧바로 식당으로 달려가는 일, 엄마를 가게와 집으로, 집에서 가게로 데리고 가는 일, 정해진 시간에 엄마와 통화하는 일, 처음에는 미안함과 어색함 때문에 눈인사만 건넸던 요양사와의 만남 등이 석 달을 채워가는 동안 자연스러운 일이 되어 갔다.

문제가 없는 건 아니었다. 엄마는 몇 번이나 가게 옆 골목에서 길을 잃었다. 내가 고등학생이 되면 아빠 혼자서 엄마를 돌봐야 하는 시간이 늘어날 터였다.

그래도 어떻게든 되겠지, 그렇게 생각했다. 엄마는 많은 것을 잊어버렸고 실수를 했다. 그래도 저녁 식사만은 언제나처럼 만들었다. 우리 집에서 저녁 식사는 특별한 것이었다.

손님이 뜸해지는 저녁 10시, 가게의 가장 안쪽 식탁에 식사를 차렸다. 우리도 저녁에는 이 식당 손님이 되는 거지, 엄마는 그렇게 말하며 웃었다. 저녁을 먹으면서 이야기를 나눴다. 저녁 식탁에서가 아니면 세 식구가 얼굴을 마주 보고 대화할 시간이 거의 없었다. 하루 종일 식당 안에 함께 있는 일요일에도 그랬다. 저녁밥을 다 먹고 빈 그릇을 들여다보면 오늘 하루도 배부르게 끝났구나 싶었다.

이 저녁 식사가 이어지는 한 계속해 나갈 수 있지 않을까. 그 막

연한 기대감이 깨진 건 내 중학교 졸업식 날이었다.

"엄마, 내가 누구랬지?"

"아들."

"오늘이 내 졸업식이야. 중학교 졸업식."

엄마는 내 졸업식에 오지 못했다. 아빠가 함께 온다고 해도 학교 안에서 길을 잃거나 하면 큰일이었다. 대신 아빠가 식당 문을 닫고 와 주었다. 졸업식을 마치고 곧바로 집으로 돌아가면 요양사가 떠나는 시간에 아슬아슬 맞출 수 있을 터였다.

졸업식은 예정보다 20분 늦게 끝났다. 나와 아빠는 졸업식이 끝나자마자 사진 한 장 찍지 못하고 허둥지둥 집으로 향했다. 집에는 아무도 없었다. 집 현관문은 열쇠로 확실하게 잠겨 있었다. 요양사에게 전화를 걸었다. 식당에 볼일이 있으시다고 해서 바래다 드렸어요, 하는 말에 식당으로 달려갔다. 아빠가 닫고 온 식당 문은 열려 있었다.

엄마는 조리대에 서서 칼질을 하고 있었다. 빈 도마를 내려치는 소리가 가게 안에 들어선 내 귀를 때렸다. 엄마가 내려치고 있는 건 이미 잘게 썰린 엄마의 검지 반 토막이었다. 칼을 쥔 반대쪽 손에서 흘러내린 피가 도마를 적시고 있었다. 엄마는 자신이 무엇을 하고 있는지 모르는 듯 그저 칼을 내려쳤다. 아빠가 조리대 앞으로 달려들었다.

그날 저녁, 아빠는 말했다.

"엄마를 요양 병원에 보내야겠어."

나는 싫다고 하지 못했다.

최수빈은 내가 펼쳐 놓은 그림 중 하나를 집어 들었다.

"너 그림 진짜 못 그린다."

피에르 에르메의 '그림 디저트'를 보고 레시피를 그려 보고 싶
어졌다. 하지만 완성된 그림은 내가 봐도 영 어설프기만 했다.

"이거 맛있겠다. 치즈 우동볶음 튀김 꼬치. 우동을 소스에 볶아
서 완자처럼 튀긴 다음에 녹은 치즈를……."

꿀꺽. 설명을 읽던 최수빈이 군침을 삼켰다.

"보는 눈이 있네. 그게 나랑 조리장 아저씨가 함께 개발한 회심
의 메뉴다."

축제 때 들고 다니기 편하고 맛있는 메뉴가 있으면 좋겠다고 생
각했다. 조리장 아저씨가 추천한 것은 꼬치였다. 비법 소스의 비
율을 맞추기가 가장 힘들었다. 조리장 아저씨는 내가 가져간 소스
를 귀찮아하지 않고 몇 번이나 맛을 봐주었다. 급식실의 다른 조
리사들은 조리장 아저씨와 내가 나란히 서 있는 걸 보고 아빠와
아들 같다며 깔깔 웃었다.

"허가는 났어?"

"아직 확답은 못 받았지만…… 허가는 날 것 같아. 내가 애들
서명 받은 공책을 들고 찾아갔을 때의 선생님 표정을 너희가 봤어
야 하는데."

순간 선생님은 비글을 기르는 옆집 옷가게 아저씨 같은 표정을

지어 보였다. 이 녀석은 왜 지치지도 않나, 하는 속마음이 여실히 드러나 있었다.

"회심의 메뉴라면 이 정도로 그려야 하는 거 아냐?"

최수빈이 종이를 들어 보였다. 종이 구석에 그려진 건 내가 상상하던 우동 튀김 꼬치의 모습이었다.

"최수빈, 네가 그린 거야, 이거?"

"모아가 그렸어. 내 친구, 손재주 완전 짱이지?"

나는 덥석, 윤모아의 어깨를 붙잡았다.

"후배야, 축제 메뉴판 그림은 네가 그려라."

"제가요?"

"그래. 같은 도시락부니까 너도 당연히 도와야지. 그치?"

윤모아는 고개를 끄덕이더니 후다닥 내 손에서 손을 빼냈다.

"나도 뭔가 할까? 서빙 같은 거. 기왕이면 메이드 복을 입고 말이야. 어때, 강보라? 네가 메이드 복을 입고 있으면 그것만으로도 100개는 팔리지 않겠어?"

최수빈의 말에 난간에 앉아 있던 강보라가 인상을 썼다.

"말이 되는 소리를 해라."

메이드 복을 입은 강보라의 모습을 떠올려 봤다. 그야말로 굿(Good)이었다. 나는 최수빈에게 엄지손가락을 척 들어 보였다. 강보라가 죽을래, 하며 인상을 썼다.

"굿 아이디어다, 최수빈. 머리 좋은데?"

하지만 곧 아차 싶었다. 안 그래도 인기가 많은 강보라다. 메이드 복 입은 모습을 다른 녀석들이 봤다가는 경쟁자만 늘어날 게 뻔했다. 나는 얼른 윤모아에게 화살을 돌렸다.

"보라가 안 입는다면 모아, 너라도 입어라. 넌 귀여우니까."

"제, 제가요?"

갑자기 툭, 내 손 위로 도시락 통이 떨어졌다.

"잘 먹었어."

강보라가 쌩하니 내 옆을 지나 정자 아래로 사라졌다.

'어라?'

도시락 통에서 무게감이 느껴져 뚜껑을 열어 보았다. 역시나 도시락을 절반이나 남긴 채였다. 대회 전까지는 음식을 마음대로 먹을 수 없는 강보라였다. 강보라는 "이 도시락이 아니었으면 굶어 죽었을 거야."라고 말하면서 늘 도시락을 싹싹 비워 내곤 했다.

"보라, 쟤 어디 아프냐? 왜 이렇게 남겼지?"

나는 걱정스러운 마음으로 자리에서 일어나 기웃기웃 강보라의 뒷모습을 쫓았다.

"너, 사실은 인간이 아니라 곰이지?"

툭, 최수빈이 던진 휴지 조각이 내 뒤통수에 맞고 떨어졌다. 내가 최수빈과 배틀을 뜨려는 순간, 신기 선배가 정자로 올라왔다.

"태준아. 너, 학주 선생님이 교무실로 오라던데?"

신기 선배의 입가는 굳어 있었다. 그 표정만으로 충분히 예상할 수 있었다. 아무래도 안 좋은 일이 생겼구나, 하고 말이다.

"이거 진짜냐? 이게 사실이라면 축제 때 음식 판매는 진짜 안 돼. 네가 도시락 판매하는 것도 중지해야 할지 몰라. 지금까지는 부모님들 쪽에서도 도움이 된다는 의견이 많아서 별 문제가 없었다만…… 이런 문제가 생기면 아무리 명분이 좋아도 금지할 수밖에 없어."

선생님이 가리킨 모니터 화면을 보고 나는 눈을 끔뻑였다.

핫도그를 먹고 식중독에 걸렸습니다.

학교 홈페이지의 게시판에 올라온 글의 제목이었다.
'그럴 리가…….'
나는 모니터를 지그시 노려보았다.
게시판 글은 사흘 후에야 삭제가 되었다.
"누가 장난을 쳐도 그런 걸로 치냐? 잡히기만 해 봐라."
나는 정자 바닥에 신문지를 깔았다. 신경질적으로 당기자 한쪽이 쫙 찢어져 버렸다.
게시판 글이 사라진 걸 확인했을 때만 해도 그저 해프닝으로 끝날 줄 알았다. 도시락 주문을 취소한다는 첫 문자 메시지가 올 때까지만 해도 심각하게 여기지 않았다. 하지만 메시지는 계속 왔다. '이번 달까지만…….' 하는 내용이 줄줄이 이어졌다. 10개 도시락 주문 중 8개가 단숨에 취소되었다.
아홉 번째 취소의 주인공은 알레르기 때문에 1년 내내 도시락을 주문했던 3학년 선배였다.

"네가 교실까지 가져다주니까 편했는데…… 그 글 내용이 진짜야, 식중독?"

느닷없이 뺨을 후려 맞은 기분이었다. 도망치듯 지워진 그 글 하나가 이유라니, 어안이 벙벙했다.

"사실인지 아닌지가 중요하냐? 우리 엄마가 그 글을 봤다는 게 중요하지. 찜찜하다고 하시더라고. 지금 식중독에 걸리면 수능은 꽝이잖아. 우리 엄마도 회사 때문에 바빠 죽겠어서 도시락을 어떡할까 엄청 고민했는데 어쩔 수가 없었다, 야."

그렇게 아홉 번째 주문까지 취소되었다.

"태준아, 기획서에 자료로 적으려면 적어도 세 달치 정도는 더 필요할 텐데……."

신기 선배의 말에 내 마음은 더 무거워졌다.

"축제 때 음식 판매는 허가받을 수 있을까요?"

윤모아가 걱정했다. 나는 정신이 번쩍 들었다. 신문지 주변에 앉은 사람들의 얼굴이 굳어 있었다. 나는 아차 싶었다.

'이래선 안 되지. 하루에 한 번뿐인 점심시간인데…….'

나는 얼른 도시락 통을 열어서 한 숟가락 가득 밥을 펐다. 다른 사람들 앞에서 투덜거릴 수만은 없다. 그건 꼴불견이다. 하물며 강보라 앞이다.

"토요일 오후에 학부모 운영위원회 회의가 있잖아. 선생님이 거기서 발표할 수 있게 해 주겠대. 그래서 서명 공책이랑 자료도 제출하려고."

조리장 아저씨가 보증을 서 주기로 했다. 축제 때 내가 판매할 음식들이 식중독으로부터 안전한 메뉴들로 구성되어 있다고 말이다. 꾸역꾸역 밥을 입에 넣는데 뺨이 간지러웠다. 고개를 들었다. 강보라와 눈이 마주쳤다.

강보라와는 늘 눈이 마주친다.

"나, 도시락 주문할게. 월요일에 스무 개."

"스무 개? 네가 왜?"

불쌍하다고 생각한 걸까. 화가 났다. 강보라 앞에서는 늘 멋진 모습만 보여 주고 싶었다.

'의지가 되기는커녕 쓸데없이 신경이나 쓰이게 만들고……'

축제 날 멋있게 고백하고 예스 답변을 받아 내는 내 모습이 어른어른 사라져 갔다.

"됐거든? 너는 그렇게 신경 안 써도 돼. 네가 무슨 상관이라고……"

말이 불퉁하게 튀어나왔다.

"신경 쓴 거 아니거든? 넌 월요일이 무슨 날인지도 모르지? 하긴, 네 말대로다. 너랑 내가 무슨 상관이람?"

강보라는 무릎 위에 올려놓은 도시락을 차곡차곡 정리하더니 난간에서 일어났다.

"내일은 금요일이지? 나, 월요일까지 학교에 안 와."

내 손바닥 위에 도시락이 떨어졌다. 묵직했다. 나는 정자 아래로 내려가는 강보라를 불러 세우지 못했다. 도시락 통을 열어 볼 엄두도 나지 않았다.

"어이구, 저 둔탱이."

뒤에서 최수빈이 혀를 찼다. 이로써 만들어야 할 도시락은 제로가 되었다.

나는 무거운 도시락을 들고 터덜터덜 교실로 돌아왔다. 교실이 소란스러웠다. 내 책상 앞에 애들이 모여 있었다. 나는 책상 앞에 우뚝 섰다.

갈기갈기 찢긴 서명 공책과 부서진 USB……. 엉망이 된 파일들……. 이래서야 더 이상 장난이라고 생각할 수가 없었다.

교내 매점 아줌마, 학교 앞 도시락 가게, 축제 때 음식 판매를 준비하고 있는 영화 감상부.

"아무리 생각해도 이 셋 중에 범인이 있어."

도시락부의 신문지 위에는 매점에서 산 빵과 음료수, 과자만 덩그러니 놓여 있다. 나는 새벽에 식당에서 쓸 재료만 다듬었다. 소독해 놓은 도시락 통을 하나도 꺼내지 않은 것을 아빠도 알았을 거다. 아빠가 아무것도 묻지 않아서 다행이었다.

"범인은 무슨…… 야, 이 사람들이 게시판에 그런 글을 올릴 이유가 뭐가 있다고?"

최수빈은 공책을 심드렁하니 들여다봤다.

"들어 봐. 내가 파는 도시락이 솔직히 좀 맛있잖아? 천재적이라고. 게다가 가격도 저렴하지. 그러니까 내 도시락을 먹는 아이들은 매점이나 도시락 가게를 덜 이용하게 된다 이거야. 매출이 떨어지는 거지! 어때? 매점 아줌마가 날 모함할 만하지 않아?"

"넌 도시락 하나 먹는다고 매점에 안 가냐?"

와작와작, 최수빈은 과자를 씹었다.

"……가지. 알았어, 매점 아줌마는 제외."

"도시락 가게도 제외해라."

'매점 아줌마' 옆에 엑스 자를 그리고 있는데 신기 선배가 끼어들었다.

"거긴 체인점이야. 일하는 사람 모두 알바생이고 점주도 월급 점주라고. 하루에 몇 개를 팔던 정해진 월급만 받으면 되는 시스템이야. 그런 귀찮은 일을 할 리가 없어."

"엉? 그런 거예요?"

나는 뒷목을 긁었다.

"그래. 모든 식당이 너희 가게처럼 주인이 밥도 하고 반찬도 하는 게 아니야."

"잘 아네요, 선배?"

"우리 엄마가 패밀리 레스토랑 매니저잖아. 체인점 시스템은 내가 좀 알지."

'도시락 가게' 옆에도 엑스 자를 그렸다. 나는 마지막 남은 '영화 감상부'를 노려보았다.

"그럼…… 범인은 너다!"

"그것도 꽝. 영화 감상부 애들도 축제 때 음식 판매 할 거라며? 축제를 앞두고 식중독 운운하면 자기네 신청서도 같이 퇴짜 맞을 수 있는데 그런 무식한 방법을 쓰겠냐? 게다가 걔네 메뉴는 단순한 팝콘이랑 콜라라던데?"

신기 선배의 지적은 날카로웠다. '영화 감상부' 옆에도 엑스 자가 그려졌다. 나는 그대로 정자 바닥에 벌렁 드러누웠다.

"아오! 그럼 대체 누구야?"

"애들 서명 받은 공책까지 찢고 USB까지 부쉈다니 일부러 방해하는 건 확실해. 생각해 보면 처음에 왔다는 항의 전화부터 이상하고."

"전화? 그건 왜요?"

"축제 때 음식 판매 부스를 주의하라고 항의한 게 아니라 태준이네 도시락을 콕 집어 이야기했다며? 1년 동안 아무도 문제를 제기 안 했던 걸 이제 와서? 게다가 태준이네 도시락은 아는 사람만 알잖아. 급식 먹는 애들은 모르는 애들도 많다고."

"그렇죠. 전단지를 아무리 뿌려도 애당초 필요 없는 애들은 관심을 안 가지니까요."

"바로 그거야. 그러니까 태준이가 축제 준비를 시작하면서 뭔가 거슬리는 게 생긴 거지. 너, 축제 준비하면서 뭐 바뀐 거 없어?"

나는 몸을 벌떡 일으켰다. 양반 다리를 하고 앉아서 곰곰이 생각에 잠겼다. 하지만 아무리 생각해도 떠오르는 것은 없었다.

"아무래도 양이 안 차네."

최수빈은 빈 과자 봉지를 흔들어 보였다.

"잠깐 급식실에 들러야겠다. 모아가 아직 밥 먹고 있으면 좀 나눠 먹자고 해야지."

최수빈이 정자에서 일어났다. 나도 주섬주섬 신문지를 걷었다.

"같이 가자. 조리장 아저씨한테도 이야기해야 돼. 오늘 학부모회의 때 발표 못하게 되었다고. 애들한테 서명도 다시 받고 자료도 다시 정리해야 하고……."

"이번에도 갖다 버리거나 하는 거 아냐?"

나는 최수빈과 함께 급식소 건물로 향했다. 지하에 있는 조리실로 내려가려고 문을 열었다. 문을 열자마자 커다란 목소리가 계단 위까지 울렸다.

"아빠가 왜 그렇게까지 신경을 쓰는데?"

"어허, 어디서 목소리를 키워? 조용히 해, 조용히!"

나는 숨을 죽이고 계단 아래를 봤다. 먼저 조리장 아저씨가 눈에 들어왔다. 조리장 아저씨는 팔짱을 낀 채 내가 한 번도 본 적 없는 굳은 표정으로 서 있었다.

"그러다가 애들이 정말로 개 음식을 먹고 식중독이나 배탈이 나면 어쩌려고? 이까짓 조리장 하면서…… 그런 일 터지면 아빠가 덤터기 다 쓰는 거거든?"

빈정거리는 목소리의 주인은 내가 아는 사람이었다. 우리 반 이영진이었다.

"이까짓 조리장?"

"왜? 아빠가 만날 나한테 하는 말이면서? 그까짓 조리장 해서 못 먹고산다고. 그러니까 요리는 하지 말라고. 아빠처럼 안 되게 공부나 열심히 하라며! 근데 내가 그렇게 말하니까 화나?"

"이 자식이 정말!"

조리장 아저씨가 눈을 부릅떴다. 아저씨의 오른팔이 위로 올라갔다. 허공에 멈춘 오른팔이 부들부들 떨렸다.

"아빠가 누굴 가르치고 할 자격이 어디 있다고."

조리장 아저씨의 팔이 힘없이 아래로 떨어졌다.

"됐어. 어차피 갠 축제에 참가 못할 테니까."

이영진은 조리장 아저씨에게서 몸을 돌렸다. 나는 황급히 내밀고 있던 몸을 빼냈다. 문 뒤로 몸을 숨기자 이영진이 계단을 올라왔다. 이영진은 잔뜩 화가 난 걸음으로 사라졌다.

나는 계단을 내려갔다. 조리장 아저씨는 계단의 가장 아래 칸에 앉아 있었다. 등이 구부정한 아저씨의 뒷모습에 나는 흠칫 놀랐다. 조리장 아저씨의 모습이 아빠와 겹쳐 보였다.

엄마가 요양 병원에 입원한 첫날이었다. 입원은 아침 일찍 이루어졌다. 병원으로 향한 건 아빠와 엄마, 단둘뿐이었다. 같이 갈래? 아빠의 말에 나는 고개를 저었다. 아빠는 그 이상 함께 가자는 말을 하지 않았다. 트럭 뒤에 엄마의 짐을 실었다.

운전석 옆자리에 앉은 엄마는 작아 보였다. 나는 빠끔히 내려진 트럭 창문 너머로 물었다.

"엄마, 내가 누구랬지?"

엄마는 반쯤 조는 듯 어스름히 감긴 눈을 뜨지 않았다.

아빠의 트럭은 점심때가 되어 돌아왔다. 운전석 옆자리는 비어 있었다. 나와 아빠는 언제나처럼 접시를 나르고 모자란 재료들을 다듬었다. "아줌마는 오늘 쉬십니까?" 하는 물음에 아빠의 대답은 짧았다.

"입원했어요."

나는 가게 영업을 마치고 안쪽 식탁에 혼자 앉았다. 불이 꺼진 가게는 어두웠다. 아빠는 가게 밖에 세워 놓은 입간판을 가지러 나갔다. 가게 안에서 바라본 어둠 속의 아빠는 이상할 정도로 작고 늙어 보였다. 혼자서 엄마의 병원을 다녀오는 날수만큼 아빠는 점점 더 작아졌다. 그래도 나는 엄마를 만나러 병원에 갈 수 없었다.

대답하지 않던 엄마.

엄마가 나를 아예 모른다고 할까 봐 무서웠다.

"아저씨."

나는 조리장 아저씨 옆에 가 앉았다.

"이영진, 우리 반인데 아저씨랑 되게 안 닮았네요?"

내 말에 턱을 괴고 있던 조리장 아저씨가 피식 웃었다.

"그렇지? 나를 좀 많이 닮았어야 훈남 소리를 들을 텐데."

조리장 아저씨의 얼굴에서 곧 웃음이 사라졌다.

"태준아, 참 사람 마음이 그렇다? 난 내가 조리사인 게 자랑스럽고, 젊은 애들이 요리도 많이 배웠으면 좋겠어. 그런데 내 새끼가 요리사가 되는 건 싫은 거야. 어릴 적부터 날 따라서 칼 들고 흉내 낼 때마다 혼을 냈지. 성적도 잘 나오니까 공부를 하라고. 그랬더니 언젠가부터 입을 딱 닫았어. 말을 안 하니 무슨 생각을 하는지도 통 모르겠고."

나는 잠자코 조리장 아저씨의 이야기를 들었다. 한 손으로 슬쩍 내 주머니 안을 뒤져 봤다. 오늘따라 조리장 아저씨에게 건네줄 껌 하나 들어 있지 않았다.

"말을 안 하면 모른다는 부분에서, 이미 아빠로서 실격인지도 모르겠다."

조리장 아저씨는 엇차, 몸을 일으키더니 조리실 안으로 들어갔다. 나는 조리장 아저씨를 불러 세울 수 없었다. 나는 종소리가 끝날 때까지 계단 위에 앉아 있었다. 그러다가 쓰레기를 버리러 나온 청소원 아저씨의 눈초리에 밀려 어쩔 수 없이 일어났다.

나는 계단을 올라갔다. 계단 옆에 최수빈이 널브러져 앉아 있었다. 최수빈은 나를 보더니 툭툭 엉덩이에 묻은 흙을 털어 내고 일어났다. 나는 최수빈의 뒤를 따라 걸었다. 어느새 교실 앞까지 왔다. 최수빈의 교실이 한층 아래라는 사실은 헤어지고 나서야 떠올랐다.

이영진은 아무 일 없었다는 듯 자리에 앉아 있었다.

"태준이, 넌 월요일에 미니콘 가냐? 넌 친하니까 초대했을 것 같은데?"

나는 옆자리 친구가 소곤소곤 묻는 말을 듣고 어리둥절했다.

"뭔 말이야, 그게? 월요일?"

"웬 모른 척? 강보라네 그룹 말이야. 월요일에 미니 홀 빌려서 고별 무대 하잖아. 걔네, 갑자기 해체 발표해서 난리가 났었잖아. 고별 무대도 팬클럽 회원이랑 관계자들만 초대하고. 그런데 넌 강보라랑 친하잖아. 학교에서 밥도 같이 먹고 말이야. 강보라네 반 애들 몇몇은 초대 못 받았다고 서운해하던데?"

부러운 자식, 친구는 내 옆구리를 팔꿈치로 툭툭 치며 웃었다.

월요일에 도시락 스무 개.

나는 황급히 핸드폰을 열었다. 미리 날짜를 체크해 놓았었다. 보라네 그룹 해체 콘서트 하는 날, 근사한 도시락을 만들어 주겠다고 벼르던 참이었다. 그랬었는데 식중독 사건 때문에 정신이 팔려서 그날이 다가온 것조차 까맣게 잊어버린 것이다.

'아오, 진짜!'

나는 머리를 감싸 쥐고 책상에 엎드렸다. 이마를 책상에 부딪혔지만 아픔을 느끼지도 못했다. 한참을 엎드려 있으니 찰싹! 선생님의 손이 내 등을 내려쳤다.

몸을 일으킨 나는 이영진의 뒤통수를 노려보았다.

새벽 5시다.

어김없이 맞춰 놓은 알람이 울렸다. 나는 신경질적으로 이불을 뒤집어썼다.

"안 일어날 거야?"

아빠가 내 이불을 잡아당겼다. 그래도 나는 꼼짝하지 않았다. 도시락을 싸지 않아도, 아빠의 식당 재료 손질은 도와야 한다. 가게 청소까지 하려면 아빠 혼자서 두 시간은 빠듯하다. 하지만 도저히 이불 밖으로 나가고 싶지 않았다.

"아들, 무슨 일 있으면 아빠한테 이야기도 하고 그래."

아빠의 조심스런 목소리가 묵직한 아침 공기와 함께 이불 위로 내려앉았다.

"그래, 쉬어라. 사람은 가끔씩 푹 쉬어 줘야 해."

현관문 잠그는 소리가 났다. 나는 다시 눈을 감았다. 하지만 잠은 오지 않았다. 오히려 정신은 더 멀쩡해져만 갔다. 밤새 한잠도 자지 못하고 몸만 이리저리 뒤척였는데도 말이다.

'이영진은 대체 왜 그랬을까?'

아무리 생각해도 복잡한 머릿속은 풀리지 않았다.

"아오, 답답해!"

나는 이불을 박차고 벌떡 일어났다. 어두컴컴했던 방은 어느새 환했다. 창으로 새어 들어온 햇빛이 희미하게 빛났다. 나는 주방으로 향했다. 냉장고 문을 열어 찬물을 꺼내 벌컥벌컥 마셨다. 물통을 다시 냉장고에 집어넣는데 샛노란 달걀이 눈에 들어왔다.

노랗게 피었던 민들레 꽃. 왜 잊어버리고 있었을까?

'있잖아, 엄마가 정말 좋아하던 음식.'

김밥이다.

엄마는 종종 김밥을 쌌다. 아침 일찍부터 집 안에 고소한 냄새가 돌기 시작하면 그건 엄마가 김밥을 싼다는 신호였다. 엄마는 달걀을 부쳤다. 내가 냄새 때문에 잠이 깨 부엌으로 가면 엄마는 지단을 도마 위에 놓고 가늘게 채를 썰었다. 통통 통통, 가벼운 칼 소리는 음악처럼 들렸다.

엄마의 김밥은 꽃이었다. 그건 보통 가게에서 파는 김밥과 달랐다. 엄마의 김밥을 썰면 꽃이 피었다. 김밥 안에서 다소곳이 모인 가느다란 달걀지단이 민들레 꽃 같았다.

나는 가스레인지를 켰다. 프라이팬에 조심스럽게 하지만 단번에 달걀을 부어 넣었다. 달걀지단을 얇게 잘 부쳐 내기 위해서는 빠르게 부쳐야만 한다. 재빨리 뒤집었다. 부쳐 낸 지단을 도마 위에 놓고 썰었다. 김을 깔고 밥을 얹었다. 시금치와 채 썬 달걀을 올렸다. 돌돌 말았다. 금세 김밥 한 줄이 완성되었다.

나는 김밥을 썰었다.

'어라? 이게 아닌데……'

꽃은 피지 않았다. 달걀지단은 그냥 달걀지단으로 보일 뿐이었다. 가느다랗게 자른 달걀지단의 끝이 부서져 지저분했다. 하나를 집어 입에 넣었다. 맛도 기억과 달랐다.

'엄마가 만들었던 건 잘라도 깨끗했는데…… 그리고 좀 더 알싸한 맛도 났고…….'

김밥을 하나 더 입안에 넣었다. 뭔가 더 들어갔던 건가 싶다. 엄마가 재료를 손질할 때 같이 했으면 좋았을 텐데, 나는 고개를 갸웃거렸다.

'아빠는 알고 있으려나?'

오늘 새벽, 식당 주방에는 아빠 혼자 서 있었을 것이다.

나는 도마에 남은 김밥을 두 개씩 집어 입에 욱여넣었다. 김밥은 금세 사라졌다. 목이 멨다.

나는 교복을 대충 챙겨 입고 집을 나섰다.

"맞아, 나야. 그래서 뭐 어쩌라고?"

이영진은 당당했다. 혼자 끙끙거려 봤자 다른 사람이 무슨 생각을 하는지 알 수 있을 리가 없다. 그렇다면 방법은 하나다. 대놓고 물어보는 거다. 나는 이영진을 불러냈다.

매점 앞은 여느 때보다 한산했다. 나와 이영진은 매점과 급식소 사이의 샛길에 서서 서로를 노려보았다.

"핫도그를 먹고 식중독에 걸렸다는 얘기, 그거 완전 구라잖아."

"진짜 내가 걸렸던 걸 수도 있지."

"말이 되냐? 핫도그 먹은 사람이 열 명도 넘는데 그중에서 너 혼자 걸려다는 게? 핫도그 때문이라면 모두 걸렸어야지. 진짜 걸렸던 거면 병원 진단서라도 가져오든가?"

이영진의 입이 딱 다물어졌다. 병원 진단서를 들먹이면 발뺌을 못 할 거라던 신기 선배의 말이 맞았다. 이영진을 불러내기 전에 신기 선배와 먼저 작전 회의를 한 게 다행이었다.

"넌 명예훼손도 모르냐, 명예훼손? 내가 널 신고하면 생활기록부에 벌점 왕창 먹을걸?"

나는 슬쩍 손바닥 안을 들여다봤다. 신기 선배한테 얻어들었지만 상황이 워낙 다급했던지라 헷갈릴 것 같은 단어는 손바닥에 적어 놓았다.

"벌써 지웠거든?"

이영진은 코웃음을 쳤다. 아무래도 신기 선배는 미아리에 가서 돗자리를 펴도 되겠다. 손바닥 안에는 이 질문에 대한 답도 준비되어 있었다.

"지웠어도 기록은 남아 있거든? 경찰에 신고하면 알아서 추적해 줘. 너, 이신기 선배 알지? 그 선배는 이삼십 분 만에 너희 집 주소까지 쫙 알아낼 수 있다더라."

"그깟 생활기록부……."

"그래? 그럼 당장 신고하러 가야겠다."

나는 성큼성큼 샛길 밖으로 걸음을 옮겼다. 이영진이 생활기록부를 엄청나게 신경 쓴다는 것은 이미 알고 있다. 내가 채 두 걸음도 옮기기 전에 이영진이 내 어깨를 붙잡았다.

"사과 글 올릴게. 그럼 됐지?"

"그런 건 됐어."

나는 몸을 돌려 다시 이영진을 봤다.

"왜 그랬는지나 말해."

"이유가 뭐가 중요하다고?"

"야, 이유도 모르고 명치에 스트레이트 훅을 맞아 봐라. 아픈 것도 아픈 거지만 내가 왜 맞아야 하는지 궁금한 게 당연한 거 아니냐? 묻지 마 폭행도 아니고.”

나는 과장된 몸짓으로 짐짓 이영진을 위아래로 훑어보았다.

“설마 묻지 마 폭행이냐? 사이코패스?”

“……축제 때 음식을 못 팔게 만들려고 했어. 도시락 주문까지 그렇게 취소될지는 몰랐어. 진짜야. 네가 도시락 파는 게 불만이었으면 이제 와서 그랬겠냐?”

“축제 때는 왜?”

이영진은 머뭇거렸다. 시선을 발끝에 둔 채 한참이나 가만히 서 있기만 했다. 나는 샛길 밖으로 한 발을 내밀었다.

“나, 간다?”

“아 씨, 진짜! 네가 자꾸 우리 아빠를 끌어들이니까 그렇지!”

이영진은 버럭 소리를 질렀다.

“조리장 아저씨?”

“식중독 보증, 그거 잘못했다가 아빠가 뒤집어쓰면 어쩔 건데? 조리사 계약직이 얼마나 불안정한지 알아? 뉴스도 못 봤어? 조리사들이 처우 때문에 시위도 하고 그랬어. 그런데 왜 우리 아빠가 그런 것까지 해 줘야 하는데?”

이번에는 내 말문이 막혔다. 조리장 아저씨가 난처해질 수 있다는 생각은 전혀 못 했다. 축제 부스를 성공시켜야 한다는 생각만 가득했다. 조리사들 대부분이 계약직이라는 것, 그 처우가 나쁘다는 건 나도 알고 있었다. 요리에 관심이 많은 사람이라면 모를 수 없는 문제였다. 조리장 아저씨에게 이런저런 이야기를 듣기도 했다. 한정된 예산, 보장되지 않는 자리, 적은 월급 등등에 대해서 말이다.

'그렇지 않아도 식중독은 학교에서 민감하게 여길 문제잖아. 아니, 난 자신이 있어서 그런 거야. 절대 그런 문제가 생기지 않을 거라는 확신. 하지만 아무 생각 없이 덥석 부탁할 문제도 아니었어…….'

이영진의 설명을 듣고서야 그런 사실에 생각이 미쳤다는 것이 부끄러웠다.

"네가 급식실을 왔다 갔다 하는 것도 그래. 그것 때문에 아빠는 여러 번 싫은 소리를 들었어. 왜 학생이 드나들게 놔두냐고, 애들 공부에 방해된다고."

"그건 몰랐는데……."

"몰랐겠지. 아빠가 얘기를 안 했을 테니까."

이영진의 목소리에는 짜증이 가득했다.

"집에서도 만날 네가 뭘 물어봤다느니, 요리를 진지하게 여기는 학생이라느니 하는 이야기뿐이야. 웃겨, 진짜. 나한테는 요리가 힘들고 돈도 안 되는 일이라고 말하면서…….."

'어릴 적에는 식칼을 들고 내 흉내를 내더니…….' 했던 조리장 아저씨의 이야기가 떠올랐다. 이영진의 목소리에는 짜증이 아닌 다른 무언가가 섞인 것만 같았다.

'왜 이렇게 익숙하지, 저 말투? 어디서 들었는데…….'

끙끙대며 기억을 되살렸다. 어이구, 이 둔탱아. 내 뒤통수를 때리던 휴지 조각과 강보라의 샐쭉한 목소리가 떠올랐다.

"질투?"

떠오른 말이 입 밖으로 튀어 나갔다. 정답이었던 모양이다. 이영진의 얼굴이 팍 구겨졌다.

"헛소리 쩐다? 야, 신고하려면 해."

이영진은 나를 밀치고 샛길을 빠져나갔다.

"질투……."

어라, 그럼 강보라도? 히죽, 웃음이 나왔다.

"모기 물린다. 들어가 있어."

입간판 옆에 앉아 있던 아빠는 내가 가게 밖으로 나오자 손을 내저었다. 그래도 나는 아빠 옆에 앉았다. 나와 아빠는 한밤의 골목에 한참이나 앉아 있었다.

"아빠, 엄마가 쌌던 김밥 말이야. 안에 뭐 들어갔는지 알아?"

"알지, 그럼. 생각나니까 먹고 싶네. 네 엄마 김밥은 손이 엄청 많이 가. 재료를 하나하나 가늘게 썰어야 하거든. 파채는 미리 물에 담가 놔야 하고, 지단도 그냥 부치는 게 아니라 흰자에 녹말을 풀어야 해."

"그렇게 손이 많이 가는 거였어?"

"기본 재료 손질을 잘해야 예쁜 음식이 나온다, 이게 엄마 입버릇이었거든."

"……그건 몰랐어."

나는 고개를 들었다. 하늘은 어둡고 식당 안 구석 자리는 여전히 비어 있다.

"아빠, 나 부탁할 게 있는데……."

내가 꺼낸 이야기에 아빠는 어리둥절한 표정을 지었다. 하지만 점점 아빠의 입가에 미소가 퍼지기 시작했다.

"좋구나. 그럼 그날은 식당 문을 한두 시간 정도 빨리 닫아야겠다. 도시락 스무 개를 만들려면 재료 다듬는 시간만도 꽤 걸리겠네."

"거기에다가 한 명은 초짜고 말이야."

나는 히죽 웃었다. 아빠와 나란히 앉아 대화를 나누는 건 무척 오랜만이었다. 아빠는 손으로 내 머리를 마구 헝클었다.

"너, 인마. 앞으로는 아빠한테도 도시락 반찬 상의도 하고 좀 그래라. 아빠는 그동안 은근히 서운했다?"

"난 아빠가 귀찮을까 봐 그랬지."

"귀찮기는, 제 새끼는 징징거리는 소리도 다 듣고 싶은 게 부모지. 어이구, 봐라. 모기가 달려든다. 그만 일어나자. 이것도 들여놓고."

아빠는 입간판을 들었다. 나도 한쪽을 붙잡았다. 입안에 맴돌던 말이 있었지만 슬그머니 삼켰다. 아직은 용기가 나지 않았다.

김밥을 싸서, 엄마를 만나러 가자.

'잘 싸게 되면 그때 말해야지.'

커다란 입간판은 아빠가 혼자 들었을 때에는 바닥에 질질 끌렸지만 이번에는 번쩍 들렸다.

'조리장 아저씨는 오신다고 했고, 이영진 그 녀석은 끌고라도 와야지. 어디, 산더미 같은 당근하고 파하고 오이 손질 한번 해 봐라.'

함께 마주 앉아서 다듬고 또 다듬으면 싫어도 대화를 나누게 될 터이다. 나는 입간판을 가게 안에 들여놓고 꾹꾹 핸드폰 자판을 눌렀다.

✉ 월요일에 도시락 가지고 갈 거다. 엄청 특별한 꽃을 줄 테니까 기대해.

답장은 짧았다.

✉ 알았어.

그래도, 그것만으로 내 마음에 두둥실 꽃이 피었다.

최수빈 이야기 :
어중간한 삼각 김밥

어느 학교든 명물 커플이 있다.

우리 학교에서 제일 유명한 커플은 나와 신기 오빠다. 나 혼자서 그렇게 생각하는 것 아니냐고? 천만에. 이건 무려 교내 신문에서 실시했던 설문 조사 결과다.

처음에 우리 커플이 유명해진 건 루머 때문이었다.

'최수빈이 이신기를 협박해서 사귀고 있다!'

학기 초 교내에 퍼졌던 루머다. 루머의 뿌리는 나다. 나에 대한 소문이 소문을 낳고, 루머가 되어 버린 것이다.

안전지대, 내 별명이다. 학년 주임의 매의 눈이 나만은 피해 간다는 뜻이다. 복도에서 뛰기라도 하면 바로 불호령을 치는 학주다. 그런 학주가 내게는 너그러웠다. 그래서 소문이 시작된 것 같다.

학주가 내게 너그러운 이유는 딱 하나다. 학주는 예전에 내 친오빠, 최수형의 담임이었다. 학주는 오빠의 장례식을 찾아왔을 때 내게 말했다. 미안하다고. 내가 입학을 위한 서류를 떼러 교무실에 찾아갔을 때에도 똑같은 말을 했었다. 나는 무엇이 미안한지 되묻지 않았다.

나는 입학 후 누구에게도 오빠에 대한 이야기를 하지 않았다. 하고 싶지 않았다. 어차피 소문이라는 건 사그라지게 마련이라는 걸 나는 이미 알고 있었다. 그래도 신기 오빠까지 말려들게 한 것은 미안했다. 화장을 포기할 수는 없었지만 다른 부분에서는 최대한 성실하게 지내기로 했다. 나는 여름 방학 전까지 지각도 한 번 하지 않았다.

이제 루머는 사그라졌다. 그래도 나와 신기 오빠의 유명세는 쉽게 사그라지지 않았다.

최고로 안 어울리는 커플이다! 유명세의 두 번째 이유였다.

신기 오빠는 인기가 많다. 온라인상에 팬 카페도 있고, 우리 학교에는 신기 오빠를 연예인처럼 대하는 아이들도 있다. 고등학교에 입학한 뒤 몇 주 동안 나는 동물원에 갇힌 사자의 기분이 어떤건지 이해할 수 있었다. 1학년은 물론이고 2, 3학년까지 나를 보러 찾아왔다. 두세 명씩 몰려와서 나를 보며 소곤거리다가 나와 눈이 마주치면 후다닥 도망갔다. 언젠가는 신기 오빠의 친구들이 오빠에게 대놓고 묻는 걸 엿들은 적도 있었다.

"넌 왜 그 1학년이랑 사귀냐? 너 정도면 연예인하고도 사귈 수 있잖아?"

선배고 뭐고 저것들을 그냥……. 당장에 뛰쳐나가고 싶은 걸 참은 이유는 신기 오빠의 대답이 궁금해서였다. 오빠는 빙긋 웃었다. 싱거운 놈, 오빠의 친구들은 그 이상 캐묻지 않았다.

주변에서 어떤 이야기가 술렁이든 화기애애한 커플, 지금의 나와 오빠를 따라다니는 평가다.

그렇지만 여름 방학 보충 수업이 시작되던 7월 중순, 우리 사이에는 분명 이상기류가 흐르고 있었다.

스크래치 맨.

처음에는 그저 도시 괴담이었다. 여학생들의 다리를 무언가, 약간 뾰족한 것으로 긁고 사라지는 남자가 있다는 것이었다. 이른바 신종 변태였다.

소문은 버스에서 시작되었다. 한 여학생이 버스를 탔다. 좌석에 앉아 꾸벅꾸벅 졸다가 허둥지둥 벨을 누르고 뒷문으로 향했다. 그런데 갑자기 발목 윗부분이 따끔했다. 몸을 숙여 발목을 어루만졌다. 여학생 옆에 서 있던 남자가 버스에서 뛰어내렸다. 남자는 모자를 깊게 눌러쓰고 두꺼운 뿔테 안경을 쓰고 있었다. 그 여학생은 버스에서 내려 발목 부근을 살펴봤다. 양말 바로 위쪽에 붉은 생채기가 선명했다.

비슷한 일을 겪었다는 아이들이 여기저기서 나타났다. 버스로 서너 정거장 사이에 위치한 중, 고등학교 세 곳에서 동시다발적으로 사건이 발생했다. 발목이나 종아리가 따끔해서 뒤를 돌아보면 모자를 눌러쓴 남자가 몸을 숙이고 있더라는 것이었다. 장소는 버스나 골목길이 대부분이었다.

같은 일을 당했다는 제보가 이어졌음에도 불구하고 '스크래치 맨'이 괴담으로만 떠돌았던 건 남은 증거가 생채기뿐이었기 때문이다. 비슷한 남자를 봤을 뿐 정말로 그 남자가 무엇을 한 것인지 확실하지 않았다. 확실하지 않은 일로 소동을 부렸다가 귀찮은 일에 말려들 수 있다. 생채기는 아프지만 못 참을 정도는 아니다. 그렇지만 누군가에게 하소연 정도는 하고 싶다. 그런 생각들이 뒤섞여 괴담이 완성되었다.

스크래치 맨에 대한 괴담.

첫째, 스크래치 맨은 다리의 맨살에 상처를 남긴다. 발목까지 오는 긴 치마를 입거나 스타킹을 신으면 스크래치 맨을 피할 수 있다. 둘 다 여의치 않을 때에는 다리에 물을 뿌리면 된다.

둘째, 스크래치 맨은 혼자 다니는 사람만 노린다. 스크래치 맨을 피하려면 반드시 두세 명이 함께 다녀야 한다.

셋째, 스크래치 맨에게서 입은 상처는 반드시 소금물로 씻어라. 그러지 않으면 스크래치 맨의 저주가 남는다. 저주가 남은 채 수능을 치면 대학에 떨어진다.

괴담 때문에 한동안 교복 치마 길이를 무릎이 넘도록 길게 늘이는 것이 유행했다. 하지만 긴 치마는 다리를 짧아 보이게 만든다. 그래서 치마는 곧 다시 짧아졌다. 대신 다리에 뿌리는 휴대용 미스트를 챙겨 다니는 것이 유행이 되었다.

"선생님, 이건 부적이라고요, 부적."

미스트를 뿌리다가 압수당한 아이들이 볼멘소리를 내었다.

"부적은 무슨…… 야, 너희 나이가 몇인데 아직도 그런 걸 믿어? 요즘은 초딩들도 안 믿는다. 빨간 마스크 언니, 폐업한 지 꽤 된 것도 모르니?"

선생님들의 타박과 함께 교무실 한편에 미스트가 쌓여 갔다. 아이들은 다시 미스트를 샀다. 관심 있는 상대에게 미스트를 선물하는 것도 유행이 됐다. 신이 난 건 매상이 오른 화장품 가게뿐이었다. 하지만 괴담은 돌고 도는 법이다. 스크래치 맨에 대한 소문은 사그라졌다. 미스트 판매량 곡선도 차츰 예전으로 되돌아갔다.

그러던 6월 중순, 스크래치 맨이 다시 나타났다.

피해자는 수업을 마치고 집으로 돌아가던 여중생이었다. 스크래치 맨은 골목에 숨어 있다가 여중생에게 달려들었다. 그러고는 뒤에서 겨드랑이를 눌러 억지로 여중생의 팔을 위로 들어 올렸다. 여중생이 버둥거릴 수 없을 정도로 상체를 누르는 힘이 강했다. 여중생의 다리에 스산한 감각이 느껴졌다. 스산함은 곧 날카로운 아픔이 되어 종아리를 파고들었다.

여중생의 몸이 풀렸다. 다리가 휘청거렸다. 골목에 주저앉았다. 모자를 눌러쓰고 색안경으로 얼굴을 가린 남자가 여중생의 앞에 서 있었다. 남자는 핸드폰으로 사진을 찍은 후 달아났다. 여중생의 종아리에 난 자상은 길이 3센티미터 정도였다. 포크나 연필처럼 끝이 뾰족한 것으로 힘을 줘 긁은 것으로 보였다.

이번에는 누구도 단순한 생채기로 여기지 않았다.

상처의 경중보다 남자가 직접적으로 습격해 왔다는 것이 큰 문제가 됐다. 이번은 포크나 연필이었지만 다음에 칼이 되지 말라는 법도 없었다.

스크래치 맨은 더 이상 괴담이 아니었다. 현실이 되었다.

각 학교마다 긴급회의가 소집되었다. 학부모들의 전화도 빗발쳤다. 이전부터 사고가 있었음에도 불구하고 주의를 기울이지 않은 것에 대한 항의도 이어졌다. 방학 전까지 여학생들은 긴 청바지에 한하여 사복 착용을 허용한다는 임시 방안이 건의되었다. 보충 수업 때에 교복을 입고 오는 것이 규칙이었던 학교들도 여름 보충 수업 때에는 사복 등교를 허락하기로 했다. 언 발에 오줌 누기라는 말도 나왔지만 효과는 있었다. 스크래치 맨을 만났다는 아이가 더 이상 나오지 않았다. 그렇지만 스크래치 맨의 정체에 대하여 무엇 하나 밝혀지지 않았다.

그렇게 흐지부지 사건은 흐려져 갔다. 그 와중에도 사복을 입을 수 있게 된 학생들은 신이 났다.

나는 내 앞에 걸린 옷을 노려보았다.

토요일의 옷가게는 북적였다. 나처럼 보충 수업 때 입을 옷을 사러 나온 아이들도 제법 있을 터였다. 사복을 입고 학교에 갈 수 있다는 설렘은 보충 수업의 지긋지긋함을 조금 줄여 주었다. 물론

예외도 있었다. 윤모아가 그랬다.

"교복이 신경도 안 쓰이고 좋은데……."

윤모아는 가게에 들어서자마자 또 한숨을 쉬었다. 그러면서도 옷걸이에 걸린 반바지를 들춰 봤다. 나는 윤모아가 가격표를 슬며시 확인하는 걸 봤다. 윤모아는 두세 벌의 가격표를 확인하고는 더 이상 옷을 들춰 보지 않았다. 윤모아는 힐끔, '5천 원 세일' 매대 쪽을 봤다. 나는 윤모아를 안 보는 척 옷을 살피며 말했다.

"보고 싶은 게 너무 많네. 배도 고프니까 빨리 사고 싶은데……. 모아야, 우리 한 시간 동안 각자 옷 고른 다음에 여기서 다시 만나자. 함께 다니면 시간이 너무 걸리겠어."

"그럴까? 나도 그게 좋을 것 같아."

"난 2층 좀 보고 올게."

나는 계단을 올라갔다. 윤모아가 세일 매대 쪽으로 향하는 게 보였다. 나는 윤모아를 끌고 나온 것이 미안해졌다. 윤모아의 용돈이 박하다는 건 이미 알고 있는 사실이었다. 하지만 나는 꼭, 윤모아여야만 했다.

나는 2층에 올라서자마자 눈에 띈 마네킹 앞에 멈췄다. 아래층에서도 유심히 보았던 원피스가 2층에도 걸려 있었다. 하늘하늘한 꽃무늬 원피스다.

'아무래도 이건 안 어울리겠지?'

이번 여름의 유행은 꽃무늬인 듯 넓은 옷가게는 온통 꽃무늬로 뒤덮여 있었다. 꽃무늬 티셔츠, 꽃무늬 반바지, 꽃무늬 원피스가 옷걸이마다 즐비하게 걸려 있었다. 머리라도 좀 기를 걸 그랬다. 결국 나는 꽃무늬 원피스를 포기하고 옆에 있는 티셔츠 선반을 살폈다. 줄무늬 티셔츠가 무난하지 싶었다.

그때였다. 누군가가 나와 동시에 같은 티셔츠를 붙잡았다. 흠칫 놀라 옆을 돌아봤다. 내 어깨쯤 오는 키의 여자애도 나를 올려다보고 있었다.

"앗, 최수빈! 너도 옷 사러 왔어?"

여자애가 아는 척을 했다. 나는 티셔츠를 잡고 있던 손을 놓고 여자애를 다시 봤다. 까무잡잡한 피부에 약간 튀어나온 앞니가 인상적이었다. 토끼를 약간 닮은 것도 같았다. 하지만 어디에서 만났던 것인지 기억이 없었다. 애가 내 이름을 어떻게 아는 걸까 싶었다.

"나 모르겠어? 나야, 한고은."

'한고은'이라는 이름을 들어도 마찬가지였다. 도통 누구인지 떠오르지 않았다.

"중학교 때 전국 대회에서 만났었는데……. 단체전 결승이 우리 학교랑 너희 학교였어. 하긴, 난 너랑 체급도 달랐으니까. 아마 모를 수도 있겠다."

"아아, 유도……."

나는 한발 뒤로 물러나 한고은과의 거리를 넓혔다. 유도를 하던 때의 친구들과 일부러 연락하지 않고 지내 온 터였다.

"같은 학교를 다니면서 대화도 한번 못해서 서운했거든. 여기서 만나다니 운명이다, 얘."

"같은 학교?"

"수빈이, 넌 3반이지? 난 1반이야. 1학년 1반. 난 오가다가 종
종 널 봤어."

우리 학교의 1학년은 총 여덟 반이다. 한 반에 거의 서른 명이
니까 1학년 전체는 240여 명쯤 될 거다. 같은 학교에 같은 학년이
라고 해도 모두의 얼굴과 이름을 알 턱이 없다. 같은 학년의 모든
학생이 존재를 알고 있다면 그 사람은 엄청난 문제아거나, 무언가
소문의 주인공이거나, 아주 잘난 구석이 한 군데 있거나 세 경우
중 하나다. 나는 소문의 주인공이었다. 그러니까 한고은이 나를
아는 건 이상하지 않다. 하지만 나는 한고은을 모른다. 고로 한고
은은 셋 중 어디에도 속하지 않을 터였다.

"앞으로 학교에서 마주치면 종종 인사도 하고 친하게 지내자."

"야, 잠깐만. 나랑 같은 1학년이면 넌 나보다 한 살 어린 거잖
아. 그런데 보자마자 최수빈? 이게 어디서…… 너희 중학교 유도
부에서는 선후배끼리 막 말 놓고 그랬나 보지?"

"얘도, 참. 이제 넌 선배도 아니잖아. 운동도 안 하고. 우린 같
은 학년인데, 뭐."

한고은이 내 팔을 툭 쳤다. 나는 한고은이 건드린 곳을 툭툭 털
어 내는 시늉을 해 보였다. 친한 척하지 말라는 경고였다. 그런데
도 한고은은 생글생글 웃으며 내게 더 가까이 다가섰다.

"난 친구가 아래층에서 기다리고 있어서 이만."

나는 손을 뻗어 선반에서 줄무늬 티셔츠 한 장을 집어 들었다. 그대로 한고은의 옆을 지나 1층으로 내려갔다. 윤모아가 계산대 근처에 서 있었다.

"뭐 샀어?"

윤모아는 단순한 무늬가 그려진 흰 티셔츠를 들어 보였다. 나는 윤모아의 뒤에 섰다. 계산대의 긴 줄은 빠르게 줄어들었다. 패스트푸드점으로 향하면서 나는 쇼핑백 손잡이를 쥐고 있는 손바닥 살을 손톱으로 꾹꾹 눌렀다.

나는 패스트푸드점에 앉자마자 숨 돌릴 틈도 없이 이야기를 꺼냈다.

"이거, 내 친구의 친구 이야기인데……."

윤모아가 햄버거 포장지를 벗기면서 귀를 기울였다.

"친구 남친이 말이야, 러브레터를 받았다는 거야. 보낸 사람은 누구인지 모른대. 근데 러브레터 받았다는 걸 친구한테 이야기를 안 하고 딱 감추고 있는 거야. 어떻게 생각해?"

포장지를 벗기던 윤모아의 손이 멈췄다. 골똘히 생각하는 눈치였다. 표정을 보아 하니 '친구의 친구'가 누구인지 의심을 하지 않는 것 같았다.

윤모아는 솔직하다.

처음 매점 옆에서 윤모아를 봤을 때 어쩜 저렇게 표정에 다 드러나는 애가 있을까 싶었다. 빵 하나를 사서 다 먹을 때까지 온갖 감정이 윤모아의 얼굴 위에서 휘몰아쳐 드러났다. 혼자서 밥을 먹기 싫다는 우울함, 그래도 빵을 씹을 때 잠깐의 행복함, 텅 빈 빵 봉지를 내려다볼 때의 아쉬움, 아이들이 다가오지 않을까 주변을 두리번거리는 초조함까지. 5분여의 시간 동안 윤모아의 표정은 다채롭게 변했다. 저절로 멈춰 서서 보게 될 정도였다. 나는 그 솔직함이 무척 부러웠다.

"신경 쓸까 봐…… 말 안 한 거 아냐?"

그리고 윤모아는 착하다. 자기가 착한 줄도 모르게 착하다. 윤모아의 둥글둥글한 대답에 나는 히죽 웃었다.

"그렇겠지? 하긴, 굳이 이야기할 필요가 없지."

마음이 놓였다. 나는 햄버거 포장지를 단숨에 벗겨 냈다.

'약았다, 나도 정말…….'

윤모아라면 그 남친이 바람을 피우는 거라던가, 무언가 켕기는 게 있다던가, 여자 친구에게 숨기는 데에는 다 이유가 있는 거라던가 하는 선택지를 고르지 않을 거라고 생각했다. 그래서 윤모아에게 물어본 것이다. 점을 보는 사람들은 자기가 원하는 대답이 나올 때까지 점집을 옮겨 다닌다고 하던데…… 그들의 마음이 백 분 이해가 되었다.

"어, 이거…… 보라네 마지막 노래네."

가게 안에 쩌렁쩌렁 울리는 노래가 귀에 익다. 강보라가 속했던 아이돌 그룹이 마지막으로 발표한 노래다. 한 달 넘게 차트에서 내려올 생각을 안 한다더니 진짜였나 보다.

강보라는 가수 활동을 그만두기 위해 부모님과 엄청난 신경전을 벌였다고 했다. 이번에는 절대 우리 엄마 고집에 못 져! 그렇게 중얼거리는 모습에서 귀기(鬼氣)가 느껴질 정도였다. 그게 다 무용 대회에 나가기 위해서라고 했다.

"그렇게까지 해야 돼?"

무심코 물었다. 강보라의 대답은 단호했다.

"좋아하니까."

그때는 강보라가 정말 대단하게 보였다. 그리고 그만큼 내가 한심하게 느껴졌다.

나는 단 세 입에 햄버거를 먹어 치웠다. 쟁반 아래 깔린 신 메뉴 전단지에서 강보라가 웃고 있었다. 내가 살까 말까 망설였던 것과 비슷한 꽃무늬 원피스를 입은 채 환하게 웃으며 햄버거를 들어 보이고 있다. 확실히 연예인이다. 정자에서는 짜증만 내는 게 여기서는 예쁘게도 웃는구나 싶었다.

처음 만났을 때 나는 강보라가 연예인이라는 사실을 몰랐다. 우리 집 텔레비전은 좀처럼 켜지지 않는다. 집에 한 대뿐인 컴퓨터는 선이 끊겨 있다. 오빠의 방에 있는 컴퓨터다.

예전에는 그렇지 않았다. 아침부터 잠들 때까지 내내 텔레비전이 틀어져 있었다. 빈 집에 아무 소리도 들리지 않으면 스산하다고, 식구들이 전부 집을 비울 때면 엄마는 텔레비전을 틀어 두고 나갔다. 그때였다면 스쳐 지나가는 화면에서 강보라를 봤을지도 모르겠다.

소리가 사라진 집.

집 안의 모든 소리가, 좀처럼 열리지 않는 방 안으로 빨려 들어가고 있는 것만 같다.

"……예쁘다, 역시."

모아는 전단지를 바라보며 중얼거렸다. 감자튀김을 집던 손이 멈춰 있다.

"예쁘긴…… 태준이, 걔도 사귀고 나서 만날 싸우기만 한다고 투덜거리던데, 뭘."

민태준은 방학식 날에도 핸드폰을 붙잡고 있었다. 강보라에게서 연락이 늦게 온다고 나를 붙잡고 투덜거렸다. 유치한 것들. 그렇게 코웃음을 치면서도 나는 민태준과 강보라가 살짝 부러웠다.

나와 신기 오빠는 한 번도 그렇게 싸운 적이 없었다.

"그래도 예쁘잖아. 그러니까 태준 선배도…… 좋아하는 거겠지."

윤모아의 말끝은 힘없이 꺾였다.

윤모아는 민태준을 좋아한다. 모아가 직접 털어놓은 적은 없지만 함께 다니는 동안 저절로 알게 되었다. 원래 내가 좀, 눈치가 백단이다.

선머슴 같다. 내가 가장 많이 듣는 말이다. 둔해 보인다. 그다음으로 많이 듣는 말이다. 나는 어릴 적부터 키가 크고 체격이 좋았다. 또래 여자아이들보다 머리 하나는 위로 불쑥 솟아올라 있었다. 어깨도 반쯤 더 넓었다. 초등학교 1학년 때부터 가장 뒷자리가 내 지정석이었다. 남자는 축구, 여자는 피구를 할 때도 남자애들 쪽 수가 안 맞으면 나는 곧잘 축구 쪽에 끼었다. 초등학교 4학년 때부터는 유도를 시작했다. 1년여 만에 전국 대회에도 나갔다.

운동을 잘하는 것은 좋았다. 체격이 큰 것에도 불만은 없다. 유도를 하려면 머리를 짧게 자르는 편이 편해서 늘 쇼트커트로 잘랐다. 그런데 어딘가에 그런 공식이라도 쓰여 있는 모양이었다. 운동을 하고 쇼트커트를 하고 있는 여학생은 둔함을 담당합니다, 하고 말이다. 머리를 자른 후 둔해 보인다는 말을 듣는 횟수가 두 배로 늘어났다.

그렇지만 천만에, 나는 꽤나 눈치가 빠르다. 어릴 적부터 운동을 한 사람은 눈치가 빠를 수밖에 없다. 엄격한 선후배 관계, 한곳에서 생활하면서 받는 훈련, 성적이 안 좋으면 감독의 기분도 살펴야 한다. 시기마다 합숙도 한다. 눈치가 빨라지는 게 당연하다.

"나도 보라 선배처럼 예뻤으면……."

윤모아의 말이 콜라 컵에 맺힌 물방울과 함께 굴러떨어졌다.

"확 해 버려."

"응?"

선머슴처럼 둔해 보인다는 말을 듣기만 하면 손해다. 그래서 나는 하고 싶은 말을 망설임 없이 하자고 마음먹었다. 원래 둔하니까 어쩔 수 없지. 사람들은 내 거침없는 말에 화를 내지 않았다.

"하고 싶은 말, 계속 담아만 두면 병 걸려."

윤모아는 고개를 끄덕였다. 볼이 빨갛다. 저 정도로 티가 나면 말하지 않아도 웬만한 사람은 눈치를 챌 거다. 상대가 민태준이 아니라면 말이다. 민태준은 둔하다. 그리고 우직하다. 앞만 보고 쑥 나아가는 불도저 같다. 이리저리, 허둥지둥 헤매다가도 곧 다시 자기 자리로 돌아온다. 엉뚱한 일도 밀어붙인다. 그 우직함이 얄미울 정도로 부러울 때가 있다.

정자에서 민태준을 만났을 때는 깜짝 놀랐다. 태연한 척했지만 심장이 벌렁댔다. 교복을 입고 있지 않은 것이 신경 쓰여서 카디건을 잡아당겼다. 편한 둥지처럼 느껴졌던 정자가 한순간 불편해졌다.

민태준은 다음 날에도 정자를 찾아왔다. 눈치도 없기는……. 의기양양하게 도시락을 열어 보이는 민태준에게 짜증이 났다.

다음 날도, 그다음 날도 민태준이 왔다.

신기 오빠와 단둘만의 조용하던 점심시간은 사라졌다. 짜증도 조금씩 사라졌다. 텅 빈 것과 진배없이 빈약하기만 했던 도시락이 조금씩 채워져 나갔다. 비워져 있던 정자도 채워져 나갔다.

'내가 할 말은 아니다, 진짜…….'

윤모아의 빨개진 뺨을 보며 나는 내 입술을 찰싹 때렸다. 해야 할 말은 정작 하지 못하는 미운 입이다.

*

✉ 이거 샀다. 예쁨?

✉ 예쁨. 보충 때 만나는 거 완전 기대.

새로 산 티셔츠를 사진 찍어 보냈다. 신기 오빠에게서 답장은 금방 왔다. 나는 토독, 핸드폰 액정 화면을 두드렸다. 오빠가 편지 받은 걸 다 알고 있어…… 이건 아니다. 러브레터도 받고 인기 짱이네…… 이것도 아니다. 나는 메시지를 썼다가 지우기를 한참 반복했다.

'아. 모르겠다.'

나는 병원 접수대 위로 엎어졌다.

신기 오빠가 누군가에게서 러브레터를 받았다. 내가 그 사실을 알게 된 건 2주일 전이다. 신기 오빠의 가방 안에서 얼핏 예쁜 편지 봉투가 눈에 띄었다. 아기자기한 꽃이며 강아지가 그려진 봉투였다. 슬쩍 꺼내어 봤다.

이신기 선배에게.

봉투에 쓰인 글자는 동글동글 귀여웠다.

다음 날에도 신기 오빠의 가방 안에는 똑같은 글씨체의 편지 봉투가 들어 있었다. 그다음 날도 마찬가지였다. 정자에서 밥을 먹을 때에도, 같이 집에 돌아갈 때에도 계속 신기 오빠의 가방만 신경 쓰였다. 그렇지만 편지에 대해 물어볼 수는 없었다.

무서워서였다.

가게 문이 열렸다. 아빠가 들어왔다. 나는 지갑을 들고 가게를 나섰다. 저녁 식사는 대부분 나 혼자 먹는다.

"아이고, 요즘 것들은……. 저게 교복 입고 무슨 짓이야?"

편의점 앞에서 교복을 입은 아이 둘이 실타래처럼 엉겨 붙어 있었다. 나는 삼각 김밥과 컵라면을 사서 편의점 밖 간이 테이블에 앉았다. 내가 앉자 실타래들은 움찔하며 약간 옆으로 굴러갔다. 후루룩, 나는 일부러 크게 소리를 내며 면을 빨아 올렸다. 라면 국물이 내 뺨과 코끝에 마구 튀었다. 실타래는 풀어졌다. 사라지는 뒷모습을 보니 근처 중학교 교복이었다.

'중학생들도 저러는데…….'

나는 삼각 김밥의 포장을 벗겼다. 비닐 포장의 양옆을 잡고 당겼다. 실패다. 김이 밥과 분리되어 버렸다. 주먹밥이 손안에서 부서진다. 이래서야 김밥도, 주먹밥도 아니다. 김 하나가 떨어져 나간 순간 이도저도 아니게 되어 버렸다.

이도저도 아닌 관계.

나는 손가락에 달라붙은 밥알을 떼어 먹었다.

"맛도 없어, 이건……."

남자 친구와 여자 친구. 커플이라는 이름으로 묶여 있는 두 사람. 하지만 실제로는 삼각 김밥 같은 관계인지도 모른다. 나와 신기 오빠는 사귀기 시작한 지 700일이 넘었다.

'그동안 뽀뽀 한 번 안 했다면 누가 믿겠어?'

나는 벗겨 낸 비닐을 발아래 쓰레기통에 우겨 넣었다.

"스크래치 맨, 또 나타났대!"

보충 수업 첫날, 졸음에 잠겨 있던 교실이 순식간에 요란스러워졌다.

"아침에 등교하던 애가 당했다더라."

"우리 학교 애래?"

"몰라, 사복이잖아. 그런데 이번에는 다리가 아니라 팔을 긁었다는 거야, 글쎄!"

"진짜? 뭐야, 그럼 이 한여름에 긴팔까지 입고 다녀야 돼?"

선생님이 들어와서 교탁을 내려칠 때까지 아이들의 술렁거림은 계속되었다.

"얘들아, 조용히! 너희가 공부하러 왔지, 떠들러 왔니!"

"선생님, 스크래치 맨이 또 나타났대요."

선생님은 손을 내저었다.

"조용! 아직 정확한 건 아냐. 자, 이제 책 펴, 책!"

선생님의 태도는 어딘가 부자연스러웠다. 나는 비어 있는 윤모아의 자리가 신경 쓰였다. 우리 반 전원이 보충을 신청해야 한다고 그렇게 닦달을 하던 담임이다. 그런 담임이 윤모아가 안 왔는데 한 마디도 안 하다니…… 이상했다.

윤모아가 학교에 온 건 점심시간이 되기 직전이었다. 윤모아의 손목에는 흰 붕대가 감겨 있었다. 반 아이들의 시선이 일순 윤모아에게 쏠렸다. 윤모아는 입을 꾹 다물고 있다가 점심시간이 되자마자 교실을 빠져나갔다. 나도 그 뒤를 따라 나갔다.

"진짜 별일을 다 겪네."

윤모아는 정자에 올라오자마자 한숨을 쉬었다. 얼굴에 피곤한 기색이 역력했다.

"너, 많이 다친 거야?"

나는 윤모아의 팔목을 잡고 붕대 끝을 조심스럽게 만져 보았다.

"아니야, 살짝 스친 거야. 스크래치 맨한테 당한 애가 많이 다쳤어."

"어떻게 된 건데, 대체?"

윤모아의 이야기는 이랬다.

……아침에 횡단보도 앞에 서 있었어. 그런데 고양이 울음소리가 들리는 거야, 시장 쪽에서. 처음에는 무시하려고 했지. 그런데 울음소리가 점점 날카로워지잖아. 클로버면 어쩌나 싶더라고. 계속 무시할 수가 있어야지. 고양이 울음소리를 따라가다 보니까 저 안쪽 골목까지 들어가게 돼 버렸어.

그런데 거기에서 한 남자가 뒤에서 여자애 몸을 붙잡고 있는 거야. 한 손에는 가위를 들고. 너무 놀랐어. 메고 있던 가방을 남자한테 던져 버렸어. 그 남자가 금방이라도 가위로 여자애를 찌를 것 같았거든.

그랬더니 남자가 가위를 막 휘두르면서 달려왔어. 그때 가위가 팔목을 스쳤나 봐. 진짜 무서웠어. 남자 팔에 문신이 가득했어. 그게 꼭 뱀처럼 보였어. 너무 무서우니깐 비명도 안 나오더라고.

고양이 울음소리가 들렸어. 그 울음소리를 들으니까 입이 움직였어. 그제야 비명을 질렀지. 발소리가 들렸어. 사람들이 막 몰려왔어. 남자는 허둥지둥 주변을 둘러보더니 골목 뒷담을 훌쩍 뛰어넘었어. 그 담, 웬만한 현관문 높이였는데 단번에 훌쩍 뛰어넘더라고. 경찰이 와서 목격자 진술인가 그런 걸 하고 왔어. 무섭더라, 진짜……. 먼저 붙잡혀 있던 여자애는 중학생이었대. 걔는 충격을 크게 받아서 병원으로 갔어.

"나오다가 고양이를 봤는데……. 왼쪽 귀에서 피가 많이 나고 있었어. 그것도 스크래치 맨이 그런 걸까? 그 사람, 왜 그런 짓을 하는 거지?"

한여름의 더위가 쨍쨍한데도 윤모아는 추운 듯 몸을 떨었다.

"마셔라. 아침부터 욕봤다."

민태준이 손에 들고 있던 캔 커피를 윤모아에게 내밀었다. 윤모아가 얼른 캔 커피를 받아 들었다. 윤모아의 떨림이 멈췄다. 얼굴에는 기쁨이 여실히 드러나 있다.

"선배가 줬던 머리끈이요. 스크래치 맨이랑 몸싸움하다가 잃어버렸어요. 죄송해요."

"뭐, 그런 걸 신경 써? 착해 빠져 가지고는……."

민태준이 윤모아의 머리를 가볍게 쓰다듬었다. 윤모아의 얼굴이 새빨개졌다.

'인간이 얼마나 둔하면 저걸 모르냐?'

나는 민태준의 뒤통수를 노려보았다. 하지만 곧 민태준의 뒤통수 따위는 어찌되든 상관없게 되었다. 한고은이 신기 오빠 옆에 딱 달라붙어서 함께 정자로 다가오고 있었다. 한고은은 나보다 키가 작았다. 나는 신기 오빠와 나란히 섰을 때 눈높이가 비슷했다. 그 둘이 비교적 더 어울리는 한 쌍으로 보였다. 나는 주먹을 움켜쥐었다. 손톱이 손바닥 안으로 파고들었다.

"나도 함께 먹어도 되지?"

한고은이 들어 보인 건 과자 몇 봉지였다. 오는 사람은 막지 않는다는 도시락부의 느슨한 규칙이 그 순간만큼은 마음에 들지 않았다. 한고은은 신문지의 한쪽 면을 거리낌 없이 차지하고 앉았다. 신기 선배의 옆, 내 맞은편이었다.

"내가 미디어 연구부거든. 이번에 다큐멘터리를 찍어서 대회에 나가려고 준비 중이야. 주제가 화이트 해커야. 그래서 신기 선배를 인터뷰 좀 하려고. 선생님에게 허락도 받았어. 수빈이, 너도 다시 볼 겸 점심을 같이 먹으면 좋을 것 같아서."

나는 한고은이 신기 오빠에게 딱 붙어 앉은 것이 자꾸만 눈에 거슬렸다. 한고은이 떠들 때마다 튀어나온 앞니가 살짝살짝 보였다. 작고 귀여운 여자아이. 그건 내가 한 번도 가져 본 적 없는 수식어였다.

"뭐야, 최수빈. 아는 애야?"

민태준의 물음에 한고은이 냉큼 대답했다.

"중학교 때 유도 대회에서 만났어요. 수빈이는 절 기억 못하는 것 같지만요. 수빈이, 완전 유망주였거든요. 그때 유도하는 중학

생 치고 최수빈을 모르는 사람은 없었어요. 수빈이가 유도를 그만
뒀을 때 완전 난리가 났었거든요. 왜 그만둔 건지 별별 소문이 다
돌았다고요."

한고은이 신나게 떠들다 말고 신기 오빠를 물끄러미 바라봤다.
한동안 신기 오빠와 한고은은 서로를 마주 봤다. 맞은편의 나는
안중에도 없는 듯한 모습이었다.

"그 소문들, 신기 선배는 안 궁금해요? 여자 친구 얘긴데?"

나는 한고은의 도발을 더 이상 참아 줄 수 없었다.

"조용히 밥이나 먹어라, 한고은."

한고은은 신기 오빠에게서 눈을 뗐다. 그러고는 나를 향해 생긋
웃었다.

"왜 그래, 무섭게?"

내 폭발을 막아 낸 건 신기 오빠였다. 신기 오빠는 쇼핑백에서
도시락을 꺼냈다.

"그래, 점심시간도 짧은데…… 밥 먹자. 자, 수빈아."

신기 오빠가 내게 도시락 하나를 건넸다. 신기 오빠의 도시락을
보자 터질 듯하던 화가 슬쩍 가라앉았다.

"진짜였네. 여자 친구한테 도시락도 싸다 준다는 게?"

한고은이 진정되어 가는 불꽃에 툭, 번개탄을 튕겨 넣었다.

"뭐 약점 잡힌 거라도 있는 거 아니에요, 신기 선배? 대단하시
네요."

나는 도시락을 꽉 움켜잡았다. 과장된 한고은의 하이 톤 목소

리가 불길을 더 건드리면 펑 터질 참이었다. 이신기, 참 대단하
네…… 그 말 뒤에 숨은 뜻을 모를 내가 아니었다.

뭐가 대단한 여친이라고 저렇게까지…….

다른 사람들의 말투며 표정에서 그 의미를 찾아낸 건 한두 번
이 아니었다. 신기 오빠가 싸 주는 도시락, 쉬는 시간에 가져다주
는 우유와 빵, 시험 기간에 챙겨주는 정리 노트, 기념일마다 건네
주는 사탕과 초콜릿, 핸드폰을 울리는 문자 메시지들이 쌓여 가는
만큼 그런 말들이 할퀸 생채기도 쌓여 갔다.

'내가 이걸 어떤 기분으로 받는지 알기나 하냐고.'

나는 거칠게 도시락 뚜껑을 열었다. 도시락 안은 가득 차 있었
다. 삼겹살에 만 아스파라거스, 아몬드 조림, 계란말이 옆에 놓인
빨간 방울토마토가 귀엽다.

처음 받았던 도시락은 엉성했다. 밥 위에 덜렁 올라가 있던 달
걀 프라이와 도시락 통 밖으로 새어 나와 흐르던 김치 국물. 도시
락을 받아든 순간, 김치 국물이 손가락에 묻었다.

그래도 처음 신기 오빠에게 도시락을 받았을 때 마냥 기뻤다.

최수형. 나의 친오빠가 처음 싸 주었던 도시락도 그렇게 엉성했
었다.

"다녀왔습니다."

돌아오는 대답은 없다. 나는 신발을 벗다 말고 현관에 멈춰 섰
다. 현관과 바로 마주 보는 곳에 오빠의 방이 있다. 방문은 굳게

닫혀 있다. 아빠도, 엄마도 쉽사리 그 방문을 열지 않는다.

신발을 벗지 않고 선 채 방문을 바라보았다. 저 방을, 정리했으면 좋겠다.

나는 불쑥 치솟은 생각에 흠칫 놀랐다. 생각이 밖으로 새어나갔을 리 없는데도 누가 듣지 않았나 주변을 둘러보게 된다. 그것이 한두 번 떠오른 생각이 아니기에 더욱 그렇다.

방 주인이 세상을 떠난 지 1년 반이 되어 간다.

하지만 집에서는 그 시간의 흐름이 느껴지지 않는다. 집은 오히려 장례식을 마치고 온 날보다 더 조용해지고 있다. 부모님은 절대 오빠의 이름을 꺼내지 않고 내게 학교가 어떠냐고 물어보지도 않는다.

내가 오빠가 다니던 고등학교에 가겠다고 했을 때 부모님은 못마땅해했다. 말을 하지 않아도 한참이나 계속된 침묵이 알려 주었다. 어째서 상처를 더 이지러지게 하느냐고. 그래도 나는 고집을 꺾지 않았다. 부모님은 나를 말리지 않았다. 말릴 기운이 없었던 것일 수도 있다.

버석버석한 허수아비.

수형 오빠가 사라진 뒤 아빠와 엄마는 어딘가 말라 버렸다. 생기가 없다.

수형 오빠의 방을 정리하면 아빠와 엄마는 화를 낼까? 아니면 내가 하는 대로 놔둘까? 어쨌든 함께 치우지는 않을 것만 같다. 고작 1년이 좀 넘었을 뿐인데, 하며 서운해할지도 모르겠다.

고작일까?

'나, 나쁜 동생인가?'

수형 오빠의 방을 정리하고 싶다는 생각이 들 때마다 죄책감도 함께 든다.

저 방을 깨끗이 정리해도 아무것도 달라지지 않을 수도 있다. 집은 변함없이 고요하고 부모님은 계속해서 내게 무관심할지 모른다.

그리고 신기 오빠도 여전히……

따르릉!

요란한 전화벨 소리에 흠칫 잠에서 깨듯 고개를 휘저었다. 나는 신발을 벗고 거실로 뛰어 올라가 수화기를 들었다.

"여보세요? 수빈이니? 선생님이야. 기억하니?"

중학교 때 유도부 선생님 목소리였다. 나는 얼결에 예, 하고 대답했다.

"수빈이 너, 고등학교에서 유도 하고 있니?"

선생님도 알고 있을 터다. 나는 유도부가 없는 학교로 진학했다. 전국 협회에서도 탈퇴 처리가 되었다. 그 뒤 시합에 한번 나간 적이 없다.

"이번에 전국 대표 팀이 만들어지거든."

선생님은 내 대답을 기다리지 않고 서둘러 말을 이었다.

"테스트를 통과하면 준회원으로 입단이 가능해. 여기에 소속되면 실업 팀 경기에 참가해도 되고. 그걸 보니까 네 생각이 자꾸 나지 뭐냐? 너, 유도는 정말 즐겁게 했잖아."

수화기를 든 손에 힘이 들어갔다.

"부모님하고 상의하고 천천히 전화 줘. 알았지?"

나는 전화를 끊고 식탁을 쳐다봤다. 집의 식탁 위에 도시락이 놓이는 일은 이젠 없다.

수형 오빠가 처음 도시락을 싸 준 건 내가 초등학교 5학년 때였다. 유도를 시작하고 1년쯤 되던 때였다. 그동안 나는 친구들이 싸 오는 도시락이 부러웠었다.

한참 먹을 나이의 아이들에게 훈련 시작 전 간식은 당연한 것이었다. 간식을 먹을 때면 유도부 아이들은 도시락을 싸 온 아이들 주변으로 모여들었다. 도시락을 싸 온 아이들은 유도부의 3분의 1 정도였다. 도시락 안에서 온갖 것들이 나왔다. 매점에서 산 빵이나 우유를 손에 든 아이들은 도시락 뚜껑이 열릴 때마다 군침을 삼켰다.

나도 그런 도시락을 가지고 싶었다.

"그게 얼마나 손이 많이 가는데, 엄마 바쁜 거 알잖아."

"아빠가 도시락을 어떻게 싸냐? 아빠는 아침밥도 잘 못 먹고 나가는데……."

아빠와 엄마는 손을 저었다. 아빠의 동물 병원은 매일 9시면 문을 열었다. 동물 병원의 손님들 중 대다수가 아침 일찍, 혹은 오후 늦게 찾아왔다. 낮 동안 집에 혼자 있어야 하는 반려동물을 맡아 주는 것도 동물 병원의 업무 중 하나였다. 아침잠 많은 아빠는 늘 허둥지둥 집을 나섰다. 증권사에서 일하는 엄마의 아침은 더욱 바빴다. 내가 엄마와 마주치는 건 밤늦은 시간뿐이었다.

"도시락…… 알았어. 한번 싸 보기는 할게."

내 말을 들어준 건 수형 오빠뿐이었다. 다음 날 나는 덜그럭거리는 요란스러운 소리에 잠이 깼다. 수형 오빠가 부엌에 서서 끙끙거리고 있었다. 프라이팬에서 기름이 튀어오를 때마다 오만상을 찌푸리며 손을 휘저었다.

나는 수형 오빠가 그렇게 고생하며 처음 싸 준 도시락을 내던졌다. 도시락 통에서 흐른 김치 국물은 내 유도복의 흰 자락을 뻘겋게 물들였다.

"오빠 미워! 오빠 때문에 애들이 막 놀렸단 말이야. 냄새난다고."

나는 집으로 돌아와 울음을 터뜨렸다. 수형 오빠는 어쩔 줄 몰라 했다. 유도복에 물을 묻혀 벅벅 문질렀다. 수형 오빠가 유도복을 문지를수록 빨간 자국은 점점 더 퍼져 갔다. 나는 일부러 더 크게 울었다. 수형 오빠는 자기가 입고 있던 티셔츠를 홀랑 벗어 내게 안겼다.

"갈아입어. 오빠가 세탁기에 넣고 깨끗하게 빨아 줄게."

나는 꼼짝도 하지 않았다. 수형 오빠는 내 팔을 들어 올려 유도복을 빼내느라 끙끙거렸다. 열세 살, 한 살 차이의 수형 오빠는 나보다 키가 작았다.

우리 남매는 닮지 않았다. 생김새부터 그랬다. 키도, 덩치도 큰 나와 달리 수형 오빠는 몸집이 작았다. 선이 굵고 넓적한 얼굴선, 작은 눈에 콧방울도 커서 못난이 인형이라는 별명을 가진 나였다. 수형 오빠의 별명은 기생 오라비였다. 둘이 나란히 시장에 가면 입구에서 도넛을 파는 할머니는 꼭 한마디를 했다. 저거 둘은 오빠, 동생이 바뀌어서 태어났어야 하는데……. 나는 그 말이 너무 듣기 싫었다. 몹시 도넛이 먹고 싶을 때에도 그 할머니네 도넛만은 절대 사지 않았다.

"도시락도 안 예쁘다고, 맛없어 보인다고 애들이 놀렸어!"

그건 거짓말이었다. 유도부 애들은 김치 냄새에 코를 막았을 뿐이다. 하지만 수형 오빠의 작은 얼굴에 오밀조밀 붙은 눈, 코, 입을 볼 때면 불쑥 심술을 부리고 싶어졌다.

"처음 싼 건데 어떻게 잘 싸?"

"딴 애들은 막 안에 과자도 들어 있고 과일도 있고 그래."

"알았어. 오빠가 다음에는 잘 싸 줄게."

닮지 않은 건 얼굴뿐만이 아니었다. 우리 남매는 성격도 달랐다. 고집이 센 나와 다르게 수형 오빠는 부드러웠다. 나와 말다툼을 하다가도 내가 눈물이라도 글썽이면 금세 패배를 선언했다.

도시락은 조금씩 예뻐졌다. 수형 오빠는 손재주가 좋았다. 한 달쯤 뒤에는 어설프게 김으로 곰돌이 얼굴을 만들어 주기까지 했다.

도시락은 내 자랑거리가 되었다.

"오빠가 싸 준다고? 이걸?"

"우리 오빠는 나한테 만날 라면이나 끓여 오라고 소리만 지르는데……."

친구들은 놀랐다. 우리 오빠는 안 그래. 내가 해 달라는 건 다 해 주고, 한번 싸운 적도 없어. 그때마다 나는 어깨를 으쓱이며 자랑했다.

내가 열두 살일 때부터 열여섯 살이 될 때까지 4년이었다. 수형 오빠는 매일 아침 내 손에 도시락이 든 쇼핑백을 쥐어 주었다. 아침이면 부엌에서 들려오는 달그락거리는 소리도, 냉동실 안에 넣어 둔 밥을 녹이는 달짝지근한 냄새도, 가끔씩 도시락 반찬에 대해 투정하는 것도 어느새 일상의 한 부분이 되었다.

'……유도, 다시 할 수 있을까?'

나는 왜 오빠가 만들어 준 도시락을 던져 버렸었을까? 흰 옷을 입고 서서 그 생각만 내내 했다.

일상의 한 조각은 갑작스럽게 뚝, 잘려 나갔다.

여름 방학이 막 끝나 아직 후덥지근한 더위가 가시지 않은 때였다. 가을 대회를 앞두고 훈련이 한창이었다. 중학교 3학년, 중학생으로서 마지막 시합이었다. 나는 매일 연습에 전념하고 있었다. 유도복을 갈아입고 체육관으로 향하던 때였다.

아빠에게서 전화가 걸려 왔다.

"오빠가 사고를 당했다."

통화 버튼을 누르자마자 불쑥 튀어나온 말이었다.

나는 달렸다. 택시를 잡아타고 아빠가 알려 준 병원으로 갔다. 아빠가 병원 입구에서 나를 기다리고 있었다. 아빠는 말 한마디 없이 앞장서 걸었다. 아빠를 뒤따라 병원 입구를 지났다. 오빠 많이 다쳤어? 내가 계속 물었지만 아빠는 대답하지 않았다. 엘리베이터 앞에 서지도 않았다. 아빠는 엘리베이터 옆, 비상구 문을 열었다.

　비상구 안에서 어둠이 훅하니 다가왔다.

　아빠는 비상구를 걸어 내려갔다. 병원의 비상구 계단을 통해 지하로 내려간 건 그때가 처음이었다. 병문안을 올 때나 진찰을 받으러 올 때 병실은 언제나 위층에 있었다. 지하에 있는 병실은 본 적이 없었다.

　그때부터 불길했다.

　나는 아빠의 뒤를 따라 계단을 내려갔다. 아빠의 걸음이 빨랐다. 단숨에 한 층 계단을 모두 내려가 두꺼운 철문을 열었다. 복도 위, 검은 팻말이 나란히 붙어 있었다. 장례식 A, 장례식 B, 영안실, 대기실 A, 대기실 B, 식당, 매점. 방향을 알려 주는 작고 검은 팻말들은 아빠의 뒷모습만큼 건조했다.

　"수습 끝나고 부검을 마치고서야 인적 파악이 돼서 연락이 왔다더라."

　나는 아빠의 말을 채 절반도 알아들을 수가 없었다. 아빠가 왜 장례식장 앞에서 멈추는지도 알 수 없었다. 아빠가 안으로 들어간 후에도, 나는 한참을 밖에 서 있었다. 입구에는 검은 구두가 놓여 있었다. 엄마의 구두다. 나는 그 구두를 몇 번이나 보고서야 안으로 들어갔다.

내부는 조용했다.

내가 걸을 때마다 나무로 된 바닥이 삐걱거렸다. 한쪽에 붙은 주방에서는 육개장 냄새가 새어 나왔다. 앞치마를 두른 아줌마 몇몇이 분주히 움직이며 그릇을 나르고 있었다. 한쪽에 떡 상자가 두어 박스 쌓여 있었다.

더 안쪽에서 육개장 냄새에 뒤섞인 매캐한 향냄새가 풍겨 나왔다. 나는 냄새를 따라 고개를 돌렸다. 꽃으로 장식된 단상 한가운데에 커다란 액자가 놓여 있었다.

오빠의 사진이었다.

수형 오빠는 지하철 승강장에서 선로로 떨어졌다.

한고은이 쳐들어왔다. 아침에 내가 등교하기도 전에 우리 반 교실 문 앞에서 지키고 서 있었다. 붉어진 얼굴로 안절부절못하며 서 있더니 나를 보자마자 달려들었다.

"수빈이 너, 연락 받았지? 전국 유도 팀에 들어갈 거지?"

나는 교실 문을 막아선 한고은을 옆으로 밀쳤다.

"안 들어가."

"왜?"

한고은은 버티고 섰다. 의외로 힘이 셌다. 나는 한고은의 옆으로 몸을 틀어 교실 안으로 들어갔다. 한고은은 교실 문턱을 밟고

서서 내 팔을 움켜쥐었다.

"이신기, 그 선배 때문이야?"

"뭐?"

한고은이 나를 노려봤다. 한고은에게 잡힌 팔이 아팠다. 나는 한고은의 손을 뿌리쳤다. 한고은의 손은 내게서 의외로 쉽게 떨어져 나갔다.

"신기 선배랑 헤어지게 해 줄게."

한고은은 또박또박, 말마디마다 힘을 줘서 말했다. 그러고는 빠르게 사라졌다. 나는 잠깐 동안 멍하니 서 있었다. 밤거리에서 느닷없이 뒤통수를 얻어맞은 듯했다. 한고은이 서 있던 자리가 빙글빙글 돌다가 곧 제 모습을 찾았다.

"뭐야, 쟤 진짜……."

황당함이 사라지자 화가 몰려왔다.

"진짜 뭐냐고! 아, 열 받아!"

나는 곧바로 한고은의 뒤를 쫓아가려 했다. 당장 한고은네 반으로 뛰어 들어가 녀석을 끌어내서 무슨 뜻이냐고 캐물어야 속이 풀릴 것만 같았다. 분노의 발걸음을 옮기려던 찰나였다.

"와, 여자애 무섭네."

민태준의 목소리가 나를 붙잡았다. 민태준이 계단 쪽에서 어슬렁어슬렁 걸어왔다.

"2학년이 1학년 교실 앞을 왜 서성거려, 넌?"

"생활 주임 선생님 심부름 온 거다. 그나저나 한고은 쟤, 장난 아니다."

"불난 집에 부채질하냐?"

나는 민태준의 등을 퍽 소리 나게 내려쳤다. 아 씨, 민태준이 짜증을 냈다. 맞은 곳을 문지르며 엄살을 떨더니 불쑥 말했다.

"신경 쓰이면 한고은에 대한 것 좀 알아봐 줄까?"

민태준의 말에 나는 코웃음을 쳤다.

"야, 학년도 다른데 네가 뭘 어떻게 알아봐?"

"얘가 뭘 모르네. 음식이 나가는 곳에는 소문이 모인다는 말, 몰라?"

햄버거 세트 내기가 걸렸다. 민태준이 한고은에 대해 무언가 알아 오면 내가 일주일 동안 햄버거를 사기로 했다. 대신 민태준이 쓸 만한 정보를 못 알아 오면 민태준이 내게 햄버거를 사는 거다. 져도, 이겨도 손해 볼 건 없다는 생각에, 별 기대 없이 한 내기였다.

하지만 햄버거 가게에서 마주 앉은 민태준은 한고은에 대한 정보를 술술 풀어냈다.

"한고은, 1학년 6반, 26번. 키는 162, 몸무게는 45. 분명 2키로 정도는 더 나가겠지. 성적은 중간. 체육 시간에는 스타래. 달리기도 빠르고 웬만한 운동은 다 잘한대. 성격 좋고 교우관계도 원만. 지금까지 딱히 눈에 띄는 점은 없음. 미디어 연구부. 신기 선배 옆에 달라붙은 이유는 말한 대로야. 미디어 경진 대회용 영상 제작. 주제는 화이트 해커. 선배를 인터뷰할 거라고 선생님들한테 허락도 다 받은 모양이더라고."

완벽한 민태준의 승리였다. 하지만 햄버거 세트가 아깝지 않았다. 민태준에게 이런 재능이 있는 줄은 몰랐다.

"근데 미디어 연구부의 인터뷰라는 게, 이게 좀 수상해. 미디어부에 가입한 게 축제 끝나고 나서야. 그때서야 동아리에 새로 가입하는 일은 별로 없잖아? 그 이전에는 그런 쪽으로 수상 경력 같은 게 있는 것도 아니고. 미디어부 애가 하는 말이, 원래 미디어부는 그런 대회에도 참가 잘 안 한대. 그냥 모여서 영화나 보고 축제용으로 문집 하나 내고, 그 정도라는 거지. 그래서 한고은이 갑자기 대회에 나간다고 했을 때 선배들도 당황했다고 하더라. 근데 또 걔가 녹음기나 카메라나 편집 프로그램은 하나도 다룰 줄 모르더라는 거야."

민태준은 목소리를 낮췄다. 패스트푸드점은 시끄러웠다. 방학 보충 수업을 끝낸 아이들이 전부 햄버거를 먹으러 온 듯했다. 나는 민태준의 말을 자세히 들으려고 의자를 앞으로 끌어당겼다.

"여기부터가 진짜야. 너도 좀 더 당겨 앉아."

민태준이 윤모아의 어깨에 손을 얹었다. 순간 윤모아는 몸을 뒤로 젖혔다. 플라스틱 의자가 기우뚱 뒤로 기울었다. 나는 윤모아의 의자를 붙잡았다. 민태준이 머쓱하게 손을 거두었다.

"나, 화장실 좀……."

윤모아는 슬그머니 자리에서 일어났다.

"무슨 일인지 이야기나 빨리해 봐."

고개를 갸웃거리던 민태준이 입을 손으로 가렸다.

"러브레터."

"뭐?"

신기 오빠의 가방 안에서 봤던 동글동글한 글씨가 굴러왔다.

"한고은이 3학년 선배 중 누군가한테 계속 러브레터를 보내고 있다는 거야. 한고은하고 친한 애들은 다 알고 있나 보더라. 축제 끝나고 얼마 후부터래. 미디어부 선배들 중에도 한고은 부탁으로 편지 심부름을 한 사람이 있나 봐. 일주일에 한두 번 정도. 손 편지로 고백이라니, 완전 순정파라고 방방 뛰던데?"

"방방 뛰어? 누가?"

"이영진. 걔가 미디어부야."

그제야 민태준의 정보통이 누군지 감이 왔다. 이영진이다. 민태준에게 식중독 누명을 씌웠던 장본인이다. 민태준이 이영진을 식당으로 끌고 가 열 시간이 넘도록 야채를 다듬게 했다고 들었다. 민태준은 이영진의 검지에 물집이 잡혔다며 의기양양하게 보고까지 했었다. 너무한 건지 아닌지 알 수 없는 피해 보상이었다.

그 뒤로 민태준은 이영진과 꽤 친해진 모양이었다. 민태준은 가끔 이영진과 급식을 먹는다며 점심시간에 정자를 비우기도 했다. 그런 이영진이 한고은과 같은 동아리였다니, 애당초 내가 이길 가능성이 없는 내기였던 셈이다.

"영진이가 슬쩍 마음에 두고 있는 것 같던데…… 러브레터 이야기를 할 때는 표정이 팍 죽었다가 걔가 귀엽지 않냐고 물을 때는 팍 살았다가…… 귀엽더라, 귀여워."

민태준이 낄낄 웃었다.

"불공평하네. 그런 정보통이라니……. 그래서 뭐, 누구래? 그 편지를 받은 선배는?"

러브레터, 네 글자가 눈앞에서 빙빙 맴돌았다. 아무렇지 않은 척 물어보려고 했지만 내 목소리는 내가 들어도 다급했다. 민태준의 입에서 나올 이름이 예상되어서 더 그랬다.

차라리 거짓말을 해라. 나는 뜸을 들이는 민태준의 얼굴을 바라봤다. 조금이라도 눈치라는 게 있다면 거짓말을 해 줄 수도 있을 터였다. 그래도 여자 친구까지 있는 녀석이…… 그 정도 눈치는 좀 있어라. 나는 남은 콜라를 쭉 빨아 올렸다.

"당연히 신기 선배지. 이거 아무리 봐도 노린 거 아니냐? 한고은, 러브레터 다음은 직접 공격! 완전 선배 함락 작전 아냐? 너 긴장 좀 타야 되겠는데?"

나는 와락 콜라 컵을 구겼다.

"얘는 변기에 빠졌나? 왜 이렇게 안 와?"

민태준이 윤모아의 빈자리를 보며 투덜거렸다. 그러다가 목소리를 낮추어서 물었다.

"그런데 윤모아, 얘가 나한테 뭐 화난 거라도 있냐? 아깐 왜 피했지? 전에 요리 배울 때만 해도 안 그랬는데 말이야. 그래도 내 제자인데 저러니까 신경 쓰이잖아."

나는 강보라에게 연민을 느꼈다.

'여자 친구 앞이라고 저 눈치가 늘진 않겠지.'

하지만 그 순간 가장 불쌍한 사람은 따로 있었다. 바로 나 자신
이었다.

*

고맙다. 이신기.

딱 한 줄이었다.

수형 오빠는 사고를 '당했다'. 아빠는 그렇게 말했다. 그렇게 믿
었다. 학교에서 수형 오빠의 담임 선생님이 반 학생들 몇몇과 함
께 조문을 왔다. 아빠와 엄마네 회사 사람들도 장례식을 찾아왔
다. 접객실에서 사람들이 술잔을 나누고 사라졌다. 절대 끝나지
않을 듯했던 3일이 모두 지날 때까지 아빠는 수형 오빠가 사고를
당했다고 말했다.

경찰의 생각은 달랐다. 경찰은 수형 오빠가 사고를 '낸' 것이라
고 했다. 수형 오빠가 떨어진 역에는 모두 스크린 도어가 설치되
어 있다는 게 이유였다. 경찰이 내민 종이에는 CCTV 화면을 캡처
한 사진이 여러 장 붙어 있었다.

"보시면 여기, 학생이 스크린 도어 안쪽으로 들어가잖습니까?
그리고 앉아서 몸을 숙이죠? 다음 전철이 들어올 때까지. 그리고
사고가 난 겁니다. 이거는 뭐, 아무리 봐도 고의죠. 이건 사고로
처리될 가능성이 거의 없습니다."

검고 흐릿한 캡처 화면 속 인물은 수형 오빠가 아닌 것만 같았다.

"이게 유서가 아닐까 하는데 말입니다."

경찰은 수형 오빠의 공책을 내밀었다. 사고가 날 때 메고 있던 가방 속에 들어 있던 것이라 했다. 가장 뒷장에 딱 한 구절이 쓰여 있었다.

"이런 게 유서라니, 말이 됩니까? 자꾸 이런 식으로 몰아가지 마십시오."

아빠는 화를 냈다.

"우리 집 애가 엄마아빠를 남기고 그런 선택을 했을 리가 없습니다."

"학교 폭력이 있었을지도 모릅니다. 그쪽으로도 조사를 할 겁니다."

"아, 그럴 리 없다니까요!"

"확실히 처리를 해야 하는 문제입니다. 이게 사고로 판명되어도 보험금은 거의 안 나옵니다. 전철 사고는 원래 그래요. 제아무리 스크린 도어가 열려 있었다고 해도 본인 과실 비중이 크게 나온다고요. 사고든 자살이든 보험금이 거의 안 나오는 게 마찬가지면 아드님이 왜 죽었는지 그 이유라도 정확히 아셔야 하지 않겠습니까?"

경찰의 어투는 침착했다. 우는 아이를 능숙하게 달래는 보모와도 같았다. 동정과 연민, 부모의 책임을 요구하는 목소리는 강약

조절마저 완벽했다.

"누가 돈 때문에 이럽니까? 난 절대 인정 못합니다. 조사를 하든 말든 마음대로 하십시오. 어쨌든 내 아들은 사고로 죽은 겁니다. 암요."

고집스럽게 말하는 아빠 옆에서 엄마는 그저 울었다. 그것마저 서툴고 재미없는 연극의 한 장면처럼 보였다.

수형 오빠는 사고를 '당했다'.

수형 오빠는 사고를 '냈다'.

단 한 마디 차이이다. 그 차이에 무엇이 바뀌는 것일까 싶었다.

나도 몇 가지 질문을 받았다. 나를 대하는 경찰의 태도는 조심스러웠다. 경찰뿐만 아니었다. 한동안 사람들은 모두 비슷한 말과 비슷한 눈빛으로 나를 대했다.

"오빠가 평소에 우울해하거나 고민하는 모습을 본 적 있어?"

처음에는 화가 났다. 왜 나까지 어설픈 연극 무대에 올라가야 하나 싶었다. 그때까지 수형 오빠 역시 배우 중 한 명인 듯했다. 이미 화장을 마치고 오빠의 뼈가 담긴 단지가 조그만 납골당 안에 들어가 있는 것까지 보고 온 터였다. 그래도 수형 오빠가 금방이라도 '놀랐지?' 하며 나타날 것만 같았다.

"오빠 친구들 중에 아는 사람은?"

다시 고개를 저었다. 앞을 보던 내 시선은 무릎으로 떨어졌다. 질문은 이어졌다. 그때마다 나는 고개를 저었고, 시선은 무릎에서 종아리, 종아리에서 발끝으로 내려갔다. 더 이상 화가 나지 않았다. 그저 당황스러웠다. 수많은 질문 중에 대답할 수 있는 게 아무 것도 없었다.

그 순간 처음으로 수형 오빠가 유령처럼 느껴졌다.

경찰은 학교 폭력이나 집단 따돌림을 의심했다. 수형 오빠의 방에 있던 책이며 공책들을 살폈다. 학교도 찾아가고 주변 이웃들도 살폈다. 하지만 그럴싸한 대답은 나오지 않았다. 착하고 평범한, 말썽 피우지 않는 학생. 무난해서 그다지 눈에 띄지 않던 학생. 그런 이야기만 나왔다. 결론은 두루뭉술했다. 고의적 사고. 아빠는 보험금 지급에 이의를 제기하지 않기로 했다. 그것으로 아빠는 수형 오빠가 사고를 '당한' 것이라는 믿음을 지켰다.

수형 오빠가 왜 선로로 떨어진 것인지 그 이유는 내게 중요하지 않았다. 어떤 이유를 찾아내든 수형 오빠가 돌아오는 일은 없을 것이다.

아침잠을 깨우던 냄새가 사라졌다. 아침에 일어나는 일이 힘들어졌다. 지각을 했다. 힘들 테지만 기운 내렴. 그 말은 한 달까지였다. 이젠 정신 차려야지. 계속되는 내 지각에 담임 선생님은 말을 바꾸었다. 유도부에 가기 전에 매점에서 빵을 사야 했다. 빵은 퍽퍽하고 맛도 없었다. 유도부 연습에 나가지 않게 되었다.

훈련을 빠지고 돌아오면 집은 늘 조용했다. 엄마는 더 이상 텔레비전을 켜지 않았다. 장례식을 마치고 집에 돌아와 딱 한 번 텔레비전을 틀었을 때 오빠에 대한 뉴스가 나왔다. '10대 청소년 추락사'라는 제목의 뉴스는 짧았다. 그 뒤로 엄마는 아주 잠깐씩 텔레비전을 틀 때마다 그 속에서 수많은 10대 청소년들을 찾아냈다. 나중에는 나나 아빠가 텔레비전을 틀기만 해도 화를 냈다.

엄마는 더 일찍 일터로 나갔고 더 늦게 들어오게 되었다. 그건 아빠도 마찬가지였다. 아빠의 동물 병원은 아침 6시면 문을 열게 되었다. 아빠는 병원에서 웃고 말하는 만큼 집에서는 아예 입을 열지 않기로 결심한 듯했다.

조용한 집은 숨기에 좋았다. 아침에 일어나면 아무도 없었다. 나는 라면을 끓여 먹고 다시 방으로 들어갔다. 하루 종일 방에 틀어박혀 있으려니 할 일이 없었다. 스마트폰 데이터는 이틀 만에 다 썼다. 수업 중에는 자도 자도 졸리던 것이, 정작 내 방 침대에 누워 있으니 눈이 말똥해졌다. 내 방에는 컴퓨터가 없었다. 우리 집에 딱 한 대, 수형 오빠의 방에만 있던 컴퓨터는 전선이 모두 정리된 채였다. 아빠는 수형 오빠의 책과 공책, 옷을 모두 상자에 넣었다. 책상 위에 있던 것들, 서랍 속에 있던 것들도 상자 안으로 들어갔다. 박스는 벽에 나란하게 쌓였다.

하지만 큰 가구들은 그대로 방에 남았다. 이불 없는 침대, 책 한 권 없는 책상, 선이 사라진 채 어둠만을 비추는 컴퓨터 모니터. 뼈대만 남은 방은 그대로 얼어붙은 듯 보였다.

나는 오빠의 방으로 향했다.

상자를 열어 컴퓨터 선을 찾았다. 이리저리 만져 보았지만 어디에 무엇을 꽂아야 하는지 도통 알 수가 없었다. 결국 선은 다시 상자 안에 넣었다.

상자를 닫으려다가 안에 든 공책을 봤다. 한 권을 꺼냈다. 펄럭펄럭 넘겼다. 나는 오후 내내 방바닥에 앉아 상자 안에 들어 있던 책들을 봤다. 공책은 몇 권 되지 않았다. 일기장이나 그런 것도 없었다. 공책을 다 본 후에는 교과서도 봤다. 교과서에는 낙서가 많았다.

국어 교과서를 파르르 넘기자 책장 아래쪽에 그려진 그림이 움직였다. 커다란 머리에 가느다란 팔다리를 가진, 철사 인형 그림이었다. 인형은 가만히 서 있다가 페이지를 넘기자 뛰기 시작했다. 조금씩 빠르게 뛰던 철사 인형의 등에 날개가 생겼다. 일곱 색 예쁜 무지개도 나타났다. 더 빠르게 교과서를 넘겼다. 철사 인형은 무지개를 향해 날아오를 듯 쪼그려 앉았다. 날아라, 날아. 나는 철사 인형을 응원했다.

철사 인형이 갑자기 사라졌다.

교과서는 끝났다. 그림은 없었다. 철사 인형은 반듯하게 잘린 교과서 귀퉁이로 떨어져 버렸다. 한 번 더 인형을 날게 할까 하다가 그만두었다.

상자의 가장 아래쪽에 깔린 공책은 경찰이 내밀었던 것이었다. 공책 맨 뒷장에 적힌 말. 나는 그 이름을 한참이나 바라봤다.

정말 한 대 때리고 싶은 뒤통수다.

"선배, 그럼 오늘 보충 끝날 때까지 기다릴게요."

나는 정자로 뛰어 내려가는 한고은을 노려보았다. 하지만 때리고 싶은 건 한고은이 아니다. 그런 한고은을 향해 손을 흔들어 보이는 신기 오빠다.

잘생긴 뒤통수다. 그 와중에도 그런 생각이 드는 것에 짜증이 났다.

"뭐야, 선배? 한고은 재랑 데이트해? 드디어 콩깍지 탈출?"

나는 민태준에게 주먹을 쥐어 보였다. 그래도 민태준의 깐죽거림이 진짜로 밉지만은 않았다. 그 깐죽거림마저 없었다면 표정 관리가 어려울 뻔했다.

"오빠 눈에 콩깍지 씐 적 없거든?"

거짓말이 아니다. 연인들 사이에서 마법의 힘을 발휘한다는 콩깍지. 신기 오빠의 눈에 그것이 한 번이라도 씌워진 적이 있었을까? 나는 나 자신을 향해 비수를 던졌다.

"그저 인터뷰야. 컴퓨터 하는 장면이 영상으로 들어갔으면 한다잖아. 끝나고 잠깐 집에 가서 찍으면 안 되냐고 하는데 어떻게 거절해?"

신기 오빠의 말에 찬물을 맞은 듯했다.

'뭐라고? 집에?'

나도 신기 오빠네 집에 가 본 적은 한 번도 없었다. 물론 집이 어디인지는 안다. 아파트 주소에 호수, 심지어 혼자서 엘리베이터 앞까지 가 본 적도 있다. 하지만 엘리베이터를 타지는 못했다.

"열심이네, 쟤. 선배는 뭘 그렇게까지 도와줘?"

"별로 어려운 것도 아닌데, 뭐."

신기 오빠는 다 먹은 도시락 통을 정리하기 시작했다. 오늘의 도시락도 완벽했다. 형편없던 첫 도시락은 이제 떠올리기 힘들다. 어느 날부터인가 신기 오빠의 도시락은 점점 수형 오빠의 것과 비슷해지고 있었다. 그때부터 나는 도시락을 받는 것이 그저 기쁘지만은 않게 되었다.

"많이 남겼네. 맛없었어?"

절반쯤 남긴 도시락을 보고 신기 오빠가 걱정스럽게 물었다.

"아니."

지금 그깟 도시락이 문제냐는 말이 목 아래에까지 치솟아 올랐다. 나는 간신히 그 말을 삼켰다. 꿀꺽 삼킨 말들이 너무 많아서 배 한가운데가 꽉 막힌 기분까지 들었다.

"그럼 배 아파? 어디, 체했나 보자."

신기 오빠의 손이 불쑥 내 윗배에 닿았다. 내 몸이 용수철처럼 솟아올랐다.

"괜찮다니까!"

나는 버럭 소리를 지르고는 정자를 뛰어 내려왔다.

'최악이야, 진짜!'

요즘 따라 불룩 튀어나오기 시작한 배가 원망스러웠다. 이럴 줄 알았으면 다이어트라도 할 걸 그랬다. 창피함이 몰려왔다. 창피함 뒤로 이어진 건 허탈함이었다. 복도를 뛰듯이 빠르게 걷다가 이내 힘없이 느려졌다.

'보통 여자 친구 배를 그런 식으로 만져? 아니잖아?'

눈에는 콩깍지, 손만 닿아도 찌릿찌릿, 어떻게든 여자 친구와 스킨십을 한 번이라도 더해 볼까 전전긍긍하는 순정 만화 속 남자 주인공 같은 반응을 바라는 건 아니다.

'적어도 여자 취급을 하라고, 여자 취급을!'

배를 쓰다듬던 손길은 아무리 생각해도 남자 친구의 것이 아니다. 그 손길은, 어릴 적 내가 자주 만났던 것이었다. 내 아픈 배를 쓰다듬어 주던 수형 오빠의 손이었다.

역시나…….

나는 푹 한숨을 쉬며 교실 문을 열었다.

'역시 내 오빠 노릇을 해 주고 있는 것뿐이야…….'

스멀스멀 피어오르던 의심을 더는 모른 척할 수 없다.

나는 교실로 들어와 털썩 자리에 앉았다. 답답한 마음에 휘저은 다리가 앞자리의 의자를 때렸다. 우당탕! 의자는 요란한 소리를 내며 옆으로 넘어졌다. 작은 술렁거림이 일었다. 나는 책상에 고개를 파묻은 채 꼼짝도 하지 않았다. 아무도 내 자리로 다가오지 않았고 넘어진 의자를 일으켜 세우지도 않았다.

술렁거림 속에 있는 것은 거리감이다.

1년의 나이 차이.

복학을 결정했을 때 신기 오빠는 격려해 주었다. 1년 늦게 학교에 들어간 셈 치면 된다고 말이다. 하지만 그 격려만큼 1년의 허들은 낮지 않았다.

1년 늦게 들어온 게 문제가 아니다.

'왜' 1년이 비었는지, 붕 뜬 시간의 이유, 그게 문제다.

집을 나가 있던 건 3일뿐이었다.

한 달간 학교에 가지 않았다. 그동안 나는 집에 있었다. 늦게 일어나서 라면을 먹고, 수형 오빠의 방에서 상자를 뒤졌다. 저녁 늦게 아빠와 엄마가 돌아와도 방의 불을 끄고 자는 척하면 그만이었다.

하나 남은 상자를 열었던 날이었다. 상자 안에는 몇 권의 만화책과 잡지, 팸플릿들이 들어 있었다. 만화책 사이에서 사진 몇 장이 떨어졌다. 정자였다. 민속촌에나 있을 법한 정자가 찍혀 있었다. 정자에는 한 사람이 서 있었다. 뒤돌아선 모습이었다. 나는 한참이나 그 사진을 바라봤다.

참 예쁜 뒤통수였다.

나는 사진을 손에 쥐고 수형 오빠의 방을 나왔다. 그날 밤, 아빠가 내 방에 들어왔다.

"너, 내일도 학교 안 나가면 졸업 못할지도 모른다."

아빠의 말에, 자는 척 이불 속에 들어가 있던 나는 고개를 내밀었다.

"나 학교 안 가는 거 알고 있었어?"

"어떻게 모르냐? 전화가 가게로도 계속 왔는데."

아빠는 길게 한숨을 내쉬었다. 그뿐이었다. 방문은 다시 닫혔다.

나는 침대에서 **빠져나왔다.** 주섬주섬 옷을 갈아입고 가방 안에 지갑을 넣었다. 핸드폰은 넣지 않았다. 잠깐 망설이다가 사진도 넣었다.

'부적이야, 이건.'

방을 나왔다. 집은 어둡고 조용했다. 나는 굳게 닫힌 수형 오빠의 방을 바라봤다. 그 방문 속으로 집의 모든 것이 빨려 들어가고 있는 것처럼 보였다. 가만히 있다가는 나도 그 안으로 빨려 들어가 다시는 나오지 못하게 될 것만 같았다.

골목을 벗어나 버스 정류장으로 갔다. 밤공기는 어느새 서늘하게 바뀌어 있었다. 지갑 안을 살펴보니 만 원짜리 세 장이 고작이었다.

첫날은 친구네 집에서 잤다. 하룻밤을 자고 새벽같이 일어나 집을 빠져나왔다. 교복을 가져오지 않아서 어쩔 수 없었다. 친구가 학교에 갈 때 나도 교복을 입고 나서지 않으면 분명히 의심을 받을 터였다. 버스를 타고 시내로 나갔다. 이틀 내내 피시방에서 컴퓨터를 하고 햄버거를 사 먹으니 돈 3만 원이 금세 사라졌다.

'핸드폰을 가져올걸······.'

친구들에게 연락을 할 수 없으니 답답했다.

나는 무작정 걸었다. 아르바이트 전단지가 붙은 상점 문 앞을 기웃거렸다. '숙식 제공'이라는 문구에 눈길이 갔다. 20세 이상이라는 문구를 보고 가게 창에 얼굴과 몸을 비추어도 봤다. 키도 크고 덩치도 크다. 이 정도면 스무 살이라고 해도 믿지 않을까 싶었다.

횡단보도 건너편에서 학교를 바라봤다. 수형 오빠가 다니던 학교의 교문은 활짝 열려 있었다. 나는 횡단보도를 건너서 학교 안으로 들어갔다. 조용했다. 수업 중일 터였다. 빠른 걸음으로 뛰듯이 운동장을 가로질렀다. 유도 시합을 하러 갈 때면 종종 다른 학교를 찾아가곤 했다. 하지만 교복도 입지 않은 채, 그것도 고등학교에 들어온 건 처음이었다.

나는 운동장을 지나 계단을 올랐다. 매점을 보자 배가 고팠다. 하지만 뭔가를 살 용기는 나지 않았다. 잠깐 동안 매점을 기웃거리다가 매점 아줌마와 눈이 마주쳤다. 뜨끔했다. 누군데 교내에서 서성이고 있냐고 호통이 날아올 것 같았다.

나는 매점 옆 좁은 길로 들어갔다. 샛길은 짧았다. 몇 발 걷자 작은 화단이 나타났다. 화단 옆에 정자가 서 있었다. 나는 가방 안에서 사진을 꺼냈다. 사진을 들여다보고 눈앞의 정자를 바라봤다. 눈앞에 나타난 건 정자만이 아니었다.

잘생긴 뒤통수.

사진이 불쑥 현실이 되어 내 앞에 뛰어들었다. 나는 정자 위로 올랐다. 허공을 향해 있던 시선이 내게로 향했다.

"누구니?"

"최수빈이요."

엉겁결에 이름을 말했다. 그걸 물은 게 아니라는 건 그 뒤에야 깨달았다. 창피했다. 그래도 정자를 내려가고 싶지는 않았다.

"난 이신기."

입가에 걸린 부드러운 미소 덕분에 마음이 편해졌다. 그 미소에 겹친 이름을 되뇌었다.

"이신기……."

공책에 적혀 있던 이름이었다.

3일뿐이었다. 그 3일간의 가출의 대가는 컸다.

나는 유급 결정을 받았다. 누적된 출석 부족과 생생하게 기록된 '가출'로 부과된 벌점이 겹친 결과였다. 경찰에 가출 신고가 되어서 발뺌을 할 수도 없었다. 동시에 유도도 그만두어야 했다.

"왜 경찰에 신고를 했어? 진짜 너무해. 날 찾아볼 생각도 안 했지?"

나는 아빠와 엄마에게 화를 냈다. 아빠는 내 뺨을 때렸다. 엄마는 지친 표정으로 바라보기만 했다. 엉망진창인 며칠이 지나갔다.

나는 저녁마다 아빠의 병원에서 일하겠다고 나섰다. 수형 오빠가 주말마다 그랬던 것처럼 카운터에 서서 손님을 맞이했다. 아빠는 내가 가게에 있는 동안 내내 웃지도, 떠들지도 않았다. 집에서 그러듯 입을 딱 다물고 손만 놀렸다.

"갑자기 불친절해졌네. 무슨 일이래?"

단골 아줌마의 타박에 아빠는 벙긋 웃었다. 그러다가 나와 눈이 마주치면 얼른 웃음을 지웠다. 그러면서도 아빠는 내게 가게에 나오지 말라는 말은 하지 않았다. 나의 억지스러운 복수를 아빠는 묵묵히 견뎌 내었다.

나는 1년 동안 매일 정자에 갔다. 신기 오빠는 점심시간마다 정자에 있었다. 가끔은 내 몫의 빵과 음료수를 사 놓고 기다리고 있었다. 나는 공책에 적혀 있던 말이 무슨 뜻인지 신기 오빠에게 묻지 않았다. 그건 내게 그다지 중요하지 않았다.

수형 오빠에 대한 이야기가 오간 건 딱 한 번뿐이었다.

수형 오빠의 49제 날이었다. 그날 신기 오빠는 도시락을 싸 왔다. 도시락이라고 부르기에는 민망한, 흰밥만 가득 담은 통 하나뿐이긴 했다.

"점심때마다 정자에 있었으니까 여기에도 올 것 같아서……."

신기 오빠는 정자 한가운데에 도시락 통을 놓았다.

"우리 오빠 도시락, 이젠 못 먹는구나."

그 도시락을 보다가 불쑥 말이 튀어나왔다. 슬픔에 젖어 한 말이 아니었다. 그저 그 순간 실감이 났다. 내게 도시락을 싸 주는 사람이 이제 없다는 사실 말이다.

"내가 싸 줄까?"

신기 오빠의 말에 나는 웃었다.

"이렇게 싸면서?"

"연습하지, 뭐."

농담인줄 알았다.

하지만 다음 날, 신기 오빠는 정말로 도시락을 싸 왔다. 형편없는 도시락이었다.

"계속 싸다 보면 늘 거야, 아마."

변명하는 모습이 귀여웠다.

"언제까지 연습하려고?"

"평생?"

"그럼 오빠가 평생, 내 도시락을 싸 주겠네?"

농처럼 꺼낸 바람이었다.

"그래. 내가 평생 싸 줄게."

가슴이 요동쳤다.

1년은 바쁘게 흘러갔다. 신기 오빠가 함께 있는 것만으로 그랬다. 하지만 함께하는 시간이 길어질수록 자꾸만 한 가지 생각이 고개를 들었다.

최수형의 동생으로서 만나지 않았다면 무엇이 달라졌을까?

신기 오빠가 좋아하는 사람이 최수형의 동생인지, 그냥 최수빈인지 확신이 서지 않았다.

내 어깨가 작게 흔들렸다.

"수빈아! 최수빈, 괜찮아?"

고개를 들었다. 윤모아가 내 옆에 서 있었다. 넘어졌던 의자는 제자리를 찾아 서 있었다. 거리감이 단번에 좁혀졌다.

"왜 그래? 어디 아파? 신기 선배가 엄청 걱정했어."

"왜긴 왜겠어?"

내 대답은 불퉁했다. 윤모아는 내 손을 잡고 주물러 주었다. 손바닥 안으로 미지근한 온기가 전해졌다.

"우리, 끝나고 노래방에 갈까?"

"노래방?"

"그래. 내가 쏠게. 나 속 좀 확 풀도록. 가자, 응?"

나는 윤모아의 손을 꽉 잡았다. 나는 정말 못됐다. 윤모아라면 거절하지 않을 것을 알고 있다. 그것을 알기에 꺼낸 말이었다. 역시였다. 윤모아는 고개를 끄덕였다.

혼자서는 용기가 없다.

'가사가 왜 저따위야, 진짜?'

나는 노래방 모니터에 뜬 가사를 보고 혀를 찼다. 차올랐던 흥이 단숨에 식었다.

'오빠가 좋으면 어떡하긴 뭘 어떡해? 야, 넌 고백이라도 했잖아.'

어차피 안 올라가는 고음 파트다. 나는 리모컨의 정지 버튼을 눌렀다.

"나가자, 얼른."

5시다. 나는 영문을 몰라 하는 윤모아를 끌고 노래방을 나왔다. 아파트 앞 상가에 위치한 노래방은 비싸기만 하고 서비스는 좋지 않았다. 학교 앞 노래방은 1시간에 5천 원이고 서비스도 3시간이나 준다. 하지만 여기서는 5천 원을 더 내고 1시간 반을 추가해야 했다. 그래도 낼 수밖에 없었다. 3학년의 보충 수업이 끝날 때까지 3시간 남짓 남았으므로 시간을 때워야 했다. 그때까지 소리라도 꽥꽥 지르지 않으면 1분이 1시간처럼 느껴질 것만 같았다.

나는 윤모아의 팔짱을 끼고 아파트 안으로 들어갔다.

"너희 집이야?"

엘리베이터 버튼을 눌렀다.

"아니, 오빠네 집이 여기 13층이야."

"신기 선배? 야, 남친 집에 놀러 가는데 왜 날 끌고 가?"

윤모아가 내 팔에서 빠져나가려고 했다. 나는 윤모아를 놓아주지 않았다. 오히려 더욱 단단히 팔을 붙잡았다.

"놀러 가는 거 아냐."

엘리베이터가 열렸다. 나는 윤모아를 잡아끌며 엘리베이터에 탔다. 엘리베이터 문이 스르륵 닫혔다. 한 발은 문 밖에, 한 발은 문 안에 둔 채 버티던 윤모아는 엉거주춤 안으로 뛰어 들어왔다. 나는 크게 숨을 내쉬고 13층을 눌렀다.

"잠복이야, 잠복."

"잠복?"

"오빠가 한고은, 걔를 집에 데려온다잖아. 그러니까 밖에서 잠복."

엘리베이터는 금세 멈췄다.

나는 신기 오빠네 집, 1302호를 살폈다. 문에는 슈퍼마켓과 중국집의 전단지가 붙어 있었다. 집에 아직 아무도 돌아오지 않았다는 뜻이다. 나는 비상계단의 문을 열고 계단 위에 가방을 놓았다. 윤모아는 잠자코 내 옆에 붙어 앉았다.

엉덩이에 닿은 콘크리트 바닥이 차가웠다.

차가움 때문에 엉덩이가 얼얼해질 정도의 시간이 흐른 뒤였다. 빠끔히 열어 놓은 비상구의 문틈으로 엘리베이터의 붉은빛이 깜빡이다가 사라졌다. 엘리베이터 문이 열렸다.

'보지 마라. 보지 마. 아냐, 차라리 봐라!'

상반된 바람이 눈앞에서 깜빡였다. 나는 문틈으로 바짝 눈을 붙였다. 덜컥, 자물쇠 풀리는 소리가 유독 크게 울렸다. 눈에 익은 운동화는 신기 오빠의 것이다. 그 옆에 낯선 신발이 서 있다.

"선배랑은 이야기가 좀 통할 것 같네요."

한고은의 목소리가 문 열리는 소리에 섞여 들었다.

"이야기를 해 봐야 알겠지, 그건."

문이 닫혔다.

나는 한참 문틈에 얼굴을 묻은 채 앉아 있었다. 그러다가 벌떡 일어났다. 엘리베이터는 타지 않았다. 나는 13층 계단을 걸어 내려가기 시작했다.

"저기…… 신경 안 써도 될 거야."

6층 계단을 내려갈 때 윤모아가 숨을 몰아쉬며 불쑥 말했다.

"신기 선배가 그럴 사람도 아니고, 게다가 널 그렇게나 좋아해 주잖아."

"그래……."

윤모아가 계속 뒤를 따라 내려오고 있었다는 걸 그제야 알았다. 윤모아는 내 가방까지 들고 있었다. 그 모습에 나도 그제야 숨이

찬 걸 깨달았다.

"엘리베이터 타자."

엘리베이터 버튼을 눌렀다. 깜빡깜빡, 붉게 일렁이는 불안은 가라앉지 않았다.

"진짜 걱정 안 해도 된다니까."

윤모아의 목소리가 슬며시 덮어놓은 불안을 부드럽게 들쑤셨다.

"너는 몰라……."

나는 빈주먹을 꽉 쥐었다. 엘리베이터 번호판 쪽으로 몸을 돌린 채 쪼그려 앉았다. 계속 가슴 한복판에 걸려 있던 말이 불쑥 튀어나왔다.

"신기 오빠는…… 날 좋아하는 게 아냐."

한번 튀어나온 말은 더 이상 안으로 밀어 넣을 수 없었다.

"나, 오빠가 있었는데…… 죽었거든."

엘리베이터가 멈췄다. 문이 열렸다. 하지만 나는 무릎 사이에 얼굴을 파묻은 채 꼼짝도 하지 않았다. 문은 다시 닫혔다.

"둘이 아주 친했나 봐. 아주 많이……. 대신 내 오빠가 되어 줘야 한다고 생각할 만큼……."

일렁이는 불안의 정체였다.

윤모아가 내 손을 꽉 잡았다. 다시 문이 열렸다. 나와 윤모아는 서로 손을 잡은 채 엘리베이터에서 내렸다. 윤모아는 아파트 단지를 벗어날 때까지 내 손을 놓지 않았다.

미지근한 체온, 그 미지근함은 충분히 따뜻했다.

나는 윤모아와 헤어진 뒤에도 양손을 꼭 마주 쥔 채 걸었다. 남아 있는 온기만큼 얼굴도 화끈거렸다. 그래도 계속 나를 괴롭히던 답답함은 열과 함께 증발하듯 조금씩 날아가고 있었다.

집으로 돌아와 현관에서 굳게 닫힌 방문을 바라보았다. 계속 남아 있는 수형 오빠의 방.

"……나는야, 오빠가 좋은걸, 어떡해……."

노래방에서 미처 부르지 못했던 가사가 입 밖으로 새어 나왔다.

"어떡하냐고!"

나는 빽 고함을 질렀다. 현관에 철퍼덕 주저앉아 엉엉 울었다. 수형 오빠가 사라지고 난 후 나는 한 번도 운 적이 없었다. 쌓였던 울음이 쏟아졌다. 흘러나온 콧물을 훌쩍이며 꺼윽꺼윽 목을 울렸다.

'저 방이 사라지면 뭔가 달라질까?'

훌쩍, 나는 눈물이 고인 눈으로 닫힌 방문을 바라봤다.

처음에는 수형 오빠의 방이 사라지면 모든 게 달라질 것만 같았다. 집 안에 짙게 남은 괴로움도 사라지고, 아빠의 동물 병원은 다시 9시에 열리고, 엄마는 텔레비전을 켜게 될 것 같았다. 신기 오빠를 볼 때마다 수형 오빠를 떠올리지 않아도 될 것 같았다. 최수형의 동생이라는 이유로 사귀는 건 아닐까 하는 불안도 싹 사라질까 싶었다.

하지만 수형 오빠의 방문을 보고, 또 보는 사이에 알게 되었다.

'저 방이 있어도 없어도…… 마찬가지야.'

윤모아에게 했던 말을 곱씹어야 하는 건 오히려 나다.

이야기를 해야 한다. 나는 신발을 벗고 집 안으로 들어섰다.

*

문자 메시지가 날아온 건 저녁 9시가 넘어서였다.

✉ 내가 하는 말, 모두 들어주는 게 조건이야.

'뭐야, 이게?'

낯선 번호였다.

신기 오빠가 스크래치 맨으로 신고를 당했다는 것.

신고를 한 사람이 한고은이라는 것.

그 낯선 번호가 한고은의 번호라는 것.

이 사실들을 알게 된 건 다음 날이었다.

이신기 이야기 :
고구마 맛탕

"안 된다니까."

"안 될 게 뭐가 있어?"

뫼비우스의 띠처럼 대화는 몇 번째 꼬리에 꼬리를 물고 계속되고 있다. 나는 물러설 마음이 없었다. 수빈이도 마찬가지인 듯 보였다.

나와 수빈이가 이렇게까지 말싸움을 벌일 줄이야.

오늘 아침, 고구마 맛탕을 태울 때만 해도 예상하지 못했다.

또 실패다.

고구마는 딱딱한 돌처럼 굳어 버렸다. 나는 맛탕 만들기에는 영 소질이 없나 보다. 처음에는 물엿에 고구마를 넣고 졸이는 것뿐인데 뭐가 어렵겠나 싶었다. 하지만 처음 만들었던 맛탕은 죽처럼 흐물흐물 녹아내렸다. 이번에는 반대로 너무 딱딱해졌다.

이유는 알고 있다. 진득하게 기다리지 못해서이다. 맛탕을 잘 만들려면 물엿이 적당히 찐득해졌을 때 불을 꺼야 한다. 냄비 앞에서 물엿이 녹는 것을 지켜보고 있어야 하는 것이다. 나는 그 짧은 시간을 좀처럼 기다리지 못한다. 이번에도 그랬다. 잠깐 눈을 돌린 사이에 말랑했던 물엿은 돌처럼 굳어 버렸다. 포슬포슬 부드러우면서도 찐득한 맛탕을 좀처럼 만들 수가 없었다.

"오랜만에 맛탕 도전이네?"

망친 맛탕을 아침 식탁에 내놓았다. 엄마는 웃으며 맛탕을 하나 집어 들었다. 어제저녁 경찰서에 불려 갔다 온 사람으로는 보이지 않는 태평한 모습이었다.

"달달하니 맛있네."

오늘 아침에도 평소처럼 일찍 일어나기를 잘했다.

엄마와 함께 아침밥을 먹게 된 건 도시락을 싸기 시작하면서부터다. 고등학생인 아들이 느닷없이 새벽에 일어나 도시락을 싸면 말릴 만도 한데 엄마는 그러지 않았다. 왜 두 개를 싸는지 묻지도 않았다. 내가 어릴 적부터 그랬다. 엄마는 내가 무엇을 하든 놀라지도, 말리지도 않았다. 내가 영재 판정을 받았을 때에도, 선생님들이 추천한 특수고가 아니라 일반고를 가겠다고 결정했을 때에도 그랬다.

"내 배 아파서 낳았다고 해도 넌 너잖아. 게다가 엄마가 살아

보니까 내키는 대로 사는 게 제일이더라고."

열아홉 미혼모의 몸으로 나를 낳은 엄마다. 그만큼 엄마의 말은 설득력이 있었다. 그런 엄마 덕분에 나는 혼자 생각하고 결정하는 데 익숙해졌다.

나는 아침에 눈을 뜨고도 한참을 침대에서 꾸물거렸다. 일어나고 싶지 않았다. 무엇보다 학교에 가고 싶지 않았다. 이미 소문이 퍼졌을 터다. 학교에 퍼지는 소문이라는 건 안개와도 같다. 형체도 분명하지 않은 것이 빨리 퍼지고 게다가 그 범위가 점점 넓어진다.

"3학년 중에 스크래치 맨으로 신고된 애가 있대."

이 말이……

"3학년 이신기가 스크래치 맨이래."

……이 말로 바뀌는 건 순식간이다.

그래도 이불 속에서 빠져나온 건 아침밥 때문이었다. 아침 식탁이 텅 비어 있으면 엄마가 눈치를 챌 것 같았다. 내가 어제저녁 일 때문에 밤새 신경 썼다는 것을 말이다. 그건 안 될 일이었다.

나는 먼저 도시락을 쌌다. 밤새 술렁이던 마음이 도시락을 싸는 동안 조금씩 가라앉았다.

네모난 도시락 통. 도시락 싸기는 퍼즐 맞추기와 닮아 있다.

처음 도시락을 쌌을 때는 당황했다. 그 작은 칸 안에 지평선이 보였다. 도시락의 빈 칸은 계속 드러났다. 아무리 맞춰도 끝나지 않는 1천만 피스짜리 퍼즐 같았다. 달걀 하나 부치고 김치만 썰어 넣으면 되겠지 했던 내 안이함이 부끄러워졌다. 그렇게 처음 싼 도시락은 엉망이었다. 김치 국물은 수빈이의 손톱 안을 빨갛게 물들였다.

공간을 나누고 반찬을 놓는다. 무조건 채워 넣으면 안 된다. 서로 냄새가 섞이면 이상해지는 반찬은 반드시 따로 담는다. 오이와 계란말이 같은 것 말이다. 오이의 냄새가 그토록 강하다는 걸 도시락을 싸 보고서야 알았다. 김치 옆에 방울토마토를 놓는 것도 금지다. 빨간색 옆에 빨간색을 놓아서는, 방울토마토의 존재 이유가 사라진다.

자잘한 도시락의 법칙들. 그 법칙들을 지키며 안을 채워 나가야만 한다. 그렇지 않으면 도시락은 엉망이 된다. 퍼즐 맞추기도 그렇다. 연결만 된다고 그림이 되는 것은 아니다. 잘못하면 손등에 눈이 붙은 괴물이 태어난다.

나는 어릴 적부터 퍼즐이나 숫자풀이가 좋았다. 열중하다 보면 기분 나쁜 일도 금세 잊어버렸다. 문제를 모두 풀고 나면 기분이 좋았다. 풀지 못하면 풀 때까지 그 문제 생각에만 사로잡혔다. 그리고 생각하는 내내 기분이 좋지 않았다.

도시락 싸기는 그 점에서 퍼즐과 다르다. 완벽하게 풀지 못해도 기분이 좋다.

엄마와 마주 앉아 아침밥을 먹었다. 배가 찼다. 안개쯤은 헤치고 걸어 나갈 수 있을 듯했다. 어제 방구석에 던져 버렸던 가방을 집어 들었다. 편지 봉투가 책과 함께 딸려 나왔다. 한 달여쯤 전부터 날아들기 시작한 편지들은 어느새 서랍 안을 가득 채울 정도가 되었다. 토끼며 곰이 그려져 있는 귀여운 편지 봉투들. 하지만 그 안에 쓰인 내용은 그다지 귀엽지 않았다.

헤어지지 않으면 가만 안 둘 거야.
다 너 때문이야. 그 소문들, 난 다 알아.

처음 편지를 받았을 때부터 귀찮은 일이 될 수도 있겠구나 싶었다. 그럼에도 나는 모른 척, 고장 난 바이러스 탐지기처럼 굴었다.

아주 작은 단서라도 얻을 수 있지 않을까? 풀리지 않는 수수께끼, 2년이 되어 가는 동안 나는 답을 찾지 못하고 있다.

만만치 않은 상대다. 나는 수빈이의 옆에 착 달라붙어 앉아 있는 한고은을 바라봤다.

"난 도시락 없는데…… 수빈아, 같이 매점 가자."

내가 정자에 올라오자마자 한고은은 수빈이의 손을 잡아끌었다. 내가 말을 걸 틈도 없었다. 수빈이는 얼굴을 찌푸리면서도 한고은에게 끌려 내려갔다.

"뭐야, 저거?"

강보라가 턱 끝으로 한고은을 가리켰다.

"오랜만에 왔더니만…… 쟤 싫다. 최수빈, 저건 왜 따라가? 아예 옆에 딱 붙어 있던데. 최수빈 절친은 모아 아니었어? 쟨 뭔데

설쳐? 모아야, 쟤 누구야? 뭐 아는 거 있어?"

"한고은이에요. 옆옆반인데……. 아침부터 교실로 찾아왔어요. 그리고 쉬는 시간마다 찾아와서 수빈이 옆에 붙어 있어요. 제가 가면 피하고 그래서 수빈이한테 말도 제대로 못 걸겠어요."

윤모아의 이야기가 심상치 않다. 민태준이 내 옆으로 다가오더니 툭 옆구리를 쳤다.

"선배, 아무래도 아침에 돈 소문이랑 뭔가 관계있는 거 아냐?"

소문에는 밝아도 눈치는 어두운 후배가, 이럴 때는 약간 성가시다. 그래도 신기하게 교실 안에서보다 마음이 편하다.

"그 이유 때문이면 오히려 수빈이가 한고은을 피했겠지."

소문은 이미 퍼져 있었다. 내가 교실에 들어선 순간 갑작스런 침묵이 밀물처럼 들이닥쳤다. 한순간이었다. 하지만 그 순간의 침묵은 얼음물보다 더 차가웠다. 곧 친구들이 내게 몰려왔다. 야, 진짜냐? 이 새끼, 얌전한 줄 알았더니. 신고한 애도 우리 학교라며? 사실일 리가 있냐? 호기심과 염려가 뒤섞인 말들이 내 옆에서 버글거렸다. 웃는 얼굴로 고개를 가로젓거나 끄덕이거나 하면서, 나는 밀려들었던 밀물을 생각했다.

이런 거였구나…….

차가운 얼음물에 가라앉아 있었을 고통을 처음 알았다.

'정자에 오면 좀 편해지겠거니 했는데…….'

설마 한고은이 정자까지 찾아올 줄은 몰랐다.

"모르지, 한고은이 협박이라도 했는지. '내가 하는 말을 안 들어주면 신기 선배를 더 힘들게 만들 거야!' 이런 식으로 말이야. 막 괴롭히다가 마지막에는 '신기 선배는 내 거야! 선배랑 헤어져.' 이럴지도……."

민태준의 넉살은 비꼬는 건지 위로해 주는 건지 알 수 없게 서툴렀다. 그래도 나는 민태준의 넉살이 좋았다. 그 서투름 속에 담긴 필사적인 위로가 너무나 잘 보였다. 게다가 민태준이 완전히 헛다리를 짚은 것도 아니었다.

나와 수빈이를 헤어지게 만드는 게 한고은의 목적인 건 분명했다. 한고은이 개인 블로그에 적어 놓은 글들이 그렇게 외치고 있었다.

고장 난 탐지기처럼 굴었지만 정말 아무것도 안 하고 가만히 있을 계획은 아니었다. 내게 협박 편지를 보내는 사람이 어떤 사람인지는 파악해 두어야 했다. 편지 봉투에 당당하게 이름까지 써 보냈으니 한고은에 대해 알아내는 건 쉬웠다. 학교와 학년, 이름까지 알면 서치(search) 범위는 단번에 좁아진다.

한고은의 개인 블로그는 비공개로 되어 있었지만 비번을 찾아내는 것쯤은 일도 아니었다. 개인 정보를 캐내는 건 내 취향은 아니었다. 그렇지만 걸어온 싸움에 맞설 방패 하나 마련하지 않는 건 더욱더 내 취향이 아니었다.

한고은이 아무도 보지 않을 것이라 믿고 쏟아 낸 속마음들을 빠르게 읽어 내려갔다. 한고은의 감정들은, 게시물이 등록된 날들과 함께 과거로 거슬러 올라갔다.

수빈이와 같은 학교에 다니게 된 기쁨, 수빈이가 유도를 그만두었을 때 떠돌았던 소문들, 그중에서 빨간 글씨로 강조되어 있던 '남자 친구 때문'이라는 문구, 수빈이가 유도를 그만둔 것에 대한 당혹감, 수빈이의 유도 시합 경기를 보고 가지게 된 동경심, 유도 실력이 좀처럼 늘지 않아 고통스러웠던 고민, 처음 유도를 시작하면서 느꼈던 즐거움 등으로 이어지고 이어졌다. 수빈이에 대한 기사도 몇 가지 스크랩되어 있었다. 내가 모르던 때의 수빈이가 한고은의 글 속 곳곳에서 고개를 내밀었다.

마우스 휠을 내리던 내 손이 점점 느려졌다. 나는 점점 한고은의 글에 빠져들었다. 한고은의 블로그에 쌓인 감정들은 질척하고, 혼란스러웠다. 그리고 솔직했다.

'내가 한고은과 수빈이 사이에 끼어들 자격이 있는 걸까?'

나는 한고은의 블로그 창을 닫았다.

한고은이 왜 갑자기 수빈이 앞에 나선 것인지는 알 수 없었다. 다만 한 가지는 분명했다. 한고은은 정면 승부가 아니더라도 한번 부딪혀 보겠다는 선택을 했다.

나는 이제껏 웅크리며 피했을 뿐인데.

한고은에 대해서는 수빈이의 결정에 맡기자고 마음먹었다. 얼마간은 한고은의 장단에 맞추어 주자는 마음도 들었다. 그러다 보면 무언가 변하지 않을까 바라는 비겁한 마음도 살짝 있었다.

설마 한고은이 그렇게까지 나오리라고는 생각도 못 했다.

한고은이 갑자기 샤프펜슬을 꺼내 들었을 때 눈치챘어야 했다.

아파트 정문을 나서던 중이었다. 한고은은 녹음기를 두고 왔다며 다시 학교로 돌아가자고 했다. 집 안에 들어오고 10분도 지나지 않아서였다. 그게 핑계라는 건 불안하게 움직이는 한고은의 눈동자만 봐도 알 수 있었다.

"여자 친구는 집에 온 적 있어요?"

경비실 앞을 지날 때 한고은이 불쑥 물었다.

"당연히 있지."

나는 거짓말을 했다. 한고은의 숨소리가 거칠어졌다.

"진짜 싫어."

한고은은 멈춰 섰다. 말릴 새도 없었다. 한고은이 샤프로 나를 찌를 거라 생각했다. 나는 두 손으로 얼굴을 막았다. 하지만 샤프 끝이 향한 건 다른 곳이었다.

이를 악문 신음이 들리더니 곧 비명이 터졌다. 한고은이 샤프로 그은 건 자기 종아리였다. 내가 놀라서 고개를 떨어뜨렸을 때에는 이미 한고은의 종아리에 붉은 생채기가 나 있었다.

"살려…… 살려 주세요!"

어설픈 연기였다. 한고은은 횡단보도 너머 경찰서를 향해 뛰어갔다. 경찰 한 명과 함께 나온 한고은이 손끝으로 나를 가리켰다. 입술이 달싹였고, 경찰은 횡단보도를 건넜다.

나는 경찰서에 앉아 엄마가 도착하기를 기다렸다. 그러다가 꾸벅 잠시 졸기도 했다. 놀이터 그네에 앉아 하염없이 누군가를 기다리던 꼬마가 어렴풋이 선잠 속을 헤집고 나타났다가 사라졌다.

"상해 사건은 피해자 진술도 유력 증거가 될 수 있단 말입니다. 일단 용의자 선상에 이름이 올라가는 건 어쩔 수가 없단 말이죠. 진범이 잡히던가, 아니면 상해를 입힌 게 신기 학생이 아니라는 증거를 제출해야 합니다."

증거 불충분과 미성년자라는 방패는 피해자 진술이라는 공격 앞에서 무너졌다.

"고3인데…… 이런 일에 휘말려서 고생이다."

경찰서를 나설 때 경찰이 내 어깨를 두드렸다.

'고3이 아니면 휘말려도 된다는 건가?'

나름의 격려라는 것을 안다. 그래도 내 생각은 불퉁하니 삐딱선을 탔다. 옆에 선 엄마는 전화기 너머 상대에게 연달아 죄송하다는 말을 하고 있었다. 엄마는 24시간 영업하는 패밀리 레스토랑의 매니저다. 엄마는 하루를 쉬면 다른 날 그 이상의 일을 해야 했다.

"오늘 저녁은 아들이랑 데이트했다고 생각하지, 뭐."

엄마는 전화를 끊으며 웃었다. 나도 엄마를 따라 웃었다.

엄마와 나는 닮은 곳이 없다. 둘이 함께 어디를 가도 엄마와 아들이냐는 질문을 들은 적이 별로 없었다. 엄마를 친척으로 보는 건 그나마 낫다. 때로는 남매냐는 말을 들을 때도 있었다. 엄마는 젊다. 채 마흔이 되지 않았다. 옅은 화장을 하고 나서면 때로는 30대 초반으로도 보인다.

나는 그런 말들이 싫었다. 엄마가 나를 너무 어린 나이에 낳은 것이 아니냐고 자꾸 다그치는 것만 같았다. 게다가 그 말들은 다른 한쪽의 부모, 아빠의 존재를 떠올리게 만들었다. 혹시 내가 아빠를 닮은 건 아닐까 하는 생각이 떠오를 때마다 싫어서 견딜 수가 없었다. 얼굴 한 번 본 적 없는 아빠다. 엄마가 임신을 했다는 사실을 알고 도망간 아빠. 아빠 때문에 엄마는 미혼모가 되었고, 나는 아빠 없는 아이가 되었다. 거울을 볼 때마다 그런 아빠가 자꾸만 떠올랐다.

웃음만은 닮은 모자다. 그런 얘기는 들었다. 그래서 나는 늘 웃기로 했다. 하지만 아무리 거울을 봐도 내 웃는 모습이 엄마와 닮았다는 생각은 들지 않았다. 내 웃음은 엄마의 것처럼 편하지 않았다. 억지로 꾸며 낸 미소는 그저 어색하게만 보였다.

그에 비하면 최수형과 수빈이의 웃는 얼굴은 정말로 닮았다.

내 맞은편에 수빈이가 앉았다. 불퉁한 얼굴은 최수형과 전혀 닮지 않았다. 처음 봤을 때에는 수빈이가 최수형의 동생이라는 사실을 알아차리지 못했을 정도다.

최수형의 얼굴에서 가장 먼저 떠오르는 건 코끝에 있던 검은 점이다. 정작 눈과 입술이 어땠는지는 이제 떠오르지 않는다. 목소리가 어땠는지도 어렴풋하다. 그렇게 점점, 최수형은 두루뭉술한 그림자가 되어 가고 있었다.

이제 최수형을 생각하면 가장 뚜렷하게 떠오르는 건 웃음, 그리고 도시락 냄새다.

최수형의 도시락.

나와 최수형은 친하지 않았다. 나는 특별반을 오고 가며 수업을 받았다. 한 달에 두세 번은 대회나 인터뷰 때문에 학교를 빠질 때도 있었다. 그랬기 때문에 최수형을 대하는 반 아이들의 태도가 이상하다는 걸 확실하게 눈치챈 것은 봄이 완연히 무르익던 4월 중순이었다.

최수형은 투명 인간이었다. 최수형이 교실에 들어오면 주변이 조용해졌다. 체육 시간에 두 명씩 짝을 지어 몸풀기 운동을 할 때면 최수형은 덩그러니 혼자 남았다. 신체검사 때 가슴둘레를 잴 때면 우우 하는 소리와 함께 누군가 최수형의 눈을 가리는 시늉도 했다. 최수형의 샤프나 공책을 툭툭 치면서 게이 바이러스가 옮는다고 낄낄거리는 녀석들도 있었다.

최수형은 게이다. 그런 소문이 있었다. 신문 기사에 실렸던 동성애 찬성 퍼레이드를 찍은 사진 속에 최수형이 있었다는 거였다. 1학년 여름 방학 때 최수형이 무지개 스티커를 나누어 주는 자원봉사를 했다는 사실도 소문을 거들었다. 무지개 스티커는 동성애의 상징 같은 거라고 했다.

"게이면 우리 벗은 몸 보고 막 흥분되고 그러는 거 아냐?"

나는 그렇게 말하며 웃는 반 친구들이 불편했다. 성소수자를 비웃는 녀석이 미혼모의 아들을 비웃지 말라는 법은 없다. 내가 겪어 온 일들에 비추어 보면 그랬다.

어릴 적, 한 할아버지가 내 머리를 후려친 적이 있었다. 만난 적도 없는 사람이었다. 그 할아버지는 나에 대한 기사가 작게 실린 신문을 들고 있었다. 그 신문 기사 어딘가에 쓰여 있었을 거다. 아버지가 없어도 씩씩하게, 라고. 나를 끌어안는 엄마에게 할아버지는 침을 뱉었다.

"어디, 여자가 결혼도 안 하고 애를 낳아서는 뻔뻔하게⋯⋯."

그 할아버지는 지하철역 입구에 앉아 노래를 부르던 장애인 아저씨의 손을 밟고는 유유히 사라졌다. 신체적인 폭력이 없었을 뿐 그와 비슷한 일들은 차곡차곡 쌓여 갔다.

"게이도 눈이 있겠지."

"이 자식이! 넌 안 찝찝하냐? 뭐, 그냥 단순한 헛소문일지도 모르지만⋯⋯."

"진짜든 아니든 나한테 피해 주는 것도 아니잖아."

정자에서 최수형과 처음으로 마주친 건 5월 초였다. 나는 그날 오전에 경시대회에 참가했다가 점심시간이 시작된 후에야 학교로 돌아왔다. 입맛이 없었다. 매점에서 빵을 샀다. 매점 옆으로 샛길이 보였다. 샛길을 따라 걸어가니 정자가 보였다. 그곳에 정자가 있다는 건 알고 있었지만 한 번도 올라가 본 적은 없었다. 나는 사람 기척도 없는 곳에 혼자 있는 걸 그다지 좋아하지 않았다.

하지만 그 정자에는 누군가 있었다. 걸터앉은 뒷모습이 보였다. 그가 최수형이라는 걸 정자 계단을 오르고서야 알았다. 최수형은 도시락을 먹고 있었다. 내가 정자에 오르자 젓가락질을 멈췄다.

"여기서 먹어, 점심? 급식 안 먹어?"

"어…… 도시락."

최수형은 한 손에 든 도시락을 내밀어 보였다. 무심코 도시락을 들여다본 나는 깜짝 놀랐다. 그림책 속에서나 봤던 도시락이 눈앞에 있었다.

유치원에 다닐 때 딱 한 번 엄마에게 도시락을 싸 달라고 조른 적이 있었다. 유치원 소풍을 앞두었을 때였다. 유치원 친구들끼리 그림책을 들여다보다가 서로 자기네 도시락이 더 대단하다는 자랑을 시작한 게 이유였다. "우리 엄마는 김밥도 엄청 예쁘게 만든다, 우리 엄마는 동글동글한 곰 모양도 만든다, 사과로 토끼도 만든다." 하는 자랑이 줄줄이 이어졌다.

나는 그 자랑에 낄 수 없었다. 엄마가 만든 도시락은 한 번도 본 적이 없었기 때문이다.

"엄마, 소풍 갈 때 도시락 싸 줘. 이런 거로."

나는 엄마에게 그림책을 펼쳐 보였다. 엄마는 그림책을 묵묵히 들여다보다가 고개를 끄덕였다. 약속! 손가락도 걸었다. 하지만 소풍날 아침, 도시락은 없었다. 새벽에 레스토랑에서 누수가 발생한 탓이었다. 엄마는 아침 일찍 부랴부랴 집을 나섰다. 식탁 위에는 만 원짜리 한 장이 놓여 있었다. 소풍에서 돌아온 나는 엄마에게 화를 냈다. 엄마는 나를 꽉 안아 주었다.

"어쩔 수 없는 일이, 가끔 일어난단다."

여자 혼자 아이를 기르는 일이 어떤 것인지 한 해, 또 한 해가 지나면서 나도 조금씩 알게 되었다. '어쩔 수 없는 일'도 점점 자주 이어졌다. 그 뒤로 나는 다시는 도시락을 싸 달라고 말하지 않았다.

"너희 어머니, 솜씨 좋으시다."

나는 최수형의 도시락에서 쉽게 눈을 뗄 수 없었다.

"이거 내가 만든 건데…… 먹을래?"

최수형이 젓가락을 내밀었다. 나는 냉큼 건네받았다.

"이걸 네가 만들었다고?"

나는 고구마 맛탕을 하나 입에 넣었다.

"동생 걸 만드는 김에……. 동생이 운동을 하거든. 연습 가기 전에 간식으로 먹으라고 만든 거야."

"간식으로 먹기에는 거하지 않냐, 이건?"

"이른 저녁이지, 뭐. 훈련이 서너 시간이라 끝나고 밥 먹는다고 해도 그 사이에 배고프잖아."

최수형이 도시락을 내 쪽으로 밀어 주었다.

"너, 기분 안 나쁘냐? 내가 쓰던 젓가락 쓰는 거."

"왜?"

최수형은 되묻지 않았다. 도시락을 좀 더 내 쪽으로 밀었을 뿐이다. 점심시간이 끝나는 종이 울렸다. 나는 젓가락을 돌려주었다. 정자에서 내려올 때 뒤에서 최수형이 불쑥 말했다.

"가끔 먹으러 와라."

그날부터 나는 종종 정자에 가게 되었다. 그리고 최수형의 도시락을 함께 먹었다. 최수형은 늘 정자에 있었다. 거기에 가면 늘 맛있는 음식과 최수형이 기다리고 있는 게 좋았다.

나는 기다리는 게 싫다.

어릴 때부터 늘 기다려야 했다. 밤늦게 돌아오는 엄마를 기다리는 건 차라리 쉬웠다. 엄마는 기다리면 반드시 와 주었다. 힘든 것은, 언제 올지 알 수 없는 사람을 기다리는 것이었다.

그러다가 깨달았다. 기다려도 오지 않는 사람도 있다.

그러니까 나는 기다리는 게 질색이다. 그렇지만 사람들은 무척 쉽게 약속 시간에 늦었다. 미안하다는 말 한마디로 덮어지는 기다림의 시간 동안 스멀스멀 떠오르는 어린 날의 풍경은 내 속을 블랙홀로 만들었다. 사람들은 그런 나를 속 깊고 어른스러운 아이라고 불렀다.

최수형은 한 번도 나를 기다리게 만들지 않았다. 그게 제일 좋았다.

정자에서 만나는 최수형은 교실에서와는 좀 달랐다. 조곤조곤 이야기도 잘했다. 그중에서 동생 이야기가 제일 많았다. 최수형이 동생을 매우 아낀다는 건 당시의 얼굴만 봐도 알 수 있었다. 동생 이야기를 할 때면 최수형은 코끝의 점을 찡그리며 웃었다.

웃을 때의 최수형은 고구마 맛탕 같았다. 겉보기엔 딱딱하게 보이지만 안을 눌러 보면 포슬포슬하고 입에 넣으면 달콤한 고구마 맛탕. 최수형의 동생도 이렇게 웃을까 궁금했다.

나는 최수형의 장례식장에 가지 않았다. 선생님은 장례식장에 갈 친구들은 수업이 끝나면 남으라고 했다. 나는 청소가 끝날 때까지 복도에 서 있었다.

"사고인지 자살인지 모른다며?"

"야, 나중에 불똥 튀는 거 아냐? 학교 폭력이나 뭐 그런 걸로?"

"폭력은 무슨. 우리가 최수형을 왕따를 시켰냐, 빵셔틀을 시켰냐? 그냥 좀 놀린 건데…….'"

"그래도 유서에 우리 이름을 적어 놓고 그랬으면…….'"

"그러니까 장례식장을 찾아가야지. 그래야 나중에 울어도 반성의 기미가 보인다고 통하지."

최수형을 놀리던 녀석들 서넛이 복도 한구석에 모여 투덜거리는 걸 들었다. 나는 그대로 지나쳐 복도를 걸었고, 학교를 빠져나왔다.

최수형의 노트에 적혀 있던 한마디.

고맙다. 이신기.

그 말은 나중에서야 경찰을 통해 전해 들었다. 경찰은 나에게 이것저것 물었다. 나는 그저 고개를 저었다. 내가 최수형에 대해 아는 게 거의 없다는 것을, 그때야 알았다.

최수형은 내게 수수께끼를 남겼다.

나는 정자에 가지 않게 되었다. 비어 있던 최수형의 자리는 금방 치워졌고, 반 아이들 중 누구도 그 이름을 입에 올리지 않게 되었다. 더위가 남아 있던 날씨는 금세 서늘해졌다. 은행나무의 잎이 조금씩 노랗게 변해 갔다.

창밖으로 노란 은행잎을 보고 있자니 고구마 맛탕이 떠올랐다.

나는 점심시간이 되자마자 정자로 향했다.

정자에는 아무도 없었다. 나는 정자 난간에 앉았다. 한참을 앉아 있었다. 점심시간 끝나는 종이 울렸다. 샛길을 통해 흘러들던 요란한 발소리와 시끌벅적한 목소리가 사라졌다.

"대체 뭐가 고마웠다는 건데……."

아무리 생각해도 답을 알 수 없던 수수께끼.

"뭐가 고맙냐고! 뭐가!"

허공을 향해 버럭 소리를 질렀다.

아무리 생각해도 내가 최수형에게 해 준 것은 아무것도 없었다.

답을 찾지 못하는 건 질색이다. 놀이터 그네에 앉아 오지도 않을 사람을 기다리는 것과 비슷한 기분이다. 초조하고 안타깝다. 계속 기다리다가 지치면 결국 오지 않는 사람을 원망하게 된다.

아빠를 원망하게 된 것처럼, 최수형을 그렇게 기억하고 싶지는 않았다.

다음 날도 정자에 갔다. 그다음 날도, 그다음 날도 갔다. 끄트머리만 노랗게 물들었던 은행잎의 절반이 노랗게 변하는 날까지 수수께끼는 풀지 못했다. 점점 확실히 알게 된 건 오직 하나였다.

나는 최수형과 좀 더 오래, 같이 밥을 먹고 싶었다.

"저기…… 우리 오빠는 최수형인데…… 알아요?"

기어들듯 쭈뼛거리는 목소리, 셔츠를 입은 여자아이가 어색하게 웃어 보였다. 그때 나는 알았다. 최수형과 최수빈은 닮지 않았다. 하지만 코끝을 찡그리며 웃는 모습은 정말로 닮았다. 포슬포슬, 달콤한 고구마 맛탕의 향이 불쑥 떠올랐다.

최수형의 동생이구나, 싶었다.

"다들 밥 안 먹어요?"

한고은이 빵 봉지를 들고 수빈이와 강보라 사이로 파고들어 앉았다. 강보라가 어깨로 밀쳤지만 한고은은 아랑곳하지 않았다. 나는 수빈이에게 도시락을 건넸다.

"갑자기 밥이 먹고 싶어. 수빈아, 점심 바꿔 먹자. 내가 도시락 먹어도 되지?"

한고은은 내가 내민 도시락의 한쪽 끝을 움켜쥐었다.

"내 여자 친구 먹으라고 싸 온 거야, 이거."

나는 도시락 한쪽을 붙잡은 채 한고은을 노려봤다. 수빈이는 망부석이 된 것 같았다. 고개를 푹 숙인 채 앉아서 꼼짝도 하지 않았다.

"그럼 내가 선배 여자 친구 하면 되겠네요."

나를 마주 노려보는 한고은의 눈에 적대감이 가득했다.

"너, 그러다가 진짜 좋아하는 사람한테 미움 받는다?"

내 말에 도시락을 끌어당기던 한고은의 손이 멈칫했다.

그때였다. 가만히 앉아 있던 수빈이가 벌떡 일어났다. 그러고는 도시락을 낚아채더니 뚜껑을 열어젖혔다. 그리고 와구와구 먹기 시작했다. 수빈이는 금세 도시락을 비워 냈다. 텅 빈 도시락 통을 정자 바닥에 던지듯 내려놓았다.

"이것들이 진짜…… 보자 보자 하니까. 야, 너!"

수빈이가 주머니에서 핸드폰을 꺼내서 한고은에게 집어 던졌다.

"이런 이상한 문자나 보내고 말이야. 난 너 전혀 기억 안 나. 중학교 때 우리 학교가 단체전 우승했던 것만 기억난다고. 그것 때문에 복수하는 거야? 그때 나한테 졌다고?"

나는 수빈이가 내던진 핸드폰을 집었다. 한고은이 내게 보냈던 편지 내용만큼 유치한 말들이 쓰여 있었다. 한고은의 눈가가 벌겋게 달아올랐다.

"……그런 거 아냐."

"그럼 뭔데? 어쨌든 너, 더 이상 못 봐주겠어. 누구 마음대로 여자 친구가 되고 말고 해? 오빠도 그래! 이딴 애한테 협박이나 당하고 말이야."

수빈이는 크게 숨을 들이쉬더니 당당하게 선언했다.

"진짜 스크래치 맨을 잡아 버리자."

수빈이의 선전 포고였다. 띠리리링 띠리리리리링. 점심시간의 끝을 알리는 종소리가 울렸다.

"끝나고 다시 모여."

수빈이는 그 말만 남기고 성큼성큼 뒤도 돌아보지 않고 정자를 내려갔다. 한고은이 허둥지둥 수빈이의 뒤를 따라가 팔을 붙잡았다. 수빈이는 한고은을 단번에 뿌리쳤다. 한고은은 못 박힌 듯 서 있다가 천천히 정자에서 멀어져 갔다.

나를 포함해서 남은 사람들은 얼떨떨한 표정으로 앉아 있을 뿐이었다.

"나, 처음으로 최수빈이 선배랑 사귈 만한 애라고 생각했어. 선배, 여자 친구 잘 됐네."

민태준이 감탄하며 내 어깨에 손을 올렸다. 그때부터 불길하다 싶었다. 나는 보충 수업이 끝나자마자 다시 정자로 갔다. 정자 계단을 채 오르기도 전에 위에서 왁자지껄한 목소리가 들려왔다.

"모아가 스크래치 맨을 만난 곳이 이 골목이잖아. 그러니까 이 골목부터 시작해서 다른 피해자들이 스크래치 맨을 마주쳤다는 골목으로 확대해 가자고. 이야기들을 모으면 세 정거장 범위를 안 벗어나."

"CCTV는 이미 경찰들이 다 확인했을 텐데……."

"여기에 주차장이 하나 큰 게 있는데, 여기를 이용하는 차들의 블랙박스를 확인해 보는 건 어때? 이런 데는 보통 한 달 정기 이용권을 끊잖아. 매일 왔다 갔다 하니까 뭔가 찍혔을 수도 있어. 수상한 사람이나 아니면 모아를 덮쳤던 사람과 비슷한 인상착의를 한 사람이나……. 요즘 블랙박스는 전방위로 녹화되니까."

나는 정자 계단을 올라갔다. 계단 한 칸을 남겨 두고 슬쩍 발꿈치를 들어 정자 위를 살폈다. 수빈이와 민태준, 윤모아가 둥글게 모여 앉아 핸드폰을 들여다보고 있었다. 강보라만 원에서 한 자리 뒤로 물러 앉아 관심 없는 듯 앉아 있었다. 강보라가 세 명을 말려 줬으면 했다.

"차 주인들이 순순히 블랙박스를 보여 줄까요?"

윤모아의 물음에 내 기대는 와작 어그러졌다. 강보라가 너무나도 쿨하게 대답했기 때문이다.

"그런 건 나한테 맡겨. 국민 여동생의 위엄을 보여 줄게."

민태준이 툭 강보라의 어깨를 쳤다.

"웬일로 나설 마음이 생겼냐? 나야 신기 선배한테 지킬 의리가 있다만."

"뭐래? 나도 1년 넘게 같이 밥 먹은 의리가 있거든?"

나는 정자로 올라갔다. 네 명의 시선이 단번에 내게 쏠렸다. 나는 고개를 저었다.

"안 돼."

"뭐가 안 되는데?"

수빈이가 즉각 내 말을 받아쳤다. 내 눈에는 수빈이가 뾰족뾰족 털을 세운 커다란 고슴도치처럼 보였다. 수빈이가 밉살스럽다는 생각이 든 건 처음이었다.

"우리끼리 어떻게 스크래치 맨을 잡아? 위험하니까 안 돼."

"해 보지도 않고 어떻게 알아? 경찰한테 맡겨 놨다가는 언제 잡힐지도 모르고. 학기 초 모아네 집 근처에서 고양이를 죽이고 다녔던 이상한 사람, 알지? 그 사람도 이제껏 안 잡혔대."

"알아. 그런데 경찰도 못 잡는 걸 우리가 어떻게 잡으려고?"

"절실함이 다르잖아! 뭐야, 오빠! 진짜 한고은이랑 사귀고 싶어?"

수빈이가 꽥 소리를 질렀다. 나는 수빈이의 기세에 눌려 엉거주춤 자리에 앉았다. 민태준이 내 귀에 속삭였다.

"선배, 선배가 반대해도 최수빈은 혼자서라도 할걸요? 그럴 바엔 함께하는 게 낫지 않겠어요?"

나는 결국 패배를 선언할 수밖에 없었다.

과연 국민 여동생의 파워는 대단했다.

"어디 보자……. 차주나 차량 번호를 학생들에게 막 알려 줄 수는 없어. 그럼 내가 혼나거든. 대신에 여기서 장기 주차하는 트럭 차주가 나랑 좀 친하니까 같이 보러 가 주마. 마침 지금이 딱 쉬러 들어올 때네."

우리는 주차장을 관리하는 할아버지의 뒤를 따라갔다.

"뭐야? 내 블랙박스를 왜 봐?"

트럭 주인은 차 앞에 서서 담배를 피우고 있었다. 트럭 주인은 관리인 할아버지의 말을 듣자마자 팍 인상을 썼다. 관리인 할아버지가 아무리 설명해도 소용이 없었다.

"딸만 한 애한테 험한 일 저지르고 다니는 나쁜 놈을 붙잡으려고 하는 거니까 좀 도와주세요."

민태준이 윤모아를 앞으로 떠밀며 넉살을 부렸다. 역효과였다.

"뭐, 딸? 야! 내가 그렇게 나이 들어 보여?"

트럭 주인은 밉살스럽게 담배 연기만 뿜어 댔다. 수빈이가 억지를 써도, 내가 부탁을 해도 소용없었다. 뒤에 서 있던 강보라가 툭툭 민태준을 밀치고 앞으로 나왔다.

"비켜 봐."

강보라가 앞으로 나오자마자 트럭 주인의 표정이 확 변했다. 트럭 주인은 다급하게 담배꽁초를 발로 비벼 껐다.

"우와! 강보라잖아? 웬일이야? 이런 데서 강보라를 다 만나고. 나, 진짜 팬인데 사인, 사인 좀 해 줘요."

트럭 주인은 언제 무뚝뚝하게 굴었냐는 듯 수줍은 소녀처럼 두 손을 마주 잡았다. 강보라는 트럭 주인 옆에 바짝 붙어 섰다.

"제 친구가 엄청 무서운 일을 당했어요. 블랙박스 한번 보여 주심 안 돼요?"

"안 될 게 뭐 있어? 그게 뭐가 어렵다고? 보여 줄게요. 대신에 사인……."

"당연히 해 드리죠. 우릴 도와주시는 착한 오빠인데…… 같이 사진도 찍어요, 우리."

트럭 주인의 코가 벌름하니 커졌다. 그 뒤로는 일사천리였다. 트럭 주인은 가능한 한 예전 녹화 내용까지 보여 주겠다며 내 핸드폰으로 동영상 파일을 전송해 주었다. 트럭 주인이 강보라와 신나게 사진을 찍고 있는 동안 우리는 찍힌 영상을 유심히 들여다봤다. 블랙박스에 남아 있는 영상은 저번 주 수요일부터 이번 주 수요일까지 일주일 치였다. 화질이 썩 좋지는 않았지만 차 앞을 지나가는 사람들의 얼굴 생김은 확인할 수 있을 정도였다. 영상에 표시된 요일 표시가 수요일에서 화요일, 월요일로 점차 바뀌었다. 점점 과거로 흘러가는 영상을, 우리는 숨을 죽이고 뚫어져라 바라보았다.

토요일의 영상이 시작되자 곧바로 이상한 장면을 발견할 수 있었다.

"저기, 저 사람이 좀 이상하지 않아?"

나는 영상을 일시 정지시켰다.

영상은 트럭이 좁은 골목길에 잠시 멈춰 서 있을 때 찍힌 듯했다. 영상 속 남자는 트럭 앞을 지나가고 있었는데 이상한 건 남자가 손에 들고 있는 무언가였다. 그건 아무리 봐도 개나 고양이 같은 동물이었다. 그리고 그건 남자에게 목이 잡힌 채 축 늘어져 있었다. 남자는 손에 들고 있던 동물을 길 한쪽에 휙 내팽개쳤다. 담벼락에 부딪힌 동물은 그대로 툭 바닥으로 떨어졌다.

영상을 앞으로 빨리 돌려 비슷한 인상착의의 남자가 찍혔는지 살펴보았다. 이미 한 주를 거슬러 올라간 지난 수요일에 문제의 그 남자가 또 나타났다. 낡은 상가 근처를 지날 때 찍힌 거였다. 남자는 정문이 아닌 담을 넘어서 상가 안 저편으로 사라졌다.

"저 상가, 어디에 있는 건지 알아요."

모니터를 뚫어지게 들여다보던 윤모아의 옆얼굴이 딱딱하게 굳었다.

"여기는 재개발한다고 문 닫은 상가들이 모여 있는 곳이에요.

가끔 할머니랑 폐지를 가지러 갔었어요. 그리고 여기는…… 제가 스크래치 맨을 만난 골목이랑 연결되는 곳이에요."

"확실하진 않지만 일단 확인하러 갈 필요는 있겠다."

주차장을 나오면서 민태준이 툭 팔꿈치로 강보라를 쳤다.

"아주 딴사람이 되더라? 그 애교의 절반만 남친한테 좀 하지?"

"영업용이거든? 나랑 비즈니스 관계 될래?"

"아…… 취소."

저것들 눈꼴시다. 평소라면 수빈이가 그렇게 종알거리며 내 팔에 덥석 매달려 왔을 터였다. 하지만 수빈이는 윤모아의 옆에 선 채 나를 쳐다보지도 않았다. 늘 먼저 매달리던 수빈이의 무게가 느껴지지 않으니 팔이 너무 가벼웠다.

"여기예요. 스크래치 맨을 만났던 곳은 저쪽의 좁은 골목이고요."

윤모아가 앞장서서 안내한 곳은 대로변에서 굽이굽이 들어간 곳에 위치한 상가였다. 상가로 통하는 길은 골목이라고 하기엔 너무 좁은 샛길 하나뿐이었다. 상가 단지는 폐건물 세 채가 모여 있었다. 두 채는 이미 반쯤 철거가 이루어졌고 아직 철거되지 않은 한 채도 금세 무너져 내릴 듯 보였다. 문과 창문은 폐자재들로 막혀 있었고, 건물 주변은 낮은 담이 빙 둘러싸고 있었다. 담은 건물의 1층 창문 아래로 둘러져 있어서 언뜻 낮아 보였지만 가까이 다가가서 보면 높이가 상당했다. 성인 남자가 담을 넘어 들어가면 담에 가려져 바깥에서는 모습이 보이지 않을 정도였다. 담 아래쪽은 건물의 지하층인 듯했다. 우리는 잠시 흩어져서 건물의 외관을 살펴보았다.

"여기다, 여기!"

나는 민태준의 목소리가 들리는 곳으로 달려갔다.

"야! 얘가 진짜 겁도 없어. 나와!"

강보라가 담 아래를 내려다보며 화를 내고 있었다. 담 아래로 건장한 남자도 충분히 드나들 만한 커다란 창문이 열려 있었다. 민태준이 그 창을 통해 건물 안으로 들어간 듯했다. 건물 안에서 민태준의 목소리가 울려 나왔다.

"여기서 누가 사는 것 같아. 가스버너도 있고 라면도 있어. 어, 잠깐만…… 이건 뭐야? 선배! 잠깐 들어와 봐요!"

민태준이 나를 불렀고 나는 머뭇거렸다. 그러다가 수빈이와 눈이 마주쳤다. 겁쟁이처럼 보이고 싶지 않았다. 나는 낮은 담을 훌쩍 넘었다. 창을 통해 안으로 들어가자 딱딱한 시멘트 바닥에 쌓인 먼지가 풀썩 일어났다.

지하는 창고나 주차장으로 썼을 법한 곳이었다. 넓은 공간 곳곳에 기둥이 서 있을 뿐 방이라고 부를 만한 곳은 없었다. 바닥과 벽 모두 을씨년스럽게 시멘트로 발라져 있을 뿐이었다. 창문 바로 왼쪽 벽 쪽에 더러운 매트리스가 하나 놓여 있었다. 매트리스 위에는 이불과 노트북이 어지럽게 널려 있었다. 뒤집어 놓은 라면 상자 위에는 먹다 남은 컵라면과 가위, 다 떨어져 나간 잡지 한 권이 놓여 있었다. 매트리스 옆에 낡은 옷 몇 벌과 쓰레기들, 라면과 빵

봉지, 음료수 캔이 수북이 쌓여 있었다. 언뜻 노숙자가 숨어들어 살고 있다고 생각할 수 있는 풍경이었다. 매트리스 아래에 놓인 휴대용 발전기가 아니었다면 말이다. 발전기 옆에는 작은 프린터기까지 설치되어 있었다. 평범한 노숙자가 사용할 만한 물건들은 아니었다.

"선배, 이거…… 내가 모아한테 준 머리끈이랑 같은 거야. 모아가 스크래치 맨이랑 몸싸움할 때 잃어버렸다고 했거든."

민태준은 잡동사니가 쌓여 있는 가운데서 머리끈 하나를 들어 보였다. 그 얘기를 듣고 나는 좀 더 유심히 매트리스와 노트북 주변을 살펴보았다. 노트북 아래에 인쇄용지 몇 장이 깔려 있었다. 나는 그중 한 장을 집어 들었다.

순간 숨이 턱 막혔다.

종이에 인쇄되어 있는 건 붉은 생채기가 난 여자의 다리였다. 아무리 봐도 몰래 찍은 것이 분명했다. 다른 한 장을 집어 들었다. 거기에는 꼬리가 잘린 채 죽은 고양이 사체 모습이 있었다.

"머리끈만 있는 게 아닌데? 피 묻은 옷도 있어. 커터 칼이랑 찢어진 스타킹도……. 여기 사는 사람, 아무래도 변태 같아. 스크래치 맨일 확률 80프로는 되어 보인다고. 선배, 당장 경찰에 신고하는 게 낫지 않겠어?"

"신고해서 뭐라고 하려고? 여기에 이상한 물건이 많은데요, 하면 참도 달려와 주겠다. 장난치지 말라고 할걸? 어디 보자…… 노트북 안에 뭐든 있겠지."

나는 재빨리 노트북을 켰다. 비밀번호가 걸려 있었다. 나는 비밀번호를 풀고 폴더들을 살펴보기 시작했다. 역시나 있었다. 날짜별로 정리된 폴더 안에는 여자들을 도촬한 사진이 한가득이었다. '작업 일지'라는 제목의 폴더도 있었다.

x월 x일. 고양이는 질렸다. 여학생의 다리를 긁어 보았다. 이 사진이 훨씬 자극적이다.
다리 사진을 인터넷에 올렸다. 덕분에 돈을 벌었다. 이렇게 좋은 걸 이제야 알았다니……
스트레스가 쌓이니까 다시 고양이를 죽이고 싶다.

그 폴더가 통째로, 범죄 기록부였다.
"일단 지우지 못하게 로크(Lock) 걸어 버리고 네트워크 쿠키 좀 뒤져 봐야겠어. 이 사이트인가 보다. 여기를 통해서 사진을 판 모양이야. 잠깐…… 이거 사본을 내 핸드폰에 백업해야겠다. 혹시 증거를 없앤다고 노트북을 부술 수도 있으니까. 증거로 제출할 때 해시(hash) 값이 동일한 것만 증명하면 되니까. 잭을 챙겨 오길 잘했네."
증거가 될 만한 파일을 내 핸드폰으로 옮겨 담기 시작할 때였다. 퉁퉁, 창문에 둔탁한 것이 부딪혔다. 작은 돌멩이가 유리창을 두드리고 있었다.
"오빠! 태준아! 빨리 나와, 빨리!"

"왜? 무슨 일인데?"

잡동사니를 뒤적이고 있던 민태준이 창가로 다가갔다. 수빈이가 담 위에서 다급하게 외쳤다.

"남자 한 명이 샛길로 들어오는 걸 봤어. 모아가 봤는데 팔에 문신이 있대. 확실하게 보진 않았지만 스크래치 맨의 팔에 있던 거랑 비슷하대!"

"어떡해? 이쪽으로 와……."

윤모아의 겁에 질린 목소리도 들렸다. 나는 컴퓨터의 모니터를 확인했다. 파일 전송률은 채 50%도 되지 않은 상태였다.

"증거가 될 만한 걸 챙겨 놔야 해. 애들아, 일단 경찰한테 연락해!"

"경찰이 언제 올 줄 알고……. 쉿! 오빠, 안에서 조용히 있어. 말하지 마."

간신히 파일 전송이 끝났다. 나는 연결 잭을 뽑았다. 부스럭, 민태준이 라면 봉지를 뜯었다.

"태준아, 뭐 해? 이리 와."

나는 목소리를 낮춰 민태준을 불렀다.

"잠깐만, 선배. 그래도 무기는 챙겨야지."

민태준이 라면 수프를 손바닥에 쏟더니 꽉 쥐었다. 나와 민태준은 숨을 죽이고 바깥의 동태를 살폈다.

"뭐야…… 여자애들이 여기서 뭐 하는 거야?"

남자의 느릿한 목소리가 들려왔다.

"수, 숨바꼭질이요!"

윤모아의 뚱딴지같은 대답을 잽싸게 이어받은 건 강보라였다.

"맞아요. 방송 녹화 중이거든요. 숨바꼭질하는 게 미션이에요. 저희 셋이 한 팀이에요. 오빠는요? 여긴 사람이 없는 줄 알았어요. 숨기에 딱이라고 생각했는데……."

강보라의 목소리는 명랑했다. 평소보다 한 톤 높은 것이 딱 방송용 목소리였다.

"방송? 그럼 여길 누가 찍고 있는 거냐?"

남자의 목소리가 거칠어졌다. 민태준이 먼저 창문을 넘었다. 나도 최대한 소리를 내지 않게 조심하면서 창을 넘었다. 담 아래에 서자 목소리가 더 뚜렷하게 들렸다.

"아니에요. 숨는 쪽에는 카메라가 안 붙어요. 찾는 쪽에만 VJ들이 붙어서 움직이고요. 저희는 숨어 있다가 발각되면 그 부분부터 촬영이 시작되거든요. 시간제한이 끝날 때까지 아무도 우리를 찾지 못하면 골든 열쇠를 받아요. 그러니까 잘 숨어야 돼요."

"그럼…… 넌 연예인이냐? 흐음, 어디서 본 것도 같고……."

남자의 목소리가 다시 느슨해졌다.

"어머! 오빠, 서운해요. 저 모르세요? 국민 여동생이라는 별명도 있는데……. 근데 오빤 힘이 되게 세 보여요. 저 좀 도와주시면 안 돼요? 저쪽에 숨기 좋은 곳이 있는데 그 앞에 엄청 무거운 박스가 가로막고 있어서 치울 수가 없어요."

"흠, 내가 힘이 좋긴 하지. 그래, 뭐 그 정도야……. 어딘데? 대신 나랑 너랑 단둘이 숨는 거야. 저 둘은 영 내 취향이 아냐."

민태준이 내 어깨를 툭툭 쳤다. 담 아래에 낡은 의자가 뒹굴고 있었다. 나와 민태준은 조심조심하며 의자 쪽으로 다가갔다. 의자를 일으켜 세우다가 삐걱거리는 소리가 났다. 꿀꺽, 침이 넘어갔다. 나와 민태준, 누가 먼저랄 것도 없이 담 위를 올려다봤다. 남자는 듣지 못한 듯했다.

민태준이 먼저 의자를 밟고 뛰어올랐다. 나도 그 뒤를 따랐다. 훌쩍 담 위로 올라오자 강보라가 키 큰 남자의 팔을 붙잡고 있는 것이 보였다.

"너, 너희는 뭐야!"

담 위로 갑자기 솟아 나온 나와 민태준의 모습에 남자가 당황하여 주춤 뒤로 물러섰다. 강보라는 얼른 남자의 팔을 놓았다. 남자를 향해 달려간 민태준이 손에 쥐고 있던 라면 수프를 남자의 얼굴에 뿌렸다.

"으악! 이게 뭐야!"

남자는 손으로 눈을 마구 비비며 주저앉았다.

"뛰어!"

민태준의 고함을 신호로 우리는 달렸다. 남자가 쫓아왔다. 남자의 손이 내 어깨를 덥석 붙잡았다. 내 몸이 남자 쪽으로 끌려갔다.

"야! 우리 오빠 놔줘!"

수빈이가 고함을 지르며 뒤돌아서 달려왔다. 남자는 나를 옆으로 던지듯 밀쳤다. 나는 넘어지면서 남자가 수빈이에게 손을 뻗는 것을 보았다.

'안 돼!'

쾅! 무언가 머리에 부딪혔다.

까무룩해지는 의식의 끝에서 수빈이가 남자를 업어치기로 던져 버리는 모습이 보였다.

스크래치 맨은 붙잡혔다.

스크래치 맨은 상가에서 두 정거장 떨어진 빌라에 살던 남자였다. 우리 동네에서 빈 상가를 발견하고는 그곳을 비밀 기지로 삼았다고 했다. 나쁜 건 내가 아니야……. 남자는 체포된 후 그렇게 말했다고 한다. 자기를 고용해 주지 않는 회사들을 탓했고, 좋은 대학에 갈 수 있도록 과외를 시켜 주지 않은 부모를 탓했다고 한다. 처음에 남자는 골목을 돌아다니는 고양이나 개를 죽였다고 했다. 하는 일 없이 어슬렁거리는 동물들에게 짜증이 났다고 했다.

다음으로 여자들에게 화가 났다. 자기는 힘도 세고 멋진데 도통 알아주지 않으니 용서할 수 없다고 생각했단다. 그래서 버스에 탄 여학생의 다리를 볼펜 끝으로 찔렀다. 그리고 몰래 사진을 찍었다. 찍은 사진을 도촬 사이트에 올렸더니 반응이 좋았단다. 어떻게 이런 사진을 찍었냐며 영웅 대접을 해 주었단다. 다운로드 수가 많아지니 돈도 조금 생겼다. 점점 더 많은 사진을 찍게 되었고, 더 자극적으로 찍힐 만한 상처를 내고 싶어졌다.

이상이 신문 기사에 실린 스크래치 맨에 대한 전부였다. 지역 뉴스에도 보도되었고, 온라인상에서는 제법 큰 화제가 되었다. 학교는 또다시 시끌벅적해졌다.

"뭐야…… 그럼 신기 선배는 완전 누명을 쓴 거네?"

"고양이 살해도 그 남자가 한 짓이래."

"완전 무서워."

나는 그 소란과는 동떨어진 채 내 방 침대에 앉아 있었다.

"자, 네가 직접 오빠한테 보여 줘. 그리고 사과해."

수빈이가 옆에 앉은 한고은을 노려보며 말했다. 한고은은 주머니에서 반듯하게 접힌 종이를 꺼내 내게 내밀었다. 종이에는 '다시는 이신기와 최수빈 사이에 끼어들지 않겠습니다.'라고 적혀 있었다. 사실 이런 각서쯤은 어기려면 얼마든지 어길 수 있을 것이다. 하지만 한고은은 분명히 이 약속을 지킬 것이라는 생각이 들었다.

"내 참, 뭐 하러 이런 일을 벌였는지 아직도 이해가 안 되네. 설마 그때 단체전에서 졌다고 그런 건 아니지? 정말로 신기 오빠가 좋았으면 그런 협박은 안 해야 하는 거잖아. 너 때문에 오빠가 정말 스크래치 맨으로 몰렸으면 어쩔 뻔했어?"

수빈이의 타박에 한고은은 쪽지 끝자락을 만지작거렸다.

"……내 우상이었어."

"뭐?"

"한눈에 동경하게 돼 버렸는걸. 내가 못하는 기술도 시원시원하게 해냈으니까. 말도 한번 못 걸었어. 학교도 달랐고 나보다 선배였지. 그런데 고등학교에 올라갔더니 나랑 같은 학교라잖아. 물론 당장 친해질 수 있을 거라고는 생각 안 했어. 같은 학년이지만 반도 다르고, 다가갈 용기도 쉬이 안 생겼어. 도시락부 소문은 익히 들었어. 정자로 가는 길목에서 몇 번이나 어슬렁거렸는지 알아? 하지만 남자 친구랑 같이 있는 게 보기 싫었어. 그래도 2학년에 올라가면 같은 반이 될 수도 있고, 2학기에는 체육 대회 같은 행사도 많으니까 좀 더 가까워질 수 있겠지 하고 기대했어."

"같은 학년? 남자 친구? 잠깐만, 대체 무슨 소리야?"

수빈이는 점점 더 영문을 모르겠다는 표정이 되었다. 그래도 한고은은 한번 쏟아 내기 시작한 속내를 멈추지 않았다.

"남자 친구랑 있는 모습이 보기 싫은 게 당연하잖아? 별별 소문이 다 돌았어. 네가 유도를 그만뒀을 때 남자 친구 때문이라는 소문이 제일 많았지. 제법 있었잖아? 남자 친구가 유도하는 걸 싫어해서 그만두는 애들……."

"내가 유도를 그만둔 거랑 신기 오빠는 관계없거든? 그리고 만약 그렇다고 해도 네가 무슨 상관인데?"

수빈이는 어이없다는 듯 버럭 소리를 질렀다.

"나도…… 나도 너처럼 그렇게 생각했어. 그래서 참았어. 하지만……."

한고은은 아랫입술을 깨물었다. 수빈이의 미간에 깊은 주름이 잡혔다. 한고은의 이야기를 이해하려고 온 힘을 다하고 있는 게 분명했다.

"하지만 상황이 바뀌었는걸."

"상황?"

"나, 전학 가."

아하……. 나도 모르게 중얼거렸다. 한고은의 행동 중 제일 이해가 되지 않던 한 조각이 철컥 맞춰졌다. 한고은은 왜 갑자기 수빈이에게 부딪혀 온 걸까? 그동안 내내 알 수 없던 이유는 생각보다 단순했다.

"그래서 네가 전국 유도 팀에 들어가지 않겠다고 했을 때 정말로 화났어. 그것도 다 남자 친구 때문인 줄 알았어. 여자 친구가 유도하는 걸 싫어하는 남자애들은 많이 봤으니까. 그래서 어떻게든…… 헤어지게 만들려고 했지. 그럼 네가 전국 유도 팀에 들어갈 테고, 그럼 전학 간 뒤에도 만날 수 있을 거라고 생각했어."

수빈이의 입이 떡 벌어졌다. 드디어 한고은의 이야기를 이해한 듯했다.

"잠깐, 그럼 넌 신기 오빠를 좋아한 게 아니라……."

한고은은 잠깐 이야기를 멈췄다. 그러더니 불쑥 엉뚱한 말을 꺼냈다.

"내 요구를 다 들어주기로 했던 거, 기억하지?"

"그건 이제 무효지."

"아니야. 약속을 끝내자는 말은 없었잖아? 그러니까……."

한고은은 수빈이의 어깨를 붙잡았다. 한고은의 입술이 수빈이의 뺨에 닿았다가 떨어졌다.

"이게 내 마지막 부탁이야. 안녕."

한고은은 방을 뛰쳐나갔다. 현관문이 쾅 닫혔다. 수빈이는 엉거주춤 서서 한고은이 열어젖힌 방문만 멍하니 바라봤다.

"뭐야, 이거……."

수빈이는 얼이 빠진 표정이었다. 나는 그 얼굴을 보고 그만 풋, 웃고 말았다. 수빈이가 버럭 소리를 질렀다.

"뭐야! 오빠, 왜 웃어? 왜 안 놀라?"

"안 놀라지. 난 처음부터 알고 있었거든. 한고은이 좋아하는 사람이 누군지……."

"뭐? 어떻게?"

나는 수빈이의 뺨을 손가락 끝으로 꾹 눌렀다. 말랑하고 포실하다. 순간, 수빈이가 내 옆에 있어서 고마웠다.

"아!"

고맙다, 이신기.

지금까지 내내 나를 괴롭혔던 그 한 줄의 글……. 수수께끼는 풀렸다.

그리고 또 한 명 :
도시락 소풍

수능 디데이 100일이다.

매일 야간 자율 학습에 시달려야 하는 고3에게 수능 전 즐길 수 있는 마지막 축제다. 수능 시험을 치러 갈 학교를 탐방할 수 있도록 수업이 빨리 끝나기 때문이다. 교문을 빠져나오는 3학년들은 엿이나 찹쌀떡이 든 쇼핑백을 한두 개씩 들고 있었다. 아마 후배들이 준 것일 거다.

나도 3학년이 되었다면 적어도 하나쯤 받았을 것이다. 내 동생, 수빈이가 줬을 게 분명하다. 어쩌면 더 많이 받았을지도 모르겠다. 나도 도시락부의 한 명이 되었다면 말이다. 살아 있었다면 분명히 부원이 됐을 거다.

하지만 지금 정자에 모인 도시락부 부원들은 내가 함께 있는 것도 알지 못한다. 어쩔 수 없다. 나는 다른 사람들의 눈에는 보이지 않을 테니까. 누군가 내 모습이 보인다면 그건 나름대로 큰일이다. 유령을 볼 수 있는 인생이 썩 평탄하지는 않을 것 같다. 나는 도시락부의 모든 사람을 좋아하기 때문에 누구든 그런 인생을 사는 걸 바라지 않는다.

"이게 도시락부만의 '특전'이에요?"

윤모아가 어이없다는 표정으로 정자 한가운데에 놓인 바구니를 내려다봤다.

"좋잖아? 이런 바구니에 도시락을 넣고 소풍! 이거야말로 로망이지."

커다란 갈색 바구니였다. 대나무로 촘촘히 엮은 네모난 바구니에는 뚜껑도 달려 있다. 손잡이도 있다. 여섯 칸으로 나뉘진 바구니의 내부는 빨간색 체크무늬 천으로 장식되어 있다. 마치 『빨간 머리 앤』의 앤과 다이애나가 소풍을 갔을 때 썼을 법한 바구니다.

"자, 그럼 다들 가지고 온 도시락을 꺼내도록!"

민태준은 바구니를 활짝 열었다.

"일단 내 작품은 짠! 이런 바구니에는 빵 좀 들어가 줘야지."

민태준이 꺼내 놓은 건 구운 닭가슴살 꼬치와 노릇하게 구워진 파니니다. 강보라가 제일 좋아하는 샌드위치였다. 거기에 양배추와 방울토마토, 레몬 소스가 더해진 샐러드도 비닐 봉투 하나를 가득 채우고 있었다.

"센스 좀 있네? 난 이거야."

강보라가 내민 건 김밥이다. 서툴게 말린 김밥 중 몇 개는 옆구리가 터져 있다. 당근이 어설픈 꽃모양으로 오려져 김밥 위에 놓였다. 민태준은 김밥을 보고 웃음을 터뜨렸다.

"와! 진짜 못 쌌다."

"시끄러워. 처음 싼 것 치고는 잘한 거지."

또다시 티격태격 말싸움이 시작된다. 민태준과 강보라는 앞으로도 저럴 것이다. 싸우고 화해하고, 금세 다시 웃는다. 얼마 전의 소동을 겪을 때도 그랬다. 두 사람은 같은 이유로 서로에게 화를 냈다. 왜 그렇게 위험한 일을 한 거야? 합창이라도 하듯 동시에 외쳤다. 자신들이 생각해도 그 모습이 우스웠는지 서로 노려보다가 웃어 버리고 말았다.

나도 그렇게 똑바로 바라보고 한 번이라도 말할 걸 그랬다. 내가 하고 싶었던 말들…… 나는 그러지 못했다. 착한 아들이고 좋은 오빠이고 싶었다. 당연히 그래야 하는 줄 알았다. 그래서 정작 나는 뭐가 힘든지, 뭘 원하는지 한 번도 소리 내어 말해 본 적이 없었다.

민태준과 강보라를 보고서야 내가 어떻게 했어야 했는지 알았다. 좀 더 빨리 알았다면, 두 사람을 더 빨리 만났으면 좋았을 거다.

"제 거는 여기요."

윤모아가 내민 은박지 안에는 네모난 주먹밥 다섯 개가 들어 있었다. 샌드위치 주먹밥이다. 자른 단면이 깨끗하다. 주먹밥을 받아 든 민태준이 감탄했다.

"솜씨가 엄청 늘었네? 역시 내 제자야."

민태준의 넉살에 윤모아는 웃었다. 윤모아는 민태준에게 좋아한다고 고백하지 않는 쪽을 택했다.

"그때 말이야, 스크래치 맨에게서 달아날 때…… 난 무서워서 도망쳐야 한다는 생각뿐이었어. 태준 선배는 무사히 빠져나왔나, 그런 생각도 못했지. 그런데 보라 선배는 아니더라. 태준 선배의 손을 꼭 붙잡더라고. 그때 깨달았어. 난 아무래도 보라 선배만큼 태준 선배를 좋아하지는 못할 것 같다고……."

그러니까 고백은 누구보다도 내가 더 좋아하게 될 사람에게 할래……. 그렇게 말하며 웃는 윤모아의 눈가가 붉었다.

"도시락에는 달달한 게 있어야지."

신기가 꺼내 놓은 건 고구마 맛탕이다. 수빈이가 얼른 하나를 집었다. 입안에 넣으려다가 말고 신기의 입에 쑥 밀어 넣었다.

"맛있지?"

"내가 만들었거든?"

민태준은 맛탕이 든 통을 바구니 안에 챙겨 넣으며 헛웃음을 지었다.

"두 사람, 서로 여사친, 남사친으로 남기로 했다면서? 근데 예전이랑 달라진 게 뭐야?"

수빈이는 말하는 쪽을 택했다.

정자와 한 사람의 뒷모습.

"이거…… 나야?"

"우리 오빠 꺼 책장 사이에 끼워져 있었어. 난 그 사진을 보자마자 뒤통수가 참 예쁘다고 생각했었어. 정자에서 처음 봤을 때 오빠가 그 사진 속의 인물이구나 하는 것도 단번에 알았지."

신기는 한참이나 가만히 사진을 들여다보았다. 그러다가 고개를 끄덕였다.

"생각났다, 이거……. 학교 사물함에서 필름 카메라가 나왔었거든. 망가졌나 싶던 거였어. 그런데 필름이 들어 있기에 정자로 가져왔지. 수형이랑 장난삼아 찍었어. 수형이가 현상을 맡긴다고 했었는데…… 그 카메라, 작동이 됐었구나."

신기는 기억하고 있었다.

"둘이 함께 찍은 사진도 있을 텐데?"

"그런 건 없었어."

"난 오히려 이걸 찍은 기억이 없는데? 필름을 현상했으면 나도 좀 보여 주지……."

……나도 보여 주려고 했었다.

찍은 사진이 모두 현상되지는 않았다. 카메라 관리가 제대로 되어 있지 않아서 군데군데 필름이 씹혔다고 했다. 그래도 열 장 가까이 현상했다. 그중 우리 모습이 찍힌 사진은 둘이 함께 찍은 것이 한 장, 신기를 찍은 것이 한 장이었다. 나머지는 모두 풍경 사진이었다. 이럴 줄 알았으면 둘이서 더 많이 찍을 걸 그랬다고 생각하면서도 신이 났었다.

　교실에서 사진을 보여 주며 말을 걸려고 했다. 정자에서만이 아니라 교실에서도 아무렇지 않게 이야기를 주고받고 싶었다. 신기는 내 도시락을 칭찬해 주었다. 무슨 남자가 도시락이냐며 비웃던 다른 친구들과는 달랐다. 예쁘고 맛있는 것을 두고 순수하게 감탄하는 모습이 좋았다.

　먼저 교실에서 말을 걸어 보자고 몇 번이나 생각했다. 하지만 용기가 나지 않았다. 섣불리 말을 걸었다가 신기도 투명 인간이 될까 봐 두려웠다.

　그래도 말을 걸어 보자고 결심했던 건 교실에서 신기와 눈이 마주쳤기 때문이다. 신기는 한참이나 빤히 눈을 마주치고만 있었다. 그 눈빛은 익숙했다. 언제 오빠가 돌아오나 하며 집 앞에서 고개를 빠끔히 빼고 서 있던 수빈이의 눈빛이었다.

　신기는 기다리는 게 싫다고 했다. 어릴 때는 기다리기만 하면 되는 줄 알았거든. 아빠는 집을 떠났다고 어른들이 그랬으니까. 떠난 사람은 반드시 돌아온다고 그때는 그렇게 여겼던 거지. 엄마가 슈퍼에 갔다가 돌아오는 것처럼. 떠난 사람이 돌아오지 않을 수도 있다는 걸 몰랐어. 신기는 이렇게 말하는 내내 웃지 않았다. 젓가락질도 멈췄다.

　나는 이신기가 좋았다.

　기다리는 걸 싫어하는 신기를, 더 이상 기다리게 만들고 싶지 않았다.

지하철이 오기를 기다리는 동안 나는 현상된 사진을 보고 서 있었다. 그러다가 한 장은 책장 사이에 끼워 넣었다. 신기의 뒷모습이 찍힌 사진이었다. 사실 그 사진은 몰래 찍었다. 정자에서 먼저 내려가다가 혼자 앉아 있는 신기의 뒷모습에 눈길이 갔다. 뒤통수가 예뻤다. 그래서 셔터를 눌렀다.

　그 사진까지 보여 주기는 쑥스러웠다. 보여 줄 사진은 한 장뿐이었다.

　나는 가방 안에 책을 넣고 다시 책가방을 멨다. 쥐고 있던 사진이 손안에서 빠져나갔다. 사진을 붙잡으려고 허공에서 몇 번이나 헛손질을 했다. 사진은 스크린 도어 너머로 떨어졌다. 스크린 도어는 열려 있었다. 나는 스크린 도어 안으로 들어갔다. 사진을 집으려고 쪼그려 앉았지만 사진은 다시 손끝을 벗어났다. 지하철이 역사로 들어왔다. 바람이 불어왔다. 바닥에서 사진이 떠올랐다. 둥실 떠오른 사진을 잡으려고 몸을 앞으로 뻗었다.

　……중심을 잃었다. 그것이 나의 마지막이었다.

　"그거, 오빠한테 줄게."

　사진을 들여다보던 신기가 고개를 들었다.

　"우리 둘, 정말로 우리 둘만 마주 볼 수 있게 되면 그때 돌려 줘."

　수빈이의 말투는 단호했다. 헤어지자는 말은 하지 않았다. 하지만 신기는 수빈이의 말투에서, 눈빛에서 그 의미를 읽어 냈을 터였다.

신기는 사진을 지갑 안에 넣었다.

"그래, 기다릴게."

이신기는 기다리는 것을 싫어한다. 그래도 기다린다고 했다.

부럽다…… 그리고 다행이다.

신기가 혼자서 정자를 찾아와 앉아 있던 내내 마음이 아팠다. 옆에 앉아 있다고 말해 줄 수 없는 것이 슬펐다. 계속 기다리게 하는 것만 같았다. 나는 더 이상 신기와 함께 밥을 먹을 수 없을 터였다.

기다리는 사람이 반드시 돌아오지는 않는다. 하지만 신기가 기다리는 사람은 언제나 돌아왔으면 좋겠다.

'그 사진, 신기한테 전해 줘서 고마워.'

들리지 않을 말이라도 속삭여 봤다.

"짜잔! 이건 내가 가져왔지!"

수빈이가 도시락 통을 열었다. 순간 웃음이 터졌다.

"야, 이게 뭐야!"

달걀 프라이 열 장과 그득히 쌓인 김치. 수빈이의 도시락에 들어 있는 건 그것뿐이었다.

"처음 싸 보는 도시락의 정석은 역시 이거지. 올디스 벗 구디스 (Oldies But Goodies)."

민태준은 도시락을 받아 안에 든 달걀 프라이를 차근차근 살펴보았다.

"달걀 열 개를 어쩜 이렇게 하나같이 엉망으로, 모양은 또 제각 각 다르게 부쳤네? 이것도 재주다, 진짜!"

"시끄러워. 이 세상에 완전 똑같이 생긴 게 어디 있다고? 야, 형제자매도 다른 구석이 있어. 하물며 엄마가 제각각인 달걀 프라 이도 모양새가 다른 게 당연하지."

달걀 프라이들처럼 수빈이와 나는 달랐다. 남매지만 닮은 구석 이 없었다. 얼굴도, 성격도 모두 달랐다. 하지만 닮은 점도 분명 많았을 거다. 좀 더 오래, 어른이 될 때까지 함께 싸우고 말다툼도 하고 같이 밥을 먹었다면 닮은 구석도 많이 찾아냈을 것이다.

같은 사람을 좋아하게 된 걸 보면…… 분명 그랬을 거다.

"억지다, 진짜."

민태준은 수빈이의 도시락도 바구니에 넣었다. 탁! 기세 좋게 바구니 뚜껑이 닫혔다.

"자, 완성!"

"다른 날도 아니고 수능 디데이 백일에 소풍 가는 게 부원 가입 특전이라니……."

아무래도 속은 것 같아……. 중얼거리는 윤모아의 등을 강보라 가 토닥였다.

"작년에 나도 똑같이 생각했어. 설마 이걸 올해도 할 줄은 몰랐 네. 부원 중에 고3도 있는데."

"고3이 있으니까 올해는 더더욱 스페셜하지. 자, 가자."

"오빠, 이번에는 어디로 가?"

"내가 완전 좋은 장소를 찾았거든."

신기가 앞장선다. 민태준이 뒤따른다. 민태준의 팔에 걸린 바구니가 묵직해 보인다. 한 사람, 한 사람이 채워 넣은 바구니다. 그 자리 한구석에라도 함께하고 싶어졌다. 나는 바람을 실어 보냈다.

"어? 꽃이다!"

수빈이가 바구니 위로 날아온 꽃잎을 조심스럽게 집어 들었다.

"예쁘다. 무슨 꽃이지?"

"인터넷에서 찾아봐."

강보라가 핸드폰을 꺼냈다. 민태준은 바구니를 열었다.

"꽃 장식이라니, 최고의 도시락이다."

수빈이는 바구니의 안쪽 한가운데에 꽃잎을 조심스레 올려놓았다.

"이건가? 보라색인데 작고⋯⋯."

"맞는 것 같은데요? 물망초."

"우리 학교에 그런 꽃이 있었나?"

강보라는 어느새 윤모아까지 끌어들여 검색에 열중하기 시작했다.

"뭐 해? 어서 가자."

가장 앞에서 걷던 신기가 뒤돌아봤다. 멈춰 섰던 걸음들이 다시 움직였다. 하지만 정작 신기는 그 자리에서 멈춘 채 움직이지 않았다. 신기는 정자 쪽을 바라보았다.

"선배, 가자며?"

"아, 그래."

신기는 머뭇머뭇 뒤돌아섰다. 들릴 리 없는 목소리를 들은 것인지도 모른다.

흔들흔들, 바구니가 흔들린다. 그 안에서 나도 함께 흔들리는 것 같다.

나는 정자 안에 기대어 앉은 채 여름 햇살에 섞여 웃었다.

나는 맛있는 것을 좋아합니다. 그중에서도 도시락은 어쩐지 특별하게 느껴집니다. 집에서 만든 것이 아니라도, 편의점에서 파는 것이라도 그렇습니다. 도시락 반찬들을 하나씩 따로 떼어 놓고 보면 서로 아무 관계가 없는 것들뿐입니다. 하지만 그것들이 도시락 통 안에서는 서로 무척 어울려 보입니다.

누구든 매일 밥을 먹습니다. 무슨 일이 있어도, 아무리 바빠도 사람은 무엇이든 먹게 되어 있습니다. 그렇지 않으면 살아갈 수 없습니다.

내게는 10여 년 넘게 알고 지낸 친구들이 몇 명 있습니다. 학창 시절 3년 내내 함께 점심을 먹었던 친구들입니다. 운동장 스탠드 계단에 모여 앉아 매점에서 산 컵라면이나 빵을 나눠 먹곤 했습니다. 그다지 이야기를 많이 나누지는 않았습니다.

나는 말하는 게 서투른 아이였습니다. 글은 빨리 익혔지만 교과서를 읽을 때면 늘 목소리가 부들부들 떨렸습니다. 그래서 전학을 가는 것도, 새 학기가 되어서 반이 바뀌는 것도 싫었습니다. 그때마다 새로운 사람들에게 말을 걸고, 친해져야 한다는 숙제가 생긴 듯했습니다. 그래서 오히려 운동장 계단에 모여 앉았던 그 시간이 편했던 건지도 모르겠습니다.

밥을 먹고 나서 운동장을 빙글빙글 돌다가 교실에 들어가는 게 전부였던 관계였지만 그런데도 지금까지 계속 연락이 이어지는 것은 다른 누구도 아닌 그 친구들입니다.

밥을 먹는다는 건 매일의 시간을 쌓아 가는 것입니다. 그렇게 시간을 쌓아 가는 것만으로 해결되는 문제도 있습니다. 누군가와 함께여서 좋고, 혼자라도 좋습니다. 언젠가는 그 시간들이 근사하게 어울려질 때가 올 것입니다.

종종 어떤 글을 쓰고 싶은지 질문을 받습니다. 그때마다 한 번도 시원하게 대답할 수 없었습니다. 그래도 그 질문들이 거듭될 때마다 생각해 봤습니다. 그랬더니 일단 사람에 대해 좀 더 알고 싶다는 결론을 얻었습니다.

예전에는 글은 혼자 쓰는 것이라고 생각했습니다. 하지만 그게 아니라는 것을 알아 가는 중입니다. 그래서 글을 쓰는 게 좀 더 행복해졌고, 좀 더 어려워졌습니다.

도시락부의 이야기를 쓰는 동안 내내 작은 도시락을 상상했습니다. 밥이나 반찬이 서투른 솜씨로, 하지만 정감 있게 담긴 그런 도시락 말입니다.

이 책을 읽은 모든 독자가 조금이라도 그 온기를 느꼈다면 나는 행복할 겁니다. 도시락부의 아이들이 여러분 앞에 설 수 있도록 도와주신 모든 분들에게 감사드립니다.

2017년 봄의 한가운데에서

범유진

맛깔스럽게, 도시락부

펴낸날	초판 1쇄 2017년 5월 30일
	초판 3쇄 2023년 3월 27일

지은이	범유진
펴낸이	심만수
펴낸곳	(주)살림출판사
출판등록	1989년 11월 1일 제9-210호

주소	경기도 파주시 광인사길 30
전화	031-955-1350 팩스 031-624-1356
홈페이지	http://www.sallimbooks.com
이메일	book@sallimbooks.com

ISBN	978-89-522-3629-6 43810

살림Friends는 (주)살림출판사의 청소년 브랜드입니다.